KURT SEVERIN

Cassius Clay

»Ich bin der Größte«

Kurt Severin

CASSIUS CLAY
»ICH BIN DER GRÖSSTE«

BASTEI LÜBBE

Lizenzausgabe: Gustav Lübbe Verlag, Bergisch Gladbach
Printed in Western Germany 1976
Einbandgestaltung: Roland Winkler
Titelfoto: dpa
Gesamtherstellung: Ebner, Ulm
ISBN 3-404-00405-1

Der Preis dieses Bandes versteht sich einschließlich
der gesetzlichen Mehrwertsteuer.

DEM EINEN GEBEN ES DIE GÖTTER IN DIE WIEGE

Angefangen hat die ganze Sache eigentlich im Jahr 1954 in Louisville in Kentucky, als die Großschnauze noch eine Kaulquappe war.

Der Legende nach, die von Cassius-Ali und seiner Mutter Odessa gepflegt und wie ein Kapitel aus einem Geschichtsbuch weiterhin zitiert wird, war es ein nagelneues Fahrrad, das den Burschen davor bewahrte, als zweitklassiger Bürger durch sein Leben zu wandeln, die obligatorische Schuhputzer-Periode durchzumachen und ohne besondere Aussichten sein Alter mit der Invalidenrente abzuschließen.

Sein Vater hatte dem damals Zwölfjährigen das Rad für 60 Dollar gekauft, und nur zwei Tage später, als Cassius sich eine Show in der großen Columbia-Halle, dem städtischen Auditorium, ansah, wurde es gestohlen. Mit Tränen in den Augen lief er herum, vor sich hinmurmelnd: »Wenn ich den Kerl erwische, der mein Rad geklaut hat, schlage ich ihn kurz und klein!«

Das half natürlich nichts. Plötzlich entsann er sich, daß irgendwo im Keller des Columbia-Auditoriums der bei der Louisviller Jugend so beliebte Schutzmann Joe Martin zu finden sein müsse. Er suchte ihn sofort auf, stotterte sein Problem hervor und beendete sein Palaver schluchzend mit der gleichen dunklen Drohung: »Wenn ich den Kerl je erwische, mache ich ihn fertig!«

Martin guckte sich daraufhin den gutgewachsenen Burschen an. »Ich würde den Mund nicht so voll nehmen, Freundchen«, sagte er. »Vielleicht ist der Räuber viel größer und stärker als du. Wäre es da nicht viel gescheiter, du würdest erst einmal boxen lernen? Dann kannst du es ja mit jedem aufnehmen!«

Der Polizist hatte bei diesem Rat weniger einen erfolgreichen Racheakt seines Schützlings im Auge, als die Hoffnung, wieder ein neues Mitglied für sein Hobby zu gewinnen.

Zu dem Racheakt kam es indessen nicht. Das Rad blieb verschwunden, aber Cassius lernte boxen. Der Zufall wollte es, daß Schutzmann Martin nicht nur ein ausgesprochener Box-Fan, sondern auch der lokale Prophet und Förderer des Faustkampfes war. Im unteren Teil der Columbia-Halle hatte er ein sauberes, gut ausgerüstetes Trainingsquartier eingerichtet. Es heißt in Louisville, Joseph Elsby Martin habe annähernd 10 000 junge Leute aller Klassen und Rassen im Boxen geschult oder zumindest beaufsichtigt!

Martin, der selbst einmal ein namhafter Amateur war, besitzt die seltene Fähigkeit, in seinen Schülern die Elemente und Instinkte der Selbstverteidigung zu wecken und je nach Talent zu entwickeln. Er ist der geborene Faustkampf-Pädagoge.

Glücklicherweise kann er es sich leisten, dieser Berufung zu folgen. Er ist im Nebenberuf einer der gesuchtesten Auktionatoren der Stadt und daher nicht nur auf seine Einnahmen als Schutzmann angewiesen, dessen Hauptaufgabe darin besteht, Parkuhren zu kontrollieren und zu entleeren.

Sein offizieller Status im Sportbetrieb lautet heute: »Supervisor of Boxing for the City of Louisville's Department of Recreation.« In seinem laufenden Programm sind ständig ungefähr 200 junge Leute eingeschaltet. Eine Anzahl der amerikanischen Champions der AAU (American Athletic Union) und der Golden-Gloves-Wettbewerbe sind durch seine Schule gegangen (Golden Gloves = »Goldene Handschuhe«). 1964 trainierte er beispielsweise das National Golden Gloves Team, und im gleichen Jahr wurde er vom State Department in Washington beauftragt, eine Amateurgruppe durch mehrere afrikanische Länder zu führen.

Kurz: Schutzmann Martin ist heute nicht nur in den Fachkreisen der USA bekannt, sondern auch in vielen Ländern, in denen der Amateur-Boxsport gepflegt wird.

Jung Cassius war also in den besten Händen, als er sich nach der Fahrradreklamation und einer kurzen Besichtigung des Trainingsquartiers in der Columbia-Halle entschloß, an Martins Boxkursen teilzunehmen. Der Verlust war längst verschmerzt, als er nach knapp sechs Wochen zum ersten Male einem Gegner im Ring gegenüberstand – und ihn nach Punkten besiegte.

Von da an war Cassius nicht mehr zu halten und kaum vom Training wegzukriegen. Schutzmann Martin und sein Kellerquartier wurden gewissermaßen Ersatz für Familie und Elternhaus, und die Visionen von Weltmeisterruhm und glitzernden Cadillacs seine fixe Idee.

Martin erzählte in einem Interview: »Der Junge hat vom ersten Tag an von nichts anderem gefaselt als von Meisterschaften, Geld und dem Wunsch, ein ausgereifter Profi zu werden. Natürlich habe ich versucht, ihm Geduld und Vernunft beizubringen, solange das möglich war, denn einem Cassius Clay kann man schwer dreinreden. Daß sein außerordentliches Talent, seine Kraft, Schnelligkeit und Reflexe nicht zurückgehalten werden konnten, wurde bald offensichtlich, und es war besser, ihn langsam auf sein Ziel vorzubereiten, anstatt ihn unfertig loszulassen, um ihn damit vielleicht den Racketeers des Pro-Sportes auszuliefern.«

Martin, der uneigennützige Freund aller Boxaspiranten, sagt das heute mit einem gewissen Stolz, obwohl er zu Cassius keinerlei Beziehungen mehr hat.

CASSIUS, DER ALLERERSTE ...

Cassius Marcellus Clay der Dritte wurde am 17. Januar 1942 in Louisville, Kentucky, geboren – in derselben Stadt, die durch das Kentucky Derby, das bedeutendste Pferderennen Amerikas, einmal im Jahr im Blickpunkt des sportlichen Interesses steht.

Mit 6 Pfund, 7 Unzen und einem großen Schädel bei der Geburt schien das Negerknäblein keineswegs eine imponierende Wucht, die einmal nach olympischen oder höheren Ehren angeln könnte. Aber wie sich später herausstellte, hatten es ihm die Götter in die Wiege gelegt. Symbolisch gesehen war der Olymp der Sitz der griechischen Götter, und die davon abgeleiteten Spiele bildeten nur noch einen Wartesaal auf Cassius' Fahrt zu lukrativeren Zielen.

Mit den ebenfalls klassischen und ungewöhnlich melodisch klingenden Vornamen »Cassius Marcellus« hatten die leicht poetisch angehauchten Eltern dem Jungen eine Art Obligation bereits mit ins Taufbecken gegeben. Entgegen dem üblichen Hang vieler Schwarzer Amerikas, blumige, religiöse oder hochtönende Namen zur Patenschaft ihrer Sprößlinge heranzuziehen, waren die Clays einer Familientradition gefolgt und hatten einen Mann als Modell gewählt, den jedes Geschichtsbuch des Landes behandelt.

Der erste und Original-Cassius-Marcellus-Clay war ebenfalls ein Kentuckyer aus dem Madison County und lebte von 1810 bis 1903. Er ist bereits von mehreren Generationen der schwarzen Clay-Familie als eine Art weißer Vorfahre »adoptiert« worden.

Auf Grund seiner politischen Laufbahn als Abolitionist

(Kämpfer für die Abschaffung der Sklaverei) war er seit langem, noch zu seinen Lebzeiten, ein attraktives Renommierstück, auf das man in farbigen Zirkeln gerne zurückkam, wenn man Familienlegenden diskutierte und einen Namen für einen Neugeborenen brauchte.

Cassius, der Allererste, war für das Amerika des 19. Jahrhunderts in jeder Hinsicht eine ungewöhnliche Erscheinung: Angefangen bei der Statur, eines Schwergewichtsmeisters würdig, war er 6,6 Fuß (2,01 m) groß, wog über 200 Pfund (ca. 91 kg) und verfügte über eine zähe Kämpfernatur.

Mit 25 Jahren wurde er bereits Mitglied der Staatsverwaltung von Kentucky. Bei jeder Gelegenheit trat er für die Rechte der Schwarzen ein und veröffentlichte das für damalige Verhältnisse unglaublich mutige und umstrittene Blatt »Der wahre Amerikaner«. Allerdings nur so lange, bis ihm eine Horde fanatischer Segregationisten (Anhänger der Rassentrennungs-Idee) die Bude einschlug und seine Druckmaschinen in Altmetall verwandelte, so daß er sich gezwungen sah, mit seiner Publikation nach Ohio auszuwandern.

Später trat er in die neue Republikanische Partei ein. Seine imponierende Gestalt, mit nicht alltäglicher Bildung und Intelligenz gekoppelt, brachte ihm einen begehrten Posten als Leibwächter bei Präsident Abraham Lincoln ein. Dieser belohnte seine Dienste mit der Ernennung zum amerikanischen Gesandten in Rußland. Kurz: Clay war ein in allen Sätteln gerechter Mann, der damals in der Hochburg der Sklaverei und in viel rauheren Zeiten als heute mehr als einmal sein Leben riskierte – in dem Bemühen, den Negern Freiheit und Menschenwürde zu garantieren.

Clay hatte von seinem Vater, dem als Soldaten ebenfalls in die Geschichte Amerikas eingegangenen Green Clay, eine ausgedehnte Farm mit kompletter Belegschaft afrikanischer Sklaven in Kentucky geerbt. Unter großen finanziellen Opfern, von denen er sich nie wieder erholen sollte, erlöste er all diese Menschen von ihrer Knechtschaft.

Viele der frei gewordenen Neger, die – der Zeit entsprechend – nur mit Vornamen registriert waren, nahmen aus Dankbarkeit und Gründen der Einfachheit die Namen ihrer einstigen Herren und Erlöser an. Weltmeister Clays Großonkel war der erste, der sich des berühmten Namens bemächtigte und sich »Cassius Marcellus Clay der Erste« nannte. Des Boxers Vater ist der zweite in der Linie, so daß unser Held nun mit Nummer drei getauft wurde. Daß er unlängst vorzog, sich dieses ehrenvollen und historischen Namens zu entledigen, um sich quasi mit Ali Baba und den vierzig Räubern zu identifizieren, verursachte über den Boxsport hinaus manche Furore. Unter den Louisviller Clays gibt es auch einige, die ohne Unbehagen eine weitaus delikatere Erklärung für die genealogische Entwicklung haben. Sie geben zu verstehen, daß der so gute und schwarzenfreundliche Original-Clay abends des öfteren mal im Gesindehaus verschwand . . .

Verschiedene Clays lassen sogar deutlich und mit einigem Stolz wissen, sie seien direkte Abkommen des weißen Politikers.

Odessa Clay, geborene Grady, die hellfarbige Mutter des Weltmeisters, gibt ebenfalls zu, daß sie von mütterlicher Seite her mit einem weißen Großvater behaftet ist, einem eingewanderten Iren, dessen Mulattensohn ihr Vater war.

Was den heutigen Muselmann Muhammad Ali angeht, so ist er trotz der anerkannten Vorurteilslosigkeit des Original-Clays, auf den viele Farbige so stolz sind, mit der ganzen Geschichte nicht sehr glücklich.

Vor einer Versammlung erklärte er unlängst: »Mein

weißes Blut, das unglücklicherweise in meinen Adern pulsiert, kommt von den Sklavenhaltern ... Das weiße Blut tut mir weh und macht mir Sorgen. Wenn wir alle schwärzer wären, könnten wir stärker und reiner sein.«

Seine rassischen Dissertationen haben oft viel Wahres, aber meistens basieren sie mehr auf Tonvolumen als auf Logik. Als der Mann, der im Blickpunkt des internationalen Sportinteresses steht, ist Cassius-Ali wahrscheinlich der meistzitierte und umstrittene Opponent der Integrations-Bewegung, auf die Millionen farbiger Amerikaner seit langem ihre Hoffnung gesetzt haben.

Hatte Cassius III. bei seiner Geburt außer dem großen Kopf nichts weiter aufzuweisen, was auf seinen imposanten Vorfahren oder Namensgeber schließen konnte, so entwickelte er sich jedoch rapide unter der Obhut seiner zärtlichen Mutter zu einem gesunden, temperamentvollen Jungen, der dann auch bald gewisse, meist aggressive Trends zeigte, die nun heute als primäre Kundgebungen seines Genies gedeutet werden.

Odessa erging sich gerne in Lobeshymnen über ihr Baby. Für Reporter und Besucher hatte sie ein ganzes Sortiment von kleinen Anekdoten zur Hand, die beweisen sollten, daß »Gee-Gee« (das waren die ersten Worte des großen Mannes, mit denen er auch jetzt noch im Familienkreis gerufen wird) bereits in allerfrühester Jugend einen Kasten voll Knallbonbons hatte, die auf seine spätere Größe schließen lassen mußten.

Wenn Mutter Clay heute von Gee-Gees großem Schädel spricht, und der Weltmeister ist mit im Zimmer, so schaltet er sich sofort ein und wartet mit einer eigenen Auslegung des Phänomens auf:

»Ja gewiß! Ich hatte von Anfang an einen großen, aber schönen Kopf. Und wenn Fremde mich in der Wiege anschauten, so sagten sie automatisch: Passen Sie mal auf, aus dem Bengel wird noch was! Der sieht ja aus wie Joe

Louis, der Champion! Na ja, und dann habe ich ja auch meinen ersten Knockout-Punch aus der Wiege abgegeben. Er traf meine Mutter, die sich gerade über mich beugte. Ich schlug ihr einen Zahn aus!«

Odessa widerspricht dieser Geschichte gewöhnlich nicht, sondern zieht es vor, einen anderen Fall zu beschreiben, der von der körperlichen Frühreife ihres Sprößlings zeugt.

In dieser Affäre, die weniger lustig scheint, steuerte Cassius auf einen Knirps im Kinderstuhl zu. Mit wohlgezieltem Hieb beförderte er den Buben in den Sand und machte es sich auf dem Thron bequem.

Für das kindliche Gee-Gee hat Cassius III. natürlich auch eine tiefsinnige Erklärung: »Das ist doch mal völlig klar. ›Gee-Gee‹ stand damals schon für ›Golden Gloves‹. Es war also kein Wunder, daß ich mehrere Male bei diesen Wettbewerben als Bester herauskommen würde.«

KUNST GEHT NACH BROT

Alles, was den heranreifenden Cassius betraf, schien auf der Basis »groß« angelegt gewesen zu sein. Sein Körper paßte sich bald dem vielbewunderten Kopf an. Vorzeitig mußte für ihn eine neue Schlafstatt gekauft werden, da sein Babybett nicht mehr ausreichte.

»Als er knapp drei Jahre alt war, weigerten sich die Schaffner in den Bussen, ihn frei fahren zu lassen, da er gut und gerne wie fünf oder gar sechs Jahre alt aussah!« erzählte die Mutter stolz.

Auch Schutzmann Martin hat zu dem Thema »außergewöhnlicher Proportionen« etwas hinzuzufügen: »Wenn wir auf Boxtournee gingen, waren die für Amateure offiziell zugebilligten Spesen von 10 Dollar für Cassius nie ausreichend. Der Junge hatte einen Appetit für drei oder vier seines Alters. Er verlangte stets mehrere Male nach.«

Der heute fertige Mann, Champion Ali, der weder raucht noch trinkt und sich auch sonst anderweitig scheinbar wenig amüsiert, hat die Schwäche für »Futtereinnahme« beibehalten. Mit den ihm heute zur Verfügung stehenden Mitteln ist er ein hemmungsloser Gourmand, dessen Konsum an Fleisch und besonders an Kuchen und Eiscreme seinem Ringrekord keineswegs nachsteht.

Anfangs waren seine Trainer und Manager über diesen Hang zum »Sichvollstopfen« wenig glücklich, und man sagte ihm allerhand Dunkles voraus: Er werde einmal am Übergewicht scheitern, sein Herz zu sehr belasten und so weiter.

Cassius strafte sie alle Lügen, genau wie er diejenigen Lügen strafte, die nur an sein Großmaul und nicht an sein boxerisches Können glaubten.

Die Natur dieses einmaligen Phänomens scheint auch über eine chemische Abteilung zu verfügen, die – ungewöhnlich wie alles andere an ihm – für eine ständige Balance in seinem körperlichen System sorgt.

Gesund, sportlich gewachsen und mit einigem Ringtalent versehen ist auch Cassius' jüngerer Bruder. Bei seiner Taufe hatte man wohl kein geeignetes historisches Modell aus engerem Kreise für die Namensnennung zur Hand, denn man trug ihn schlicht als Rudolph Arnett Clay ins Register ein. Auf die Dauer erschien das der Sippe aber zu prosaisch und auch nicht mehr ihrem Stil angepaßt, nachdem nun der Name Clay durch ihren boxenden Cassius in aller Munde war. Vor nicht allzu langer Zeit griff man darum kurzerhand nach dem Symbol der Romantik und Eleganz aus der Stummfilmperiode Hollywoods und änderte den Namen in Rudolph »Valentino« Clay ab!

Der außerordentlich gut aussehende Rudi machte diesem Namen dann auch einige Jahre alle Ehre, besonders nachdem er durch seines Bruders Erfolg solvent genug wurde, um sich entsprechend einkleiden zu können.

Als die schwarzen Muselmänner Nordamerikas ihre Hände nach dem vielversprechenden Cassius ausstreckten, war Rudolph Valentino der erste der beiden Brüder, der sich der Sekte anschloß und seinen Filmstarnamen in »Rahaman Ali« umwandelte. Dazu verhalf vielleicht die Tatsache, daß die berühmteste Rolle des alten Hollywood-Beaus »Der Scheik« gewesen war. Die beiden jungen Clays haben nun einmal ein Faible für das Arabische!

Viele Beobachter des modernen Weltgeschehens haben eine Neigung, in den verschwiegenen Kammern der Jugend- und Familiengeschichten berühmter Figuren herumzustöbern, die nicht ganz nach Norm laufen. Sie hoffen, dabei die Ursachen für geniale Veranlagung oder Abnormität zu finden.

Cassius Clay, mit mannigfachen Anzeichen beider Qualitäten, ist geradezu eine Herausforderung für diese Leute sowie die verschiedenen Fakultäten von »Headshrinkern«, wie die Psychiater und verwandten Gehirndetektive in den USA genannt werden.

Wurde er in seiner Kindheit bereits durch Zustände und Vorgänge beeinflußt, die sein unorthodoxes Verhalten im heutigen Sport-Forum der Welt erklären?

Man stellte unter anderem fest, daß die Claysche Familie eine Tendenz zur Hitzköpfigkeit und Gewalttätigkeit aufweist. Ein Bruder Papa Clays, der besonders intelligent und ein mathematisches Genie gewesen sein soll, nimmt in dieser Beziehung einen Sonderplatz ein. Man erzählt sich von Onkel Everett nicht nur tolle Dinge über das, was er im Kopf hatte, sondern auch über sein angeborenes Fightertalent, das er leider und hauptsächlich in unlukrativen Momenten wie Straßenschlachten oder Bar-Debatten zur Geltung brachte. Er machte dann auch mit 28 Jahren seinem Leben ein frühzeitiges Ende.

Dann gibt es wiederum eindeutige Beweise in den Akten, daß Mutter Odessa ihren Mann des öfteren vor den Kadi schleppen ließ, weil er sie recht unsanft behandelt hatte. Darüber hinaus liegen noch andere Berichte über Papa Clays langen Krieg mit der Louisville-Polizei vor, so z. B. wegen ungehörigen Benehmens, rüpelhaften Autofahrens und Trunkenheit an öffentlichen Plätzen . . .

Wer den älteren Cassius näher kennt, kommt bald zu der Überzeugung, daß dieser nicht unsympathische Mann kaum zu einem böswilligen oder gefährlichen Akt fähig ist und lediglich nie gelernt hat, ungestraft mit Gin umzugehen.

Äußerlich gesehen ist er einige Schatten dunkler als sein gefeierter Sohn, eine kleinere Ausgabe des Adonis.

In der Tat haben Ali und Rahaman offensichtlich ihre physischen Vorzüge, die angenehme Gesichtsbildung inbegriffen, von ihm geerbt; vielleicht auch etwas von seiner oft charmant nervösen, quecksilbrigen Art.

Cassius' Papa genießt einen Ruf als lokaler Bohemien: ein Künstler, dem das Schicksal ein besseres Los versagt hat. Er malt ... Ab und zu gibt er seinen Besuchern eine Privatschau seiner »Sachen in Öl«.

»Meine bedeutenderen Werke befassen sich mit religiösen Szenen, die in den verschiedenen Kirchen unserer Stadt hängen«, sagt er, fügt dann jedoch vorsichtshalber hinzu: »Darum sind sie nicht ohne weiteres zugänglich!«

Wenn die Reporter ihm genügend zusetzen, ist er gewillt, das eine oder andere Bild an Ort und Stelle zu zeigen, beschränkt sich aber dann oft darauf, sie vor einige Etablissements im Negerviertel zu führen und auf solche Werke hinzuweisen, wie: DR. SMITH, ARZT & GEBURTSHELFER, SUPERMARKT FÜR DEN BAUBEDARF, AUSSCHANK VON KALTEM BIER UND WHISKY – notabene alles mit unverkennbarem Schmiß in wirkungsvollen Farben und Umrissen auf die Bretter gepinselt.

»Kunst geht bei mir eben nach Brot«, sagt er achselzuckend. »Apropos, verschiedene dieser künstlerischen Plakate sind mit Hilfe meiner Söhne gemacht!«

Einige der weisen Männer, die sich um eine Erklärung des Phänomens Cassius Clay bemühen, sind zu einer interessanten Überzeugung gekommen. Sie behaupten, daß der heutige Weltmeister unter anderem eine tiefverwurzelte Angst vor seinem Vater hatte. Diese Angst habe über Nebenprobleme dazu geführt, daß die beiden – außer bei offiziellen und familiären Anlässen – kaum noch ein freundliches Wort miteinander wechseln. Warum, wieso und was sich wirklich offen oder verkapselt während seiner Jugendjahre im elterlichen Heim abspielte, das wissen nur die Götter und die Clays selbst, die geflissentlich darüber schweigen.

Die Brüder bestreiten entschieden, daß es ernstlichen Zwiespalt gegeben habe. Cassius wäre der letzte, der zugeben würde, zu Hause habe etwas nicht gestimmt, wie er überhaupt in jeder Weise sehr zurückhaltend ist, wenn es dazu kommt, etwas Licht auf die Formierung seines unergründlichen Wesens zu werfen.

Bei ihm ist diese Zurückhaltung nicht nur eine Abwehr, sondern Angelegenheit einer komplizierten Natur, seines unerklärlichen Denkmechanismus.

Bei der Familie dagegen ist die Zurückhaltung zur Zeit eine reine Finanzfrage; wenn sie mit Informationen über den nunmehr weltberühmten Ableger der Sippe nicht herausrücken will, so hat sie dabei Dollars im Auge. Cassius' Angehörige kranken an der Vorstellung, jedes Wort über Cassius' Intimitäten habe in der Presse und Weltliteratur einen zeitgebundenen Marktwert.

Mutter Odessa ist besonders wortkarg geworden, wenn Reporter kommen. Sie will nicht einmal mehr die Kannenmilch beim Namen nennen, mit der sie »Gee-Gee« großgezogen hat, weil sie fürchtet, damit sei die Chance genommen, ein Milchprodukt zu gegebener Zeit für klingende Münze zu propagieren.

In Louisville ging das Gerücht um, daß man im Familienkreise darauf drängt, das Haus, in dem der Champion aufwuchs, zur Erbauung künftiger Generationen von Sportsleuten und Touristen in eine Art Ausstellung zu verwandeln – natürlich mit einer Kasse im Vorraum.

COPS UND ROBBERS

Was auch immer an all diesen Stories der Interviewer, an den Analysen der Medizinmänner, den Enthüllungen der Presse und Familie wahr ist oder nicht, Tatsache bleibt, daß Cassius und Rudi ihre Kinderzeit mit Freud und Leid durchmachten wie andere Altersgenossen und wie es in den Gassen, Häusern und Schulen eines amerikanischen Stadtviertels für Farbige in den vierziger Jahren nicht anders zu erwarten war.

Sie gehörten zu den Straßen-Gangs, machten Ladenbesitzern zu schaffen, randalierten in unbewohnten Häusern, spielten »Cops und Robbers« oder harmlos mit Murmeln, wenn ihre Energie für aufregendere Dinge ausging.

Eines aber steht fest: Odessa hielt auf Ordnung, Sauberkeit und Moral. Üble Redensarten und Gefluche waren im Hause Clay unbekannt und sind es auch heute noch. Der König des Ringes hält sich immer noch streng an diese Regel und macht darum oft in der ziemlich rauhen Atmosphäre der Boxquartiere den Eindruck eines Außenseiters.

In puncto Rassenfrage dürfte Cassius mehr als seine anderen farbigen Altersgenossen gelitten haben, obschon damals die Verhältnisse weitaus schwieriger waren. Er nahm zunächst alles gelassen hin; erst als er etwas älter wurde, kamen ihm die Unterschiede zwischen Schwarz und Weiß – über das Farbenmäßige hinaus – zum Bewußtsein. Er begann darüber mit seinem Vater zu diskutieren und fragte ihn einmal: »Dad, immer wenn ich in den Gemüseladen gehe, bedient mich ein weißer Mann; wenn ich im Drugstore eine Coke trinke, bedient ein weißer Mann. Und wenn wir mit dem Autobus fahren, chauffiert uns auch ein Weißer! Was machen denn eigentlich die schwarzen Leute? Wovon leben sie?«

Der Senior erklärte ihm, so gut er konnte, diese naive, im Prinzip aber doch wichtige Frage. Heute besteht er darauf, daß er keineswegs derjenige gewesen sei, der den Keim des Hasses für den weißen Mann in Cassius' Seele legte. Im Gegenteil, er betont seinen Rassenliberalismus und seine Bemühungen, beide Söhne von ernsthaften Auseinandersetzungen des immer hitziger werdenden Disputes ferngehalten zu haben.

Die einzige Episode aus der Rassensphäre, die von der Familie für wert befunden wird, der Nachwelt überliefert zu werden, dreht sich um einen angeblich brutalen Bahnwärter, der den 6jährigen Cassius beim Spiel in einer Sandgrube auf dem Bahnhofsgelände erwischte. Der Riese griff recht unsanft nach dem schwarzen Knäblein, um es von dem verbotenen Tummelplatz zu entfernen. Als dieses dann aber anfing, aus vollem Halse zu brüllen, riß er es am Kragen hoch und fauchte: »Halt die große Klappe, du kleiner Nigger, oder ich prügele dich windelweich!«

Wenn dieses harmlose Erlebnis für ihn der Höhepunkt übler Erfahrungen mit den »weißen Teufeln« (wie von den Muslims benannt) darstellt, so ist Cassius' Stellungnahme zur Rassenfrage, die später in der ganzen Welt Aufsehen erregte, nur schwer zu verstehen.

Waren es damals noch nicht die Probleme »Schwarz und Weiß«, »Recht und Unrecht«, die seinen jungen Geist beschäftigten, so formte sich aber in ihm ein wesentlicher Zug, ein Hang, sich in den Vordergrund zu drängen.

Sein Drang, sich als Zentrum des Geschehens zu sehen, trieb bereits Blüten zu einer Zeit, da andere Kinder noch Bauklötze schief aufeinandersetzten. Und während andere Kinder sich noch in der Babysprache verständigten, jonglierte Cassius bereits mit Superlativen. Bald war ihm weder mit der Logik des Straßenjargons noch mit der Schule beizukommen.

Sein Hang, frühzeitig schon mit älteren Burschen zu spielen, hielt ihn noch davor zurück, diese genauso herumzukommandieren wie die kleineren – weniger mit seiner körperlichen Kraft als mit seinem Mundwerk, das weder kleinzukriegen noch aufzuhalten war.

Dabei war sein »IQ« (amerikanisch: Intelligenzgrad, durch wissenschaftliche Tests in Schule, Armee etc. festgestellt) keineswegs zum Ausposaunen geeignet. Seine rednerischen Künste waren auf der Straße und im Familienkreise am wirksamsten. In der Schule versagten sie kläglich. 1960, beim Abschluß der Schule, rangierte er im letzten Dutzend von annähernd 400 Schülern.

Sein beschämendes Abschneiden bei der militärischen Einberufung – er wurde damals mit dem Ausklamüsern der primitivsten Rechenexempel nicht fertig, worüber eine ganze Nation lachte – nimmt darum schließlich nicht wunder.

Cassius, der »Wunderknabe mit der Jet-Schnauze«, besitzt eine primitive, aber wirksame Schnellfeuer-Intelligenz. Er kann eine gewisse Bauernschläue wie ein feines Instrument spielen und erweitert diese Gabe durch Erfahrungen mit Menschen, Plätzen und Affären, die ihm heute in seiner Eigenschaft als international bekannte Persönlichkeit zugänglich geworden sind. Was davon bei ihm im Kopf hängenbleibt, bringt er teilweise mit Schlagworten wieder an den Mann, oft aber auch mit einer bewundernswerten Präzision und im rechten Moment.

Sein Intelligenz- und Bildungsniveau mag bescheiden sein; seine Gehirnreflexe aber sind zumindest so gut wie seine vielbewunderten Kampfreflexe im Ring.

Und alles dreht sich letzten Endes immer nur um das

eine: bewundert zu werden, der Größte zu sein und als solcher anerkannt zu werden!

Nach der ersten Begegnung mit Schutzmann Martin steuerte er auf dieses eine Ziel zu, versäumte auch nicht dabei, jedermann wissen zu lassen, daß er eines Tages auf dem Thron sitzen werde. Vom 12. Lebensjahr an war er von dieser Idee so besessen, daß es für den Gedanken an ein Fiasko in seinem Kopf keinen Platz gab.

Als er mit 14 Lenzen einem seiner Lehrer einen harten Schneeball an den Kopf knallte, wurde er vor ein Disziplinargericht des Schulvorstandes gestellt. Er fixierte die ernst und vorwurfsvoll dreinblickende Gruppe von Erziehern für eine Weile, versuchte die Angelegenheit ins richtige Licht zu setzen und schloß dann seine Argumente im echten Cassius-Clay-Stil mit den Worten: »Es tut mir sehr leid, daß mir das mit dem Schneeball und dem Herrn Professor passiert ist, aber bitte vergessen Sie nicht, daß ich der zukünftige Weltmeister im Boxen bin!«

Kann man einen solchen Fanatiker und menschlichen Lautsprecher aufhalten, wenn er sich einmal in Bewegung gesetzt hat? Und Cassius hatte sich bereits auf seine Weise in Bewegung gesetzt – in Richtung Amateurlager. Er sah seine erste und vornehmliche Aufgabe darin, dort erst einmal richtig aufzuräumen: »Da werden Köpfe rollen, das verspreche ich hiermit dem Publikum!«

DIE KÖPFE ROLLEN

Aller Anfang ist schwer: Boxen macht keine Ausnahme. Aber Jugend und Besessenheit helfen, die Bürden des Neulings zu ertragen. Cassius Clay besaß beide Eigenschaften, es mangelte ihm jedoch an einer dritten: Geduld. Er wollte schnell durch die Mühle der Faustkampflehrzeit. Er wollte schnell seine Hände an Ruhm und Geld legen.

Jahre schienen ihn von diesem Ziel zu trennen.

Mit der Fahrrad-Episode und der Begegnung mit Martin in dem Louisviller Boxkeller sah der 12jährige plötzlich sein Ziel vor sich.

Von den Göttern war er mit einem braunen, aber perfekten Körper und einem sicheren Instinkt begnadet. Diesen Körper verstand er innerhalb seiner eigenen Welt in Szene zu setzen. Hinzu kam eine fast ans Psychopathische grenzende Begabung, Lärm zu machen. Unter Einsatz all dieser Gaben und Begabungen steuerte Cassius bewußt auf sein Ziel los.

Es ist nicht ausgeschlossen, daß Cassius mit diesen Talenten in einer anderen, nichtsportlichen Branche auch Großes erreicht hätte! Dem entgegen standen aber die damals entschieden höheren Wälle seiner Hautfarbe und seine bereits angedeuteten Mängel an geistiger Beweglichkeit in Dingen, die ihm nicht in den Kram paßten.

Auf diese Periode kindlicher Entscheidungen heute zurückblickend, sagt der Weltmeister: »Was hätte ich anderes und Besseres tun können, ich, ein kleiner, hungriger, farbiger Bursche aus dem Louisviller Negerviertel? Ich sah keine Zukunft in höherer Schulbildung, denn sie garantiert keinen Schutz vor Arbeitslosigkeit! Ich sah aber auch nichts Gutes darin, mit Altersgenossen in den Kneipen zu sitzen, zu rauchen und zu trinken. Boxen, ja das ist etwas anderes, damit kann man sich immer befassen, trainieren und sich Handschuhe anziehen. In meinen Träumen sah ich mich damals schon in die Ringmitte geholt und als Weltmeister ausgerufen. Ich kam mir vor wie ein zweiter Rocky Marciano, der um die Zeit Champion war. Er war der einzige Schwergewichtsmeister, der als reicher Mann ungeschlagen von der Arena abging. Ich wollte dafür sorgen, daß er nicht der einzige blieb!«

Cassius Clay drückte damit aus, was viele schon vor ihm getan hatten: »Die besten Aussichten für einen hungrigen, farbigen und ungebildeten Burschen, in den USA Millionär zu werden, liegen beim Faustkampf, dem Sport, in dem in wenigen Minuten Hunderttausende verdient werden können. Welcher andere Beruf bietet diese Chancen?«

Talent, Fleiß, Reklame, Machenschaften oft übelster Art, und nicht zuletzt das Glück des Lotteriespielers sind die Attribute, die diese astronomischen Chancen auf einen Gewinn-Nenner bringen können.

Cassius kannte von alldem nichts; er sah nur sein Ziel und hatte den unbeugsamen Willen, es so bald wie möglich zu erreichen.

Keiner stand hinter ihm, als er sich als 12jähriger in Bewegung setzte, wenngleich – besonders in Louisville – heute jeder Tom, Dick und Harry von sich behauptet, ihn »gemacht zu haben«.

Keiner zwang ihn, bereits morgens um 5 Uhr auf der Straße und in den Parks zu sein, um seinem Lauftraining nachzukommen. Niemand mußte ihn anhalten, Abend für Abend in Martins Klub seine Routine am Ball, vor dem Spiegel und im Ring durchzuführen.

Die Schule wurde als reine, unabwendbare Pflicht zwischen den wichtigeren Aufgaben des Boxens »gesandwicht«. Cassius spricht von seinen Schulstunden wie von einer Art Traumsitzungen, in denen er die Namen der großen Champions wie Rocky Marciano vor sich aufs Papier kritzelte oder die Beschriftung des Rückens seiner Sportjacke entwarf, beispielsweise – in großen, verschnörkelten Buchstaben – GOLDEN GLOVES CHAMPION.

Die Golden Gloves Turniere waren zunächst die größten Hindernisse auf seinem Wege zum Ruhm.

In den USA gelten neben den Boxwettbewerben der Hochschulorganisationen und der Streitkräfte besonders diejenigen der AAU und der Golden Gloves als Prüfsteine für den angehenden Profi.

Die AAU (American Athletic Union) ist quasi eine nationale Angelegenheit zur Förderung aller Sportarten. Sie organisiert und bestimmt auch die olympischen Mannschaften. Die Erringung eines AAU-Titels gilt, besonders in Amateurkreisen, als höchstes Ziel innerhalb einer sportlichen Betätigung. Dennoch sind die Turniere der Golden Gloves beim Publikum und den zukünftigen Ringstrategen weitaus beliebter. Sie wurden 1927 von der »New York Daily News« ins Leben gerufen und werden heute mit Hilfe der Presse jährlich in etwa 50 Städten Amerikas ausgetragen. Durch so großzügige Propaganda für die Rekrutierung und Ausscheidungen der Meisterschaften, wie sie nur mit Hilfe moderner Zeitungen möglich ist, erfreuen sie sich allgemeinen Interesses. Die Kämpfe finden meist vor ausverkauften Häusern statt, und ein Golden-Gloves-Titel hat seinen besonderen Marktwert für Amateure und Profi-Aspiranten gleichzeitig. Joe Louis und Sugar Ray Robinson, um nur zwei berühmte Boxer zu nennen, verdienten sich ihre ersten Lorbeeren in diesen Wettbewerben.

Martin hatte nun die Aufgabe, nicht nur das Talent seines neuen Protegés zu fördern, sondern auch dessen

Eifer und unglaubliche Energien zu dämpfen. Cassius war nur allzuoft in Worten und Taten einem gesunden und erträglichen Pensum voraus.

Schon frühzeitig erkannte Martin die ungewöhnlich schnelle Beinarbeit des Jungen, die heute noch von den meisten Experten als sein größtes Plus ausgelegt wird. Er zeigte ihm die Grundbegriffe von Balance und Schlagkraft während der Fußarbeit; auch sah er bald, daß Cassius mit einem Reflex-Tempo begnadet war, wie es sonst kaum anzutreffen ist. Kurz, der Schutzmann war sich wohl bewußt, ein seltenes Faustkämpfertalent unter den Händen zu haben. Deshalb war er wohl geneigt, Cassius' Extravaganzen weniger auf die Pubertätszeit als auf das sich formende Genie des Burschen zurückzuführen, zu erdulden, abzuschwächen oder gegebenenfalls auszuwerten.

GOLDEN GLOVES – IN SEIDE

Cassius war im Boxkeller von Louisville bald ein Disziplin-Problem. Er trainierte hart und gerne – aber nur, wann und was ihm paßte. Gleichzeitig trainierte er sein Mundwerk. Im Sparring mit Worten konnte er die ganze Belegschaft in Schach halten!

Es dauerte daher nicht lange, bis er bei seinen Sportkameraden unbeliebt wurde. Schon damals blähte er sich als der beste Kämpfer des Klubs auf. Um diese Zeit muß wohl auch jene Redensart bei ihm aufgekommen sein, die er bis auf den heutigen Tag anwendet. Er ließ seine jeweiligen Gegner – ohne Rücksicht auf sportlichen Takt – kurz und bündig wissen: »I am going to whip you! – Dich mache ich fertig!«

Es war gerade so, als ob der Großvater des modernen Faustkampfes, der berühmte John L. Sullivan, in eine Bar träte und ausriefe: »I can lick every son of a bitch in the joint! – Ich kann jeden Sohn einer Hündin in dieser Bude kaputtschlagen!«

Der Unterschied der beiden Gladiatoren, die in die Geschichte des Pugilismus eingegangen sind, bestand vorerst darin, daß der große John L., wie er kurz genannt wurde, seine anstößigen Drohungen nur dann von sich gab, wenn er betrunken war (und Cassius-Ali ist ein lauter und vernehmlicher Antialkoholiker), weiterhin, daß John L. die Schwergewichtsmeisterschaft im Jahr 1882 nicht im Ring, sondern auf dem Turf, nicht mit Boxhandschuhen, sondern mit bloßen Fäusten von Paddy Ryan gewann.

John L. hielt 10 Jahre an seiner Krone fest. In den Vereinigten Staaten wurde eine solche Möglichkeit für Muhammad Alis Meisterschaft geradezu als eine nationale Tragödie angesehen.

Cassius' Hang zu Übertreibungen, zum Größenwahn, war also zweifelsohne in frühester Jugend bereits vorhanden und ist nicht, wie ihm von der Presse oft vorgeworfen wurde, ein unsympathischer und ungeschickter, wenn auch wirkungsvoller Reklameversuch.

Trainer Martin berichtete darüber in einem Interview: »Cassius glaubte immer, was er sagte, und war überzeugt davon, der beste Fighter unserer Gruppe zu sein, genauso wie er davon überzeugt war, einmal Weltmeister zu werden. Ehrlich gesagt, nachdem ich den Jungen einige Monate in Behandlung hatte, glaubte ich selbst daran, und ich kannte ihn vielleicht viel besser als irgendein anderer aus dieser Entwicklungsperiode . . .«

Währenddessen hatte Cassius, seinen eigenen Jugenderinnerungen zufolge, eine ausgesprochene Scheu vor körperlicher Gewalt, vor Straßenkämpfen und heftigen Auseinandersetzungen.

»Vor den großen Bengels habe ich immer Angst gehabt«, gibt er heute zu. »Und was kommt schon bei Straßenschlachten heraus? Kein Geld, keine Ehren, nur Beulen und Löcher im Kopf. Ich bin wirklich eine friedliebende Person. Ich kann mich nicht entsinnen, als Kind jemals einen richtigen Fight gehabt zu haben. Ja doch, einmal in der Schule kam ein Junge mit einem Balken auf mich zu. Ich blockierte den Schlag und konterte mit einer Rechten. Er ging prompt runter. Aber das war wirklich eine Ausnahme.« Daß Cassius als Lehrling und Ali als ausgewachsener Mann alle Anzeichen eines lächerlichen Feiglings in sich hatte und noch hat, ist nicht unbekannt. Im Ring aber hat er bis auf den heutigen Tag nie Angst gezeigt.

Von seinem ersten Auftreten an in einem Boxring, sechs Wochen nach der Fahrradaffäre und seiner Begegnung mit Martin, hat er nie einen Gegner gemieden.

Für die nächsten 24 Monate bis zu seinem 14. Lebensjahr nahm er es mit jedem auf, der seinem Alter und seiner Gewichtsgruppe angehörte. Er versäumte keine Möglichkeit, an den Louisviller Boxveranstaltungen teilzunehmen. Er sammelte Ring-Erfahrung, trainierte hart und viel und machte noch mehr von sich reden.

Im Blickpunkt seiner Welt zu stehen war ihm darüber hinaus ein Bedürfnis. Seine täglichen Wettrennen mit dem städtischen Bus über eine Reihe von 28 Straßenblocks gehören in Louisville mit zur Clay-Legende.

»Natürlich war ich schneller als der Bus«, erklärt Ali heute, »denn das war ja die Sache, den Leuten zu imponieren. Als andere noch mit ihren kümmerlichen Jacken herumliefen, hatte ich bereits eine, auf der ›GOLDEN GLOVES CHAMPION‹ in Seide gestickt war. Jawohl, Showmanship war mir mit in die Wiege gegeben.«

1956, als Cassius 14 Jahre alt war und seine kombinierten Talente gehörig durchgekocht hatte, kam dann auch der ersehnte Augenblick: Eine Zeitung nahm von ihm Notiz, zwar nur mit einer kargen Doppelzeile und als Teil in der Fernsehvorschau; immerhin stand dort zu lesen, daß Cassius Clay aus Louisville zu einem Kampf gegen Luther Quisenbury aus Indianapolis antreten werde.

Weitaus wichtiger war für Cassius natürlich, sich zum ersten Mal einem wirklich großen Publikum präsentieren zu können, denn das Ereignis wurde durch das Fernsehen in der »Parade of Champions« in Louisville und Nachbarschaft gezeigt. Trainer Martin versorgte dieses wöchentliche Programm mit den nötigen Ringdarstellern.

Cassius hatte schon lange auf diese Gelegenheit gewartet und setzte alles daran, seinen Ruf aufzubauen. Er gewann den Kampf ohne große Mühe. Die Köpfe fingen an zu rollen, wie er versprochen hatte. Im gleichen Jahr fegte er in die »Golden Gloves« hinein und errang den lokalen Juniorentitel.

Das schlug dem mit Übereifer, Aufschneidereien und Exzentrizitäten gefüllten Faß den Boden aus.

Er trug von da an nur noch die von ihm mit »GOLDEN GLOVES CHAMPION« plakatierte Sportjacke, während seine Klassenkameraden sich mit konventioneller Garderobe begnügten. Er verteilte Autogramme und zeichnete nüchtern: »Cassius Clay, Worldchampion« (Weltmeister)! Wenn er den Telefonhörer in die Hand nahm, hörte man als erstes: »Hier spricht Cassius Clay, zukünftiger Schwergewichts-Weltmeister!«

Bei der Cadillac-Agentur in Louisville, an deren Schaufenstern der nach Ruhm dürstende Junge schon monatelang seine braune Nase platt drückte, bestellte er aus Jux einen rosaroten Wagen mit allen Schikanen und machte sich dann den Spaß, bei jeder sich bietenden Gelegenheit anzufragen: »He, Mister, ist meine Karre nun endlich da?«

Man sah gutmütig über diesen Unfug hinweg und lachte mehr über den gutaussehenden, schalkhaft grinsenden Jüngling, als daß man ihm böse war. Niemand konnte ahnen, daß dieser mit dem Auto-Spaß nur seinen Glauben an die Zukunft stärkte – und einmal eine ganze Flotte farbiger Cadillacs sein eigen nennen sollte.

Die Köpfe »rollten« weiter bis zum Herbst 1957. Cassius hatte sich schon bis in die Endrunden der »Golden Gloves« in der Halbschwergewichts-Division durchgearbeitet – mit bester Aussicht auf ein gelungenes Finale –, als plötzlich der Himmel über ihm einfiel.

IM BOXER-GOLDPOTT DER WELT

Eine Zeitlang sah es aus, als ob all sein hartes Training, seine vielversprechenden Siege im Ring umsonst gewesen seien, als ob die Girlanden, die sein Mundwerk um ihn herumgehängt hatte, unbeachtet bleiben sollten. Bei einer der üblichen medizinischen Untersuchungen vor einem Wettbewerb stellte der amtierende Arzt fest, daß das Uhrwerk des angehenden Adonis-Körpers nicht ganz nach Vorschrift arbeitete!

Cassius bekam zu hören: »Mein Junge, deine Sprungfeder ist nicht in Ordnung! Es zeigt sich ein heart murmur« (Herzgeräusch). »Nun also erst einmal Schluß mit dieser Herumschlagerei hier!« –

Diese Katastrophe traf Cassius wie ein Blitz. Seine brillante Laufbahn sollte so früh, fast im Keime noch, beendet sein? Er konnte und wollte es nicht glauben. Monate, die er ohne sein geliebtes Training verbringen mußte und ohne sich im Ring produzieren zu können, arbeitete es in ihm. Er setzte seinen ungeheuren Willen, der ihn seinem Ziel zutreiben sollte, nun auch gegen die Natur ein – und siegte.

1958 wurde er nach weiteren Untersuchungen durch die Experten wieder zum Boxen zugelassen, oder besser gesagt – aufs Boxen losgelassen. In diesem Jahr holte er sich das, was er im vergangenen versäumt hatte. Anschließend an verschiedene Siege in »Interstate«- (amerikanisch-zwischenstaatlichen) Wettbewerben steckte er die Halbschwergewichtsmeisterschaft der Louisviller Golden Gloves mit Leichtigkeit ein. Bei den weiteren Ausscheidungen dieses Turniers kam dann aber in Chicago wieder ein Rückschlag, und er erlitt eine der seltenen Niederlagen.

Es ist fast überflüssig zu sagen, daß sein Herz ihm nie wieder Schwierigkeiten machte ...

1959 war Cassius mit 6 Fuß Größe und 171 Pfund Gewicht ein ausgewachsener Halbschwergewichtler. Und während er immer noch zur Schule ging und nach wie vor morgens und abends sein Training um die Erziehung wickelte, räumte er gewaltig unter den Amateuren auf. Er jagte nur so durch die bedeutenderen Meetings und holte sich alle nationalen Titel – bis auf einen ...

Im März machte er dann den ersten wirklich großen »Hit«. In den Endrunden um den Golden-Gloves-Titel im Halbschwergewicht stand er Tony Madigan, dem Meister der Britischen Empires aus Australien, gegenüber. Clay versuchte mit seiner erprobten federnden Leichtfüßigkeit seinen Gegner auszuboxen, wurde aber sofort unsanft daran erinnert, daß Wendigkeit in den unteren Extremitäten nicht allein selig macht – besonders nicht bei einem ebenbürtigen Gegner! Er steckte zwei harte Rechte ein, und so etwas war er nicht mehr gewöhnt. Instinktiv änderte er seine Strategie, ließ nun linke Haken mit rechten Anhängern los und sammelte in der 2. und 3. Runde Punkte. Er gewann den Kampf nur knapp, aber es blieb bis dahin dennoch sein größter Sieg – und so war er schließlich »Golden-Gloves-Champion« des ganzen Landes.

Einen Monat später konnte er in Toledo (Ohio) den blassen Eindruck verbessern. Im 72. AAU-Tournament machte er Johnny Powell ohne viel Umstände fertig und heimste den zweiten nationalen Titel ein.

Als Doppelchampion war Cassius nun davon überzeugt, daß ihm nichts weiter mehr im Wege stünde, um in Richtung Rom auf die nächsten Olympischen Spiele zuzusteuern.

Gelassen stieg er bei den Ausscheidungen zu den »Pan American Games« in Madison (Wisconsin) in den Ring – und sah sich zum ersten Male einem mit allen Wassern gewaschenen Rechtsausleger gegenüber. Amos Johnson, ein Marine-Champion, bot ihm keine Chancen, sich auf das ungewohnte Problem einzustellen. Mit seinem Punktsieg ließ er Cassius lediglich als Ersatzmann der amerikanischen Mannschaft zurück, dessen Dienste bei den Endrunden aber nicht beansprucht wurden.

1960 kamen dann die Olympischen Spiele für den 18jährigen Cassius in greifbare Nähe. Vorher mußte er jedoch durch die verschiedensten Meetings und Ausscheidungen gehen. In Chicago gewann er u. a. das Turnier der Champions, und zwar in der Schwergewichtsklasse. Er hatte sich dazu 4 Pfund angegessen, was bei seinem notorischen Appetit ja kein großes Opfer war, denn er wollte vermeiden, im Halbschwergewicht eventuell seinem eigenen Bruder im Ring gegenüberzustehen.

Rudi war – dies nebenbei gesagt – Cassius wie ein Trabant durch die Jahre des Aufstiegs gefolgt und hatte öfter die Gelegenheit ausgenutzt, in dessen Fußstapfen zu treten. Die Götter hatten aber nicht an seiner Wiege gestanden, um ihm etwas von seines Bruders Größe mitzugeben. In Zukunft zog er es vor, Cassius als ständiger, gutbezahlter Begleiter und auch Sparringspartner zur Seite zu stehen.

Nach wie vor brillierte Cassius mit seiner verblüffenden Beinarbeit. Sie kam ihm besonders zustatten, als er vor annähernd 15 000 Zuschauern beim 33. Golden-Gloves-Finale im Madison Square Garden, dem »Boxer-Goldpott« der Welt, sein Debüt gab.

Mit der Rechten setzte er den Ostküsten-Titelhalter, Gary Jawish, in der 3. Runde auf die Bretter und reihte seiner Kollektion wieder eine Meisterschaft an.

Als letzte Hürde blieb dann nur noch die AAU-Meisterschaft übrig, deren Gewinn automatisch zur Teilnahme an den olympischen Ausscheidungen in San Franzisko berechtigte. Im April 1960 verteidigte er diesen Titel erfolgreich, indem er Jeff Davis in der 2. Runde zur Aufgabe zwang.

Trotz dieses Sieges bestritt er noch drei weitere Kämpfe, die er alle mit K.o. gewann, obschon ihm der Weg zu den Olympischen Spielen offenstand.

Oder stand er nicht offen?

Ganz und gar nicht, denn Cassius sah sich einem neuen Hindernis gegenüber, und zwar einem, das völlig seine eigene Sache war: Cassius Clay, angehender Weltmeister im Schwergewicht, der »schönste« und beste Fighter, der je seine Hände in Boxhandschuhe gesteckt hatte, der alle »fertigmachte«, kurz, der »Größte«, hatte eine panische Angst vor dem Fliegen! Seit er einmal auf einer Flugreise in einen Sturm gekommen war und den Rest der Fahrt elend zusammengekauert und betend verbracht hatte, war er mit dem Fliegen fertig. Er weigerte sich kategorisch, nach San Franzisko zu fliegen. Von einer Bahnfahrt konnte nicht die Rede sein, da Wettbewerbs-Teams der Regel nach immer geschlossen betreut und transportiert werden mußten.

Fast sah es aus, als ob »Mighty Mouth« (Großschnauze), wie man ihn zu nennen begann, sein mit großen Hoffnungen gesetztes Ziel aufgeben oder umgehen würde. So kam er zu der Kuhstall-Logik, die ihm je nach Fasson und Gelegenheit recht ist.

»Ich will ja sowieso Profi werden, wozu noch die paar Lorbeeren in Rom?« meinte er – und drohte aus dem Team auszuscheiden.

Nun redete Martin auf ihn ein und versuchte ihm klarzumachen, daß eine Goldmedaille bei den Olympischen Spielen die beste Einführung für das Berufsboxen sei und gleichzeitig auch eine Nummer in der Weltrangliste bedeute.

Cassius war immer noch skeptisch. Kaum eines seiner rhetorischen Kunststücke paßte in die Diskussion, um seinen »Bammel« zu rechtfertigen. Seiner Meinung nach bestand ein gewaltiger Unterschied zwischen den Chancen, sein Leben im Flugzeug oder lediglich einen Amateurkampf zu verlieren.

Mit über 100 Siegen auf seinem Konto war er aber ein Faktor, auf den das US-Team nicht verzichten konnte. Man hielt ihn in der Tat für einen der wenigen, auf die man in Rom mit Sicherheit rechnen konnte. – Kurz entschlossen schickte die AAU im letzten Moment eine Sonderkommission nach Louisville, um den Burschen davon zu überzeugen, daß seine Teilnahme an den Spielen gewissermaßen eine nationale Ehrensache sei.

Dieses Kompliment schlug Cassius in seiner ganzen welterschütternden Auslegung breit. Daß eine ganze Nation auf ihn wartete, fand er unwiderstehlich! Er sagte zu, flog mit nach San Franzisko, wo er seine Opponenten der Reihe nach umlegte, und war damit offiziell ein Mitglied der amerikanischen Olympiamannschaft.

Dann zerriß er sein Rückflug-Ticket, borgte sich von einem Ringrichter Geld und fuhr mit der Bahn nach Hause. »Nie wieder Flugzeug und nach Rom nur per Dampfer«, gab er zu verstehen.

Wieder in Louisville, bereitete er sich für seine letzte große Aufgabe als Amateur vor, ohne sich die geringsten Kopfschmerzen wegen des künftigen Reisekomforts zu machen. Meister Martin verhalf ihm zu abschließendem Schliff. Clay trainierte wie ein Besessener, obwohl er erst im Juni des Jahres mit der Schule fertig sein würde.

Einer seiner Nachbarn rief ihm eines Tages zu: »He, Cassius, du trainierst zuviel! Komm lieber mal mit zur Kirche, sonst kommst du nicht in den Himmel!«

Cassius antwortete schlagfertig: »Einen Augenblick, Mann, hör mal zu! Wenn ich demnächst ein Hunderttausend-Dollar-Haus habe, eine Viertelmillion auf der Bank, meine Cadillacs und die Pro-Weltmeisterschaft dazu, dann bin ich im Himmel! – Herumlaufen wie du – mit 25 Dollar Wochenlohn in der Tasche, nach Hause kommen und vier Kinder brüllen hören, weil sie hungrig sind, das ist meine Vorstellung von der Hölle!«

WIE DER BÜRGERMEISTER VON ROM

Die Zeit zur Reise nach der Heiligen Stadt kam. Cassius machte prompt das gleiche Theater mit dem Fliegen wie vorher. Martin mußte all seine Überredungskünste anwenden und ihm wieder und wieder erklären, daß seine einzige wirkliche Chance jetzt darin läge, über die Olympischen Spiele hinweg ins Berufslager zu springen.

Er brachte seinem Schützling alle »Bonbons« wieder zum Bewußtsein, mit denen er jahrelang geliebäugelt hatte: Die Cadillacs, die 100 000-Dollar-Villa auf dem Hügel über Louisville, die schönen Mädchen, die sich um ihn reißen würden. Er malte ihm aus, daß er als der übelste Aufschneider des Jahrhunderts gebrandmarkt werde, wenn er jetzt nicht zur Stange und seinen lauten Versprechungen halte.

Cassius gab erneut klein bei und nahm Abschied von dem treuen Freund und Berater, der durch familiäre und berufliche Interessen daran gehindert war, Louisville zu verlassen.

Er erschien dann auch gesund und scheinbar frei von weiterer krankhafter Flug-Angst in Rom. Es dauerte nicht lange, bis er im Mittelpunkt des Geschehens stand.

Spontan gab er Interviews, Autogramme und ließ sich mit Hinz und Kunz und den Filmstars aus Italien und Hollywood fotografieren. Manche begannen in ihm das Renommierstück der amerikanischen Mannschaft zu sehen. Andere, die nur sein Renommieren hörten, hielten ihn für den größten Clown des Olympischen Dorfes. Ein Besucher bemerkte: »Der Bursche gibt an wie der Bürgermeister von Rom!«

In der engeren und gespannten Atmosphäre der Boxquartiere war ein Sportler, der seinen künftigen Gegnern »radikale Vernichtung« voraussagte und drohte, sie wie Nummern seinem Ringrekord anzusetzen, keine unbedingt sympathische Figur! Sonst aber fiel er in dem allgemeinen Sprachengewirr der Nationen durch das Aufschneiden in seiner Muttersprache nicht besonders unangenehm auf. Für die meisten war er eben amüsant.

Für den Louisviller Helden war bei den Olympischen Spielen eine Begegnung von großer Bedeutung: Er traf Floyd Patterson, der kurz vorher dem Schweden Ingemar Johansson die Schwergewichts-Krone abgenommen hatte und damit der erste Fighter seiner Klasse wurde, der den Titel zweimal erobern konnte.

Mit der ihm eigenen Vornehmheit erzählt Patterson von diesem Treffen: »Zufällig war ich in Rom, hatte eine Audienz beim Papst gehabt und besuchte das Olympische Dorf. Cassius Clay war der Star-Boxer unseres Teams. Er war höflich und voller Enthusiasmus. Ich entsinne mich noch, wie er auf mich zulief, als ich im Camp erschien, meine Hand ergriff und sagte: ›Com'on, let me show you around.‹ Und er führte mich herum. Ich fand ihn außerordentlich enthusiastisch, aber sonst – gerade mir gegenüber – bescheiden. Ein Kerl, den man gut leiden konnte . . .«

Nach allem, was Patterson später noch an Beleidigungen von dem »bescheidenen Kerl« einstecken sollte, kann man seinen Bericht, der übrigens erst jetzt veröffentlicht wurde, nur als einen stoisch pastoralen Versuch ansehen, menschliche Schwächen zu entschuldigen und Frieden auf Erden zu bringen.

Cassius verabschiedete sich von ihm in Rom mit den Worten: »Well, Champ. See you again, ich sehe dich wieder – in ungefähr zwei Jahren. Dann aber im Ring!«

Ohne Martin war bei Cassius von einem normalen Training keine Rede mehr. Er beschränkte sich auf ein zugelassenes Minimum und hatte sonst, wie er zugibt, »the best time of my life – die schönste Zeit meines Lebens.«

Es war zu erwarten, daß die fremde Umwelt und die Sportkameraden aus aller Herren Länder ihren Eindruck auf Cassius hinterlassen würden. Zudem konnte er sich auch zum ersten Mal in seinem Leben von rassischen Begrenzungen frei fühlen.

Daß er dennoch zum Sternenbanner aufblickte und sich als guter Amerikaner zeigte, bewies das Interview mit einem Reporter, der ihn mit der Frage aufs Glatteis führen wollte: »Nun, Mr. Clay, wie werden Sie sich fühlen, wenn Sie als Gewinner einer Goldmedaille nach Hause kommen und nicht mit einem Weißen am Tisch sitzen können?«

Ohne viel nachzudenken oder auf seine eigenen Sentiments Rücksicht zu nehmen, machte er der Taktlosigkeit des Reporters schnell ein Ende: »Erzählen Sie Ihren Lesern, daß wir in den Staaten qualifizierte Männer haben, die an diesem Problem arbeiten. In der Richtung habe ich keinerlei Sorgen. Amerika ist das beste Land der Welt, selbst wenn es manchmal schwierig ist, da zu essen, wo man will. Aber ich lebe weder in einer Lehmhütte, noch muß ich die Alligatoren vor meiner Tür wegjagen wie die Schwarzen in Afrika, um die Sie sich lieber kümmern sollten.«

Training oder nicht – der Louisviller war für seine Gegner bereit.

Unter diesen Konkurrenten befand sich eine Anzahl erprobter Schwergewichtler, die in Europa durch dieselbe harte und erfolgreiche Mühle gegangen waren, wie er in den USA. Einige waren ihm, dem 18jährigen, an Ringjahren und -erfahrungen weit voraus.

Zur ersten Nummer kletterte er mit dem Belgier Yvon Becaus durch die Seile. Kaum saßen die Handschuhe richtig, hatte der Belgier bereits mit der Ringmatte ein Stelldichein. Die ungleiche Affäre wurde sofort abgeblasen.

Nummer zwei der Russe Gennadij Schatkow. Dieser mußte sich drei volle Runden lang einen Tornado kurzer Schläge gefallen lassen, die ihn völlig konfus machten. Er wurde glatt ausgepunktet.

Im dritten Akt traf Clay einen alten Bekannten wieder, den Britischen Meister Tony Madigan, den er schon einmal geschlagen hatte. Auch dieses Treffen mit dem harten Australier war kein Kinderspiel; Cassius gewann, aber wieder nur knapp nach Punkten.

Dann kam der letzte und wichtigste Streich. Ein Pole, über dessen Namen (Zbigniew Pietrzykowski) Gegner und Nicht-Landsmänner stolperten, war einer jener Rechtsausleger, die Cassius zu schaffen machten. Er hatte Mühe, den Mann richtig vor die Zielscheibe zu bekommen. Erst von der 3. Runde ab konnte er sich »einschießen«. Der Unaussprechliche hing dann auch prompt beim abschließenden Gongschlag wie ein nasses Handtuch über den Seilen.

Gee-Gee, der spinnende kleine Negerknabe aus Louisville, hatte die erste große Etappe erreicht, seine kindlichen Träume verwirklicht und seine Riesenschnauze unter Beweis gestellt. Von den drei Goldmedaillen, die das amerikanische Box-Team in Rom gewann, konnte er sich eine mit nach Hause nehmen.

»48 Stunden lang habe ich das Ding nicht abgenommen«, erzählt Cassius. »Ich nahm es sogar mit ins Bett, bis es mich kratzte.«

Durch die neuen Lorbeeren angeregt, schien er urplötzlich seine Luft-Angst verloren zu haben und flog ohne weitere Umstände nach New York, wo der getreue Martin ihn vom Airport abholte.

Zusammen machten sie nun die Runde durch die Riesenstadt, besonders durch das schwarze Harlem – dieses

Mal nicht als Sportler, sondern als Helden. Beide waren Gäste des Aluminium-Millionärs William Reynolds, der sie in seiner Zimmerflucht im Waldorf-Astoria, dem luxuriösesten Hotel von New York, unterbrachte.

Bei Gott, das alles zusammen war ein kaum faßbarer Sprung auf das Podium der Sportgeschichte für einen farbigen Boy aus Kentucky!

Cassius war in New York in ganz großer Form. Er besuchte Jack Dempseys Platz, traf mit Sugar Ray Robinson und anderen Berühmtheiten zusammen. Er hielt Reden und stolzierte mit seiner Olympiajacke am Times Square auf und ab.

Bei Taxifahrten klopfte er den nichts ahnenden Chauffeuren auf die Schulter und sagte: »Mister, ich wette, Sie haben gleich gesehen, daß Sie den berühmten Fighter Cassius Clay im Wagen haben . . .«

In einem Souvenirladen ließ er sich auf eine Jux-Zeitung die Schlagzeile drucken: »CASSIUS ZEICHNET FIGHT-KONTRAKT MIT PATTERSON.« Kurz und gut, es sah so aus, als ob der neue Star nicht geneigt war, eine weniger laute Saite auf seine Geige zu spannen – auch nicht im Hinblick auf eine nun weitaus ernstere boxerische Laufbahn.

Die Rückkehr nach Louisville stand erwartungsgemäß auch unter dem Stern des Triumphes. Hunderte von Bürgern hatten sich auf dem Flughafen zum Empfang eingefunden. Der Gouverneur des Staates schickte ein Glückwunschtelegramm. Der Bürgermeister sagte einige Phrasen und würzte sie mit »vorbildlichem Charakter« und »Beispiel für die heranwachsende Jugend« – Worte, die er heute am liebsten zurücknehmen würde.

Der Weg in die Stadt artete in eine regelrechte Parade aus – mit Polizeieskorte und Menschen aller Klassen und Rassen, die ihm von den Straßen und Häusern aus zujubelten. Vor der Schule sangen die Kinder im Chor: »Willkommen, Cassius!« In der Aula ließ sich der gefeierte Rom-Heimkehrer dann auf eine kleine Dankesrede ein und brachte im bescheidensten Tone, dessen er fähig war, zum Ausdruck, daß er dies ja alles vorausgesagt habe, über die erwarteten Gunstbezeigungen aber dennoch sehr gerührt sei.

In dem Buch des Amateur-Boxsportes schloß die Seite »Cassius Clay« mit über 100 Siegen ab, darunter allein sechs Kentucky-Golden-Gloves-Titel, sowie zwei nationale Golden-Gloves-Titel und zwei AAU-Meisterschaften. Seine Niederlagen konnte man fast an den Fingern einer Hand zählen. –

Nun aber wurde es Zeit, an eine lukrativere Zukunft zu denken!

Genügend Medaillen, Lorbeerkränze und gravierte Metallwaren gaben dem Clayschen Hause das Aussehen eines Engroshandels in diesen Artikeln. Bare Münze sollte ab jetzt die Parole sein.

Der Übergang ins Profilager mußte darum richtig erwogen und in Szene gesetzt werden. An Angeboten mangelte es nicht. Nochmals mußte Joe Martin auf seinen Schützling seinen ganzen Einfluß geltend machen, um ihn vor unüberlegten Schritten zu warnen. Mit den Spekulanten, die in Cassius eine Goldgrube sahen, stand auch der »Fight-Mob«, die »Racketeers« vor der Tür.

VON KONZERNEN UND KANONENFUTTER

Im Hause Clay regnete es Angebote von allen Seiten; der Filius war plötzlich ein begehrter Artikel geworden.

Seit Marcianos Abtreten von der Boxbühne 1956 war Boxen im allgemeinen und die Schwergewichts-Division im besonderen sehr heruntergekommen. Es gab keinen wirklich großen Fighter, der auch nur annähernd an die Klasse der goldenen Jahre des Sports herankam. Außerdem hatte das Fernsehen das Publikum mit mittelmäßigen Shows übersättigt, und zum Überfluß war es der Unterwelt gelungen, das Ansehen des Berufsboxens in die Gosse zu ziehen.

Man war um »Talent mit sauberer Unterwäsche« verlegen. Cassius Clay schien dieses Talent zu repräsentieren.

Major Bob Surkin, Leiter der Boxabteilung des amerikanischen Olympiateams, erklärte: »Clay hat weitaus bessere Aussichten als seinerzeit Floyd Patterson, als dieser nach seinem Siege in den Olympischen Spielen, in fast der gleichen Altersgruppe, vor einer ähnlichen Situation stand. Clay hat die schnellste Hand, die ich bei einem Manne seines Gewichtes je gesehen habe!«

Unter den Leuten, die sich nun um das Goldene Kalb drängten, waren insbesondere einige Ex-Titelhalter, beispielsweise Sugar Ray Robinson (Pfund für Pfund der beste Techniker, der in den letzten Jahrzehnten im Ring stand); dann Rocky Marciano, der ungeschlagene Meister; Pete Rademacher, der gleichfalls als Olympiachampion in das Profilager gegangen war, aber ohne Erfolg; nicht zuletzt noch Archie Moore, der noch aktive Veteran des ganzen amerikanischen Boxbetriebes.

Sie bombardierten Clay mit Offerten ...

Aus der Reihe der erfolgreichen Pro-Manager – in den USA kürzt man Profi einfach mit »Pro« ab – war in erster Linie Cus d'Amato, der Machiavelli der Yankee-Betreuer, der über Floyd Patterson wachte und sich nun bemühte, Clay unter seine Fittiche zu bekommen.

Der größte Manager und Promoter aller Zeiten, Jack Kearns, der die erste Million Dollar Kasse bei einem Match mit Jack Dempsey machte, der Jack und Mickey Walker zu Weltruhm verhalf und vor kurzem noch Archie Moores Interessen wahrgenommen hatte, stand diesmal nur als stiller Beobachter im Hintergrund. In Miami, wo er seine letzten Tage verbrachte, hörte man ihn eines Tages, nachdem er Cassius Clay dort gesehen hatte, seufzen: »Wenn ich nur jünger wäre ...«

Aber, wie bei allen Schwergewichts-Affären, die in Amerika oft Dollarmillionen-Börsen bedeuten, standen auch die finsteren Gestalten der Unterwelt im Schatten des Geschehens und warteten.

Allerdings hatte das sogenannte Kefauver-Komitee in Washington den Parasiten des Berufsboxens mächtig zugesetzt. Der geheimnisvolle Mr. Grey (alias Frankie Carbo), der von seiner Villa in Miami aus den Fight-Mob hinter den Kulissen der Großkämpfe leitete, saß auf Rickers Island in New York und schwang einen richtigen Mop (mit »p« geschrieben), um seine Zelle sauberzuhalten. Zwei Jahre später brummte man ihm nochmals 85 Jahre wegen Terroraktionen gegen Faustkämpfer auf, die nicht so wollten wie er.

Aber noch waren einige seiner Frontmänner in Zirkulation. »Plinky« Palermo, Mitchell, Vitale, Toni »Fat« Salerno und Pep Barrone führten Carbos Geschäfte weiter. Letzterer sollte dann auch bis in die Sonny-Liston-Periode mit hineinspielen.

Was der junge Neger von all diesen finsteren Geschichten nicht wußte, hatte Schutzmann Martin längst geschluckt und war deshalb bemüht, seinen Schützling in erster Linie an den übelriechenden Gassen der Box-Industrie vorbeizusteuern.

Es schien ihm geboten, für Cassius einen finanziell gesicherten Hintergrund zu schaffen, der die Versuchungen und Manipulationen der Unterwelt von ihm fernhalten und ihn von den Sorgen um die täglichen Bedürfnisse befreien würde. Clay sollte und mußte in jeder Weise unbeschwert auf eine saubere, glatte Bahn geführt werden. Das konnte nur mit Hilfe eines Sportmäzens geschehen.

Martin – mit seiner Position bei der Polizei, als Geschäftsmann und nicht zuletzt mit seinem makellosen Ruf als Förderer der Jugend – hatte gute Beziehungen zu den Louisviller Industrie-Aristokraten. Boxfachleute darunter zu finden war nicht zu erwarten, aber das war in seinen Plänen nebensächlich. Ein Mäzen sollte lediglich Interesse für den Sport – und Geld haben!

Er setzte sich mit William Reynolds in Verbindung, dem Mann, der sich Clay gegenüber bereits in New York wohlwollend gezeigt hatte, indem er ihn im Waldorf-Astoria-Hotel bei sich wohnen ließ.

Reynolds war nicht abgeneigt, dem jungen Mitbürger in seiner Karriere zu helfen, soweit er damit nicht persönlich in Anspruch genommen werden würde. Durch seinen Rechtsanwalt Gordon Davidson ließ er einen Vertrag ausarbeiten, der in seiner Großzügigkeit alle Punkte enthielt, um die »Racketeers« von Cassius' Tür fernzuhalten und ihm eine ordentliche Weiterentwicklung zu garantieren.

Clay jr. zeigte sich anfangs begeistert und gewillt, dieses Angebot zu akzeptieren. Mit Bill Reynolds, dem Millionär und einem der führenden Bürger der Stadt, auf freundschaftlichem Fuße zu stehen erschien ihm als sehr geeignete Stufe zu weiterem Ruhm. Leute mit Geld und Ansehen imponierten ihm überhaupt sehr.

Dann aber bockte er plötzlich. Cassius, das Paradox in persona, kam wieder zum Vorschein! Er, beziehungsweise sein Vater, der pro forma noch für den erst 18jährigen in Rechtssachen einzustehen hatte, weigerte sich, den Vertrag zu unterzeichnen.

Was war daran anstößig? War es nicht ein in allen Teilen großzügiges Geschenk, das kaum einem jungen Sportler geboten wurde? Das schon; für Clay gab es jedoch einen Haken, der nichts mit Geld zu tun hatte, wohl aber mit Anstand und Ehre. Reynolds hatte nämlich darauf bestanden, daß Joe Martin nun als Vollzeit-Trainer für den Jungen fungieren sollte. Diese Maßnahme war in Anbetracht des bisherigen Verhältnisses zwischen den beiden nicht nur aus Dankbarkeit und Takt wünschenswert, sondern auch in boxtechnischer Hinsicht.

Im Leben des »Größten« gab es zwei Gruppen von Männern, die von der Bildfläche verschwanden, nachdem sie ihm mit Rat und Tat zur Seite gestanden hatten. Die eine zog es vor, sich aus freien Stücken aus der oft ungesunden Atmosphäre von Größenwahn, religiösem Fanatismus und Starrsinn zurückzuziehen; die andere wurde einfach am Wege liegen gelassen. Und es sieht so aus, als ob Joe Martin zu der letzteren gehörte.

Aufgehetzt von seinem Vater, der als eingefleischter Cop-Hater (Polizistenhasser) schon immer gegen den Gesetzeshüter gewesen war, schmiedeten Cassius und Konsorten jetzt Pläne, in denen für den aufopfernden Mentor seines bisherigen Schicksals kein Platz mehr war.

Der König der Amateure war nun zu gut, um weiterhin von einem »Amateur« betreut zu werden. Der (weiße) Mohr hatte seine Schuldigkeit getan. – Martins entscheidende Rolle im Leben des »Größten« war damit zu Ende.

Mit Martin zog sich natürlich auch Reynolds zurück, der sich mit der brutalen Ausschaltung seines Freundes nicht einverstanden erklären konnte.

Daß Cassius trotzdem weiterhin glatte Fahrt hatte, verdankte er weniger seinem Talent und seiner großen Schnauze als der Langeweile einer Anzahl Louisviller Industriemagnaten.

Zu diesen gehörte William Faversham, ehemaliger Schauspieler, Schriftsteller etc., in dessen Familiengeschichte bekannte Sports- und Bühnenfiguren zu finden sind. Als Luftwaffen-Colonel wurde er im Zweiten Weltkrieg nach Louisville verschlagen, siedelte sich dort an und brachte es zu einem leitenden Posten in der Schnapsbrennerei, der führenden Industrie des Staates. Von Louisville aus geht ein großer Teil des bekannten Bourbon oder Kentucky-Whisky über die ganze Welt.

Faversham las zufällig in der Zeitung, daß ein Sportprojekt zwischen Bill Reynolds und dem jungen Olympiachampion ins Wasser gefallen sei. Kurz entschlossen rief er einige Freunde aus der Schnaps- und Tabakindustrie an und fand für seinen Vorschlag, gemeinsam den Faden aufzunehmen, wo Clay ihn abgerissen hatte, ein sofortiges Echo.

Nach kurzer Zeit waren es elf Leute, die sich zur »Louisville Sponsoring Group« zusammentaten; sie stammten – bis auf einen – aus Louisville und waren zum größten Teil mehrfache Millionäre.

Sie traten mit Gordon Davidson in Verbindung, der den ursprünglichen Vertrag zwischen Reynolds und Clay entworfen hatte, adoptierten diese Vorlage mit Abänderungen in den von der Clayschen Sippe monierten Paragraphen und legten sie dem Dickkopf wieder vor.

Die wichtigsten Punkte dieses Kontraktes lauteten ungefähr so:

Bei Unterzeichnung des Vertrages erhält Clay einen Bonus von $ 10 000,–.

Für zwei Jahre erhält Clay ein garantiertes Einkommen von jährlich $ 4000,–, für weitere vier Jahre ein garantiertes Einkommen von jährlich $ 6000,–.

Alle Spesen für Trainer, Training, Unterkunft, Reisen etc. werden von der Gruppe getragen.

Ein bestimmter Prozentsatz aller jeweiligen Einkommen des Boxers wird automatisch einem Pensionsfonds zugeführt, der ihm nach dem 35. Lebensjahr ausgezahlt wird.

Für diese Leistungen erhält die Gruppe 50% aller Einnahmen des Boxers, einschließlich solcher, die aus Sportartikelwerbung und anderen Unternehmen resultieren. (Der Prozentsatz wurde später zugunsten Clays revidiert.)

Dieser Vertrag läuft bis zum Oktober 1966 und kann den Umständen entsprechend erneuert werden.

Cassius wäre ein Idiot gewesen, hätte er dieses Mal nicht zugestimmt. Er war offensichtlich in die Hände von Leuten gekommen, denen nichts daran lag, ihn als goldenes Huhn zu rupfen, sondern selbst zu den reichsten Leuten seiner Vaterstadt gehörten und darüber hinaus wohl eine Aufgabe darin sahen, ihm und damit dem absackenden Boxsport wieder auf die Beine zu helfen – wahrhaftig eine ideale, in der Geschichte des Boxsportes einmalige Situation.

Grundsätzlich war das natürlich richtig. Was die Herren des Syndikats vom Boxen nicht verstanden, verstanden sie um so besser von der Einkommensteuer und was man dabei für solche Scherze abschreiben konnte.

Sie wollten ihre Einlagen von etlichen tausend Dollar pro Person und andere Interessen nicht unnötig riskieren, was auch daraus hervorgeht, daß sie Cassius' Leben sehr hoch versicherten. Dazu schlossen sie noch eine viel höhere Unfallversicherung für ihn ab, denn der junge Angeber war schon zweimal wegen zu schnellen Fahrens in dem rosaroten Cadillac, seinem Kindheitstraum, verhaftet worden. Nach seiner Rückkehr aus Rom hatte er sich den Wagen – zu Beginn der Laufbahn als »Größter« – auf Raten zugelegt.

Dennoch blieb es natürlich ein Risiko, einem – allerdings erfolgreichen – Amateur unter die Arme zu greifen, ihn zum »Pro« aufzupäppeln und abzuwarten, daß die Auslagen wieder hereinkamen. Was konnte auch schon dabei herauskommen, wenn der Reingewinn, in elf Teile geteilt, ausgezahlt werden mußte? Und schließlich konnte man mit einer guten Reklame für die einheimische Schnapsindustrie, an der die meisten der Gruppe beteiligt waren, kaum rechnen, solange Cassius die Fahne der alkoholischen Enthaltsamkeit hochhielt.

Faversham und Genossen, mit Glücksgütern reichlich gesegnet, betrachteten also ihr Unternehmen zunächst als sportliche Spielerchance, die interessant und aufregend zu werden versprach. Und wer war in Louisville, der Derby-Stadt, nicht ein Spieler, der auf sein Pferd hoffte?

Einer der Gruppe sprach sich im Namen aller über die Motive des Projektes aus: »Wir stehen in erster Linie hinter Clay, um für eine Belebung und Besserung des Boxsportes zu sorgen und um zu zeigen, daß es auch ohne zweideutige Machenschaften geht. Wir werden alles tun, um den netten Burschen aus unserer Stadt von den Klauen der Racketeers fernzuhalten. Wenn es uns darüber hinaus gelingt, dem Sport wieder einen guten Namen zu geben, so betrachten wir unsere Aufgabe als erfüllt.«

Cassius versuchte nach außen hin, den für ihn günstigen Abschluß und die idealistische Motivierung seiner Bosse mit dem üblichen Hinweis auf seine künftige Größe abzutun: »Die wollen mich ja nur als Renommierstück herumreichen, um bei ihren Partys sagen zu können: ›Darf ich Ihnen unseren Boy, den künftigen Schwergewichtsmeister, vorstellen?‹«

Die Herren des neuen Konzerns ließen es sich nicht nehmen, wann immer möglich den Kämpfen ihres jugendlichen Partners beizuwohnen – wenn in USA, trat man die Reisen mit Stil und Komfort an ... In den eigenen Flugzeugen.

Drei Tage nachdem Cassius den Vertrag in der Tasche hatte, fand sein erster Pro-Kampf statt, allerdings noch von einem Louisviller Veranstalter in die Wege geleitet.

Inzwischen hatte er schon tüchtig auf die Reklametrommel gehauen, hatte sich in Schulen und Hospitälern produziert. Den Kindern oder Insassen erzählte er von Rom und den Olympischen Spielen und zeigte dazu seine Fotos.

Bei einer dieser Gelegenheiten flüsterte ihm ein kleiner Rowdy, der anscheinend frühzeitig unter die Ringbanditen gefallen war, zu: »He, Cassius, ich gebe dir einen guten Rat. Wenn du mal richtig in Druck kommst, schmier dir während der Pause deine Handschuhe mit Kolophonium ein. Dann kann der andere bald nicht mehr sehen, und du kannst ihn fertigmachen!«

Um diese Zeit fanden die Senatswahlen statt, und Clay jonglierte nun auch – wenig geschickt – mit Politik. Er bot dem demokratischen Jugend-Komitee seine Dienste an, versprach aber gleichzeitig den Republikanern, bei einer Wahlversammlung des Kandidaten Senator Sherman Cooper aufzutreten. Damit hatte er es auf die Spitze getrieben und mußte sich unter dem Gekicher der Beteiligten für eine Partei entscheiden. Er blieb bei den Republikanern. – Cooper gewann . . .

Von jetzt an machte er sich nichts daraus, seine künftigen Gegner zu beleidigen und herunterzureißen. In einem Zeitungsinterview nannte er Tunney Hunsaker, einen Polizeichef aus Westvirginia, einen »Bum«, auf deutsch eine »Flasche«, ein Ausdruck, den er bis heute in seinem Repertoire hat, zumal er in Boxzirkeln nicht ungewöhnlich ist.

Sicher war Tunney Hunsaker im Ring kein großes Licht und hatte außer dem Namen des Klassikers der zwanziger Jahre Gene Tunney auch nicht einen Schatten von dessen Größe. Doch er hatte von zwanzig Kämpfen fünfzehn gewonnen, und man mahnte Cassius: »Der Mann hat Erfahrung, sei scharf und paß auf!«

»Der Mann ist ein ›Bum‹, den haue ich mit Leichtigkeit zusammen«, konterte er.

Um sich für die Schau in Louisvilles großer Freedom Hall nicht nur auf die sportlichen Lokalpatrioten und die farbigen Anhänger Clays zu verlassen, hatte der Veranstalter noch die berühmte schwarze Sprinterin Wilma Rudolph als weiteren Anziehungspunkt verpflichtet und das Ganze als Wohltätigkeitsveranstaltung aufgezogen.

Damit war Cassius nicht mehr unbedingt der Held des Tages, denn Wilma hatte ihn in Rom um zwei Goldmedaillen geschlagen. Sie holte sich überlegen den 100- und 200-Meter-Lauf und war Schlußläuferin der siegreichen 4×100-Meter-Staffel.

Was den Kampf selbst betrifft, der am 29. Oktober 1960 um 22.30 Uhr vor sich ging, kann man sich kurz fassen: Cassius blieb bei seiner »Bum«-Theorie, benötigte aber immerhin sechs Runden übertriebener Links- und Beinarbeit, um einen Punktsieg über Hunsaker herauszudreschen.

Lag es daran, daß Martin nicht mehr in seiner Ecke war oder daß Cassius sich in seiner Starrolle herabgesetzt fühlte? Er machte jedenfalls einen sehr amateurhaften Eindruck, der nur durch die größere Unfähigkeit seines Gegners gemildert wurde. Seine Linke arbeitete unablässig, aber ohne jede Autorität. Sie war in Rom viel besser gewesen, als er den Russen Schatkow damit aus dem Konzept gebracht hatte.

Cassius hatte sich nicht im Licht eines angehenden Profis, geschweige denn im Licht eines Weltmeisters gezeigt! Fast schien es, als hätten die elf Sportfreunde eine Katze im Sack gekauft.

Faversham spielte den Mittelsmann zwischen den Syndikatsmitgliedern und dem Boxer; er hatte für dessen Wohlergehen, Training, Kampfprogramm etc. zu sorgen.

Eine Sondergruppe entschied alle wichtigen Projekte wie Vorstellungstouren, Kampfverträge und dergleichen.

Angesichts der mangelnden Form von Cassius schickte Faversham ihn ohne viel Federlesen nun zu einem Nachhilfekursus zu Archie Moore, der in der Nähe von San Diego (Kalifornien) eine Boxschule mit Trainingscamp unterhielt. Vielleicht war es nun wirklich Zeit, daß Clay unter die Fuchtel eines richtigen Profis kam.

Archie Moore, der Senior unter den Pugilisten, hatte 1936 seine Laufbahn begonnen und es zur Weltmeisterschaft im Halbschwergewicht gebracht. Diesen Titel verteidigte er viele Jahre erfolgreich. Mit 141 K.o.-Siegen hielt er einen bis dato unerreichten Rekord. Mit anderen Worten, er war eine Ringgröße, verstand sein Geschäft und war darüber hinaus eine der beliebtesten Persönlichkeiten in der Faustkampf-Industrie – für einen normalen Titelaspiranten also der ideale Lehrer.

Für den Louisviller dagegen? Wer konnte sich ungestraft mit diesem Besserwisser einlassen?

Es dauerte kaum drei Wochen, und Cassius begann zu reklamieren: »Der Alte will meinen Stil ändern! Er will mit aller Gewalt etwas anderes aus mir machen, als meine Natur es mir vorschreibt!«

Moore hatte keine Lust, sich an seiner Arbeit solche Kritik gefallen zu lassen. Er rief Faversham an und bat, ihn so schnell wie möglich von der Gegenwart des Großmaules zu befreien.

»Der Junge verdient, den Hintern versohlt zu kriegen«, sagte er beim Abschied zum Vertreter des Syndikats, setzte dann aber vorsichtig hinzu: »Aber wer wird das besorgen?«

Cassius war mit Moore fertig, zumindest was das Verhältnis Trainer-Schüler anbelangte. Ein zweiter »Mohr« – Moore – hatte seine Schuldigkeit getan.

Später sollte er den alten Mann nochmals brauchen, wenn auch nur dazu, sich weiterhin aufzublähen.

Faversham hatte nun die Aufgabe, für Cassius einen anderen Blitzableiter zu suchen. Er fand ihn in Miami in Florida.

Miami hat das ganze Jahr hindurch ein angenehmes Klima. Deshalb schlagen viele »Pros« dort ihr Hauptquartier auf. Viele Ex-Fighter und Meister verbringen hier ihre alten Tage im Sonnenschein. Eine Anzahl beachtlicher Talente aus Kuba, darunter einige Weltmeister, sind nach Verlassen ihrer Heimatinsel in Miami geblieben. Kurzum, Miami ist eines der wichtigsten Zentren in der amerikanischen Box-Industrie.

In Miami lebten aber auch die Gebrüder Dundee; Chris, der führende Promoter der Box- und Ringkämpfe, und Bruder Angelo, der zweifellos erfolgreichste Trainer im gesamten Ringbetrieb von heute. Mit der Kombination Trainer-Promoter in einer Familie konnte Faversham sicher sein, daß Cassius am besten untergebracht war.

Angelo fand in dem günstigen Angebot einen sportlichen Ansporn. Die Aufgabe, ein scheinbar mißgeleitetes Phänomen wie Cassius Marcellus Clay auf die richtige Bahn zu bringen, empfand er als Herausforderung seines eigenen Könnens.

WER IST DER ZEHNTE MANN?

Im Herbst 1960 erschien Cassius in Miami. Er kam »mit Kind und Kegel«, in seinem Falle also mit den üblichen »Kletten«, die sich traditionsgemäß an einen vielversprechenden oder großen Boxer hängen. Bruder Rudi war natürlich auch dabei. In einem der schwarzen Wohnviertel wurde für die ganze Belegschaft ein Haus gemietet.

Cassius begann nun unter Dundee, in dessen berühmtem »Gym« (Trainingsquartier) in der 5th Street, ein ernsthaftes Vorbereitungsprogramm. Wie früher schon, war er mit Eifer und Fleiß dabei, sich in Form zu bringen und zu halten.

Es dauerte eine Zeitlang, bis sich Angelo mit der ihm eigenen Intelligenz und seinem psychologischen Feingefühl der Situation anpaßte.

Inzwischen wurden sich Faversham und Dundee über Clays ersten Fight in Florida einig. Vorsichtshalber sollte dieser zunächst nur in »Semifinals« in Erscheinung treten. »Semifinal« bedeutet in diesem Falle den zweiten Hauptkampf einer Veranstaltung, meist vor dem Starkampf ausgetragen.

Es war Ende Dezember 1960.

Man hatte Herb Siler, ein farbiges Mitglied der Miami-Boxgemeinde, dazu erkoren, für Cassius' erstes Auftreten unter der neuen Regie herzuhalten. Auf Grund seiner bisherigen Leistungen galt er bei den Einheimischen als hoher Favorit.

Der Kampf ging aber nicht einmal bis zur Hälfte. Clay zwang Siler in der 4. Runde zur Aufgabe. Trotzdem war seine boxerische Darbietung nur sehr mäßig. Für die Zuschauer war der Sieg des allgemein noch unbekannten

Louisvillers kein Anlaß zu großen Ovationen oder ernsthafter Kritik. Sie waren in erster Linie gekommen, um Jesse Bowdry gegen Willie Pastramo zu sehen. Willie war einer von Angelo Dundees Jungens, der kurze Zeit darauf die Halbschwergewichts-Meisterschaft errang und durch seinen Ringstil etwas auf Cassius abfärbte.

Eine Miami-Zeitung schrieb zu dem Debüt: »Clay muß noch allerlei lernen. Er war zu herausfordernd offen und unvorsichtig. Er stoppte sein Cleversein und Herumhopsen gerade lange genug, um Siler kampfunfähig zu machen. Es ist noch zu früh, ihn als Zukunftshoffnung zu proklamieren.«

Drei Wochen später, um seinen 19. Geburtstag herum, im Januar 1961, setzte man Cassius ein weiteres Versuchskaninchen vor, wiederum in einem »Semifinale«. Tony Esperti aus Miami hatte von fünfzehn Fights neun gewonnen.

Clay machte diesmal einen besseren Eindruck. Mit seiner Linken setzte er Esperti so lange zu, »bis dieser sich um sein Auge herum in Wohlgefallen auflöste«, wie es ein Ringreporter beschrieb. Der Kampf wurde in der 3. Runde gestoppt.

Dann, im Februar, nochmals in einem Semifinale, setzte man ihm Jim Robinson aus Kansas City vor, den er in noch kürzerer Zeit besiegte. Der Kampf fand diesmal in der gewaltigen Convention Hall von Miami Beach statt, in der Cassius später seinen größten Triumph feiern sollte. Im Hauptkampf standen sich Jesse Bowdry und der auch in Deutschland bekannte Harold Johnson zum Titelkampf im Halbschwergewicht gegenüber.

In dem Klamauk um dieses Ereignis verblaßte Cassius' Sieg in 1 Minute und 35 Sekunden über Robinson, eine richtige »Flasche«. Die Boxreporter in Miami witterten nun, daß die so wirksame Dundee-Kombination von Promoter und Trainer dem Olympiachampion reines Kanonenfutter vorsetzte, um seinen Weg zum Pro-Lager leichter zu machen.

Zur Entlastung der Dundees sei allerdings gesagt, daß der ursprüngliche Gegenspieler Clays, ein gewisser Willie Goulart, zur Veranstaltung nicht erschienen war.

Faversham und die Dundees kamen dann aber auch zur Überzeugung, daß man ihrem Wunderkind nicht ungestraft nur Kanonenfutter vorsetzen konnte. Clay mußte sich in besseren Kreisen bewegen und sich bewähren, bevor man daran denken konnte, seinen Namen auf der Weltrangliste zu finden.

Offiziell und gewissermaßen im Namen der Louisville Sponsoring Group nahm Faversham zu den Vorwürfen Stellung.

»Die Gegner unseres Mannes«, so ungefähr sagte er, »wurden nicht ausgesucht, um ihn zu begünstigen. Im Gegenteil; uns lag daran, ihm die größtmögliche Auswahl von Fightern gegenüberzustellen. Große, Kleine, Schläger, Techniker – und so weiter. Mit anderen Worten: Er sollte sich an verschiedene Größen, Stilarten, Schlagkraft und andere Bedingungen gewöhnen. Deshalb waren wir gezwungen, des öfteren auf Leute ohne nennenswerte Rangleistungen zurückzugreifen. Das war ein Teil unseres Entwicklungsprogrammes für Clay, nichts anderes.«

Um die bisher ungünstigen Eindrücke auszugleichen, holte man sich für den nächsten Kampf einen Mann mit imponierendem Rekord: Donnie Fleeman aus Texas hatte etwa fünfzig Fights hinter sich, gewann davon zwanzig allein durch K. o. und war noch niemals auf dem Boden gewesen. Zu seinen Opfern zählten Roy Harris, der Deutsche Willie Besmanoff und nicht zuletzt der Ex-Schwergewichtsmeister Ezzard Charles.

Dieser Namensliste des Ringes standen Cassius' Siege über vier »Flaschen« mit einer Gesamtdauer von 14 Runden sehr nüchtern gegenüber, fürwahr keine besonders hoffnungsvolle Aussicht.

Aber Clay ließ sich nicht einschüchtern, sondern erklärte stoisch: »Wenn ich Weltmeister werden will, muß ich den wohl schon umlegen, sonst würden ja all meine Pläne ins Wasser fallen. Ich werde den Mann einfach zu Tode boxen . . .«

Die Dundees hatten versucht, den Fight mit 10 Runden à 2 Minuten aufs Programm zu bringen. Donnie Fleeman protestierte jedoch gegen diese scheinbare Begünstigung seines Gegners.

Für Cassius jedoch bestand kein Unterschied zwischen 2 oder 3 Minuten und 8 oder 10 Runden. Zum ersten größeren Hauptkampf seiner Karriere stieg er mit 190$^1/_2$ Pfund Gewicht und dem üblichen Selbstvertrauen in den Ring. (190$^1/_2$ Pfund sind etwa 86,4 kg.)

Clay machte aus seinem renommierten Gegenüber einen lebenden Punchingball. Er holte sich jede Runde, bis das Massaker in der 7. Runde auf Anraten des Arztes abgebrochen wurde.

Im Ankleideraum stellte der Texaner recht betrübt fest: »Der Junge ist wirklich verdammt schnell! Ich war tatsächlich nur ein Punchingball für ihn. Aber einen Schlag hat er noch lange nicht!«

Gegenüber, im Clayschen Quartier, stolzierte Cassius auf und ab und fragte: »Seht ihr auch nur einen Kratzer an meinem Körper und im Gesicht?«

»Nein«, ertönte es brav im Chor von seinen Trabanten.

»Gut! Wer ist der zehnte Mann auf der Weltrangliste?«

»Tom McNeeley«, kam es zurück.

»Okay, den werde ich jetzt herausfordern!«

Das war schön und gut gesagt. Erstens stand aber Dundee mit seiner besseren Kenntnis der Sachlage dazwischen, und zweitens bedeutet der zehnte Mann der Weltrangliste den Abschluß der Gruppen nach unten. Man muß also über ihn hinweg, um auf die begehrte Tabelle zu kommen. Sie wird von »Mr. Boxing«, wie Nat Fleischer im allgemeinen in den USA genannt wird, monatlich in seiner Zeitschrift »The Ring« veröffentlicht. – Wer auf dieser Liste der größten Box-Autorität nicht erscheint, hat wenig Aussichten auf wirklich lukrative Kämpfe.

Über sein Treffen mit Fleeman sagte Cassius später, seine ihm eigene Offenheit geschickt in eine Aufschneiderei umbiegend: »Ehrlich gesagt, ich hatte das Herz in der Hose! An einem Mann, der Roy Harris und den Ex-Champ Ezzard Charles geschlagen hat und der noch dazu niemals auf dem Boden war – an dem mußte ja etwas dran sein! Logischerweise muß ich also nun wohl auch entsprechend etwas ›größer‹ sein als der Durchschnitt!«

Das Louisviller Syndikat mit Clay und den Dundees im Gefolge machte jetzt über die Grenzen Miamis hinaus von sich reden. Man sah in der bisher noch nicht dagewesenen Kombination von Talent, Reklame, Training und einem Million-Dollar-Fonds eine »Boxmaschine«, eine Art Tank, der nicht so einfach aufzuhalten war. Man nahm nun auch in der ganzen Nation davon Kenntnis, daß der Hauptaktionär der Maschine systematisch mit »handpicked bums« (»ausgesuchten Flaschen«) bedient worden war, trotz Favershams Bemühungen, dieser Sache eine sportliche Bedeutung zu geben.

Bei der Suche nach geeignetem Material mußte man nun wohl oder übel dafür sorgen, einen Fighter zu finden, der Aussicht hatte, Clay zu besiegen. Nur so konnte das Interesse an der Operation weiter aufrechterhalten werden.

Dazu gehört nun Zeit, um Fühler nach Managern und Promotern auszustrecken. Um Cassius inzwischen nicht aus der Übung zu bringen, setzte man ihn wieder in Louisville zu einem »Bildungskampf« ein, wie Herr Faversham das vielleicht im Sinne hatte. Sein Lehrobjekt war ein Bauernbursche namens Lamar Clark aus Cedar City im Staate Utah, dessen Hauptverdienst darin bestand, daß er alle bisherigen Gegner *ausgeschlagen* hatte.

Clark mochte in seiner Heimatstadt und den umliegenden Dörfern ein Knockout-Artist gewesen sein, gegen Clay versagte seine Kunst völlig. Er fand keine Gelegenheit, auch nur einen seiner als »tödlich« ausposaunten Schläge anzubringen, und seine Verteidigung war so mangelhaft, daß er den dauernden »Jabs«* des tanzenden Louisvillers nicht entgehen konnte. Clay hatte ihn dreimal am Boden und ließ ihn dort in der 2. Runde mit gebrochener Nase und einer vollen Dosis seiner eigenen Medizin liegen.

Diese ganze Affäre ist lediglich darum bemerkenswert, weil sie ein Licht auf Cassius' Verhältnis zu seiner Umwelt wirft. Unter den 5500 Zuschauern, die sich im Louisville Fair Ground Museum versammelt hatten, befand sich – nach Angaben eines Reporters – eine große Anzahl, die nur in der Hoffnung gekommen war, zu sehen, daß ihr lokaler Maulheld eine Tracht Prügel bezog.

Also selbst in seiner Vaterstadt hatte schon eine Gegnerschaft gegen Clay und sein Benehmen eingesetzt. Weder Trainer Dundee noch die elf einflußreichen Bosse hatten vermeiden können, daß ihr Boy vor dem Clark-Fight wieder auf die Kanzel stieg, um seinen Widersacher öffentlich herunterzumachen.

Cassius' Sinn stand immer schon nach höheren Dingen, und jetzt brannte er darauf, mit den besten Boxern der Periode, namentlich Sonny Liston und Floyd Patterson, in den Ring zu steigen.

* Ein »Jab» ist ein kurzer »Wischer«, der aus dem Handgelenk heraus geschlagen wird.

Nach Ansicht seiner Betreuer wäre das jedoch Selbstmord gewesen und hätte den ganzen mühsamen Aufbau in wenigen Minuten zerstören können. Auf der anderen Seite war die Suche nach einem geeigneteren Opponenten, der im Sinne der jetzt kritischen Presse und des Publikums eine rangwürdige Schlacht liefern konnte, nicht ganz einfach. Man mußte Clay daher, um ihn nicht rosten zu lassen, weiterhin mit zweitklassigen Nummern füttern.

Im Juni 1961, und zwar im Spielerparadies Las Vegas, ließ man ihn auf Duke Sabedong aus Hawaii los, einen Giganten von 6,6 Fuß Größe – das sind über zwei Meter – und mit einem Gewichtsplus von 32 über Cassius' 194 Pfund.

Hätte der Louisviller eine Ahnung von »Infighting« (Nahkampf) gehabt, wäre er mit dem clinchenden und hängenden Riesen viel besser gefahren. So aber mußte er sich mit einem Punktsieg nach einem 10-Runden-Walzer begnügen, in dem er sich keineswegs von seiner besten Seite zeigte.

Einen Monat später und wieder in Louisville hatte man Alonso Johnson für ihn reserviert, einen 26jährigen Boxer aus Pittsburgh, der in Ringzirkeln einen guten Ruf genoß. Er war als »Body-Puncher«* bekannt und ging entsprechend sofort daran, den Adonis-Körper Clays zu bearbeiten. Den Experten nach war dies das einzig richtige Verfahren, um dem vorlauten Jungen beizukommen.

Unter Gejohle und Gepfeife setzte Johnson seinem Gegner auch derartig zu, daß dieser in der 8. und 9. Runde einen völlig ermüdeten Eindruck machte. Aber mit seinem unzerbrechlichen Siegeswillen und seiner körperlichen Zähigkeit brachte Cassius in der 10. Runde nochmals sein gesamtes Repertoire zum Vorschein und holte sich einen Punktsieg.

* Körper-Boxer.

Der Fight wurde dieses Mal von Louisville über das nationale Fernsehen in ganz USA gezeigt, und Cassius machte auf dem Bildschirm einen weitaus besseren Eindruck als in Wirklichkeit, was sich bei seinem nächsten Kampf in der Stadt bei den Kasseneinnahmen sehr unangenehm bemerkbar machte.

Cassius Marcellus Clay war nach wie vor davon überzeugt, er könne alle, die zur Zeit mit ihm im Ring stehen würden, mit Leichtigkeit schlagen. Er war aber ebenso davon überzeugt, daß er dieses Ziel, das Zusammentreffen mit den Rangersten, nur mit Hilfe seiner Rhetorik und anderer Extravaganzen erreichen konnte.

Seinem Repertoire in dieser Beziehung fügte er nun eine neue Variante hinzu. Persönlich und in der Presse gab er bekannt, daß die Parole von jetzt ab laute:

»They all must fall, the round I call!« (Sie müssen alle in der Runde heruntergehen, die ich bestimme!)

Nun sah es so aus, als bekomme der Clay-Rummel eine neue humoristische Note.

DICHTER – DENKER

Als Cassius ein mit Superlativen geladenes Interview über seine Schönheit, Größe und Unwiderstehlichkeit mit der Bemerkung abschloß: »Es gibt nur einen einzigen Cassius Clay«, hörte man im Hintergrunde seinen Trainer Angelo Dundee, wie in einem Stoßgebet, sagen: »Gott sei Dank!«

Angelo, der wiederholt bezichtigt worden war, in der ungewöhnlichen Publicity-Kampagne Clays eine Hand im Spiel gehabt zu haben, mußte im Gegenteil oft alle Mühe aufwenden, um seinen Zögling vor allzu großen Übertreibungen und Fehlschlägen zu bewahren. Der Prahlhans sollte trotzdem in verschiedene Patschen geraten, aus denen er bis heute noch nicht herausgekommen ist.

In einem Sport, in dem zwei Gladiatoren für Millionenumsätze verantwortlich sind, werden Presse- und Fernsehinterviews, Trainingsberichte und alle Nebenerscheinungen der Affäre von außerordentlicher Wichtigkeit für die Reklame.

In den USA wird bei der Austragung von Titelkämpfen in der Schwergewichtsklasse mit geradezu astronomischen Ziffern gerechnet, besonders heute mit dem »Closed-Circuit«-Fernsehen, wodurch Hunderttausende von Zuschauern im ganzen Lande gezwungen sind, an den Kassen zu zahlen. Hierbei handelt es sich gewissermaßen um eine geschlossene Vorstellung der Fernsehsendung, bei der die Zuschauer in einer Arena oder im Theater einer Veranstaltung beiwohnen, die nicht in der privaten Television übertragen wird. »Closed-Circuit«-Fernsehen wird fast nur beim Boxen angewandt und ist die Grundlage der enormen Einnahmen bei den heutigen Meisterschaften.

Das »Auf-die-große-Pauke-Schlagen« und Heruntermachen der gegnerischen Seite gehört daher zum Geschäft wie der Kampf im Ring selbst.

Bis zum Erscheinen der »Louisviller Lip« (Lippe) hatte sich diese Tradition meistens nur auf rhetorische Feldzüge beschränkt, die ein gewisses Niveau besaßen, über das man in stillem Einvernehmen nicht hinausging.

Mit Cassius Clay wurde das anders. Diesem Jungen, der weder trank noch rauchte, nicht einmal mit kleinen unanständigen Flüchen um sich warf, die nun mal in der sozialen Sphäre des Faustkampfes gang und gäbe sind, der in schneeweißer Uniform in den Ring stieg, war jedes Mittel recht, um von sich reden zu machen.

Taktlose Bemerkungen über seine Gegner, Schaumschlägerei um seine eigene Größe, Faxen und Possen inner- und außerhalb des Ringes wurden sein Handwerkszeug. Er kreierte zu diesem Zweck ein ganz neues Vokabularium.

Daß Cassius bereits als Dreikäsehoch prahlerische Tendenzen zeigte und schon seine Amateurkarriere mit Selbstverherrlichung würzte, steht daher der Behauptung gegenüber, man habe ihn nach seinem Übergang ins Berufslager erst zu diesen Taktiken überredet. Cassius war immer derselbe Cassius, schon von Kindesbeinen an, wie Mama Odessa Clay gerne bestätigen wird.

Möglicherweise waren die Louisviller Bosse und Trainer Dundee zu ohnmächtig, um dem »lebenden Megaphon« dauernd einen Maulkorb umzuhängen, und sahen in seinem unorthodoxen Benehmen einen Extrabonus seines Genies, von dem sie nur profitieren konnten. Wenn »Eingeweihte« von einer direkten Regie seitens des Syndikates wissen wollen, so ist das zumindest nicht nachzuweisen.

Die Tatsache bleibt bestehen, daß Cassius' Erscheinen mit seiner widerspruchsvollen Persönlichkeit und seinen vielen ausgefallenen Mätzchen dem Sport wieder auf die Beine half.

Das gesamte Profi-Boxen in Amerika war im Begriff, ganz auf den Hund zu kommen. Es mangelte unter anderem an guten »Heavies« (Schwergewichtlern), die nun einmal symbolisch für das Gedeihen oder Absterben dieses Sportzweiges sind. Die Zeit der Titanen Dempsey, Tunney, Schmeling und Louis gehörte unwiderruflich der Vergangenheit an. Die Gegenwart hatte noch keinen Nachkommen hervorgebracht, der ihr Erbe antreten konnte.

In dieser für ihn günstigen Periode erschien Cassius Clay mit großem Können und noch größerem Tamtam. Wie weit er für sich in Anspruch nehmen kann, die Reihe der großen Schwergewichtler fortgesetzt zu haben, muß die Zukunft zeigen. Bisher ist sein Blatt in dieser Hinsicht unbeschrieben. Es ist niemand da, der es ihm ermöglichen könnte, sich wirklich unter Beweis zu stellen.

Daß er dennoch in so kurzer Zeit eine führende Rolle einnehmen konnte, die ihn zum besten Schwergewichtler seiner Zeit stempelte, verdankt er in erster Linie seinem »Lautsprecher-System«, in zweiter Linie seinem zweifellos ausgezeichneten boxerischen Können. Wäre er aber auf das allein angewiesen gewesen, so hätte er einen viel längeren und härteren Weg durch die gefährlichen Gassen des Berufes gehen müssen. Zum Schluß wäre er lediglich die erste Nummer auf der Rangliste geworden, nicht aber die Persönlichkeit, mit der sich die Weltpresse beschäftigt.

»Die schreiben sich die Finger um mich wund und schlucken jedes Wort, das ich sage«, meint der »Größte« zu den nicht enden wollenden Artikeln und Abhandlungen, die über ihn veröffentlicht werden.

Cassius macht nicht nur Veranstalter und Buchmacher reich; er liefert einer Legion von Sport- und anderen Reportern unerschöpfliches Material für das tägliche Brot. Er, der von den Louisviller Mäzenen gepachtet und gesichert wurde, sah sich selbst bald in der Rolle eines Mäzens für alle, die am Boxsport beteiligt waren und aus ihm Nutzen zogen, ganz gleich in welcher Form.

Clay wurde Titelblatt-Held – zum Neid der Prominenten in Politik, Wissenschaft und Industrie und nicht zuletzt auch zum Neid der Fotomodelle. Seit Jahren ziert er die Titelseiten vieler großer Zeitschriften in Amerika, Deutschland und der übrigen Welt. Nat Fleischers »The Ring«, »Life« und Schwester-Zeitschrift »Sports Illustrated« versäumen keine Gelegenheit, ihre Leser über Cassius auf dem laufenden zu halten. Was für die Hausfrauenblätter ein Titelbild von Jacqueline Kennedy ist, wurde für die Sportpresse eine Frontseite mit Cassius.

Daß Clay seine oft bodenlosen Äußerungen und Bekanntmachungen bei Pressekonferenzen, im Fernsehen und in Person mit einem gewinnenden und charmanten Lächeln vorbringen kann, hat schon viele seiner Gegenüber entwaffnet und sie in passiven Rollen gelassen. In Fachkreisen weiß man: Mit Cassius ist keine Diskussion zu führen. Man hört ihm zu; er ist wie eine Rundfunkstation, die nur sendet, aber nicht empfängt.

Clay wurde sogar mit einer Untersuchungskommission der New Yorker Legislative fertig. Er wurde nach Albany, Hauptstadt des Staates New York, vorgeladen, um einige heikle Fragen zu beantworten, die das Boxen im allgemeinen und seine ans Wunderbare grenzenden Voraussagungen im besonderen betrafen. Die letzteren schienen dem Komitee keineswegs über jeden Verdacht erhaben.

Zu dem ersten Punkt ließ sich »Mighty Mouth« auf eine längere Diskussion ein. Er wies auf die schlechten Zeiten und den üblen Ruf des Berufsboxens hin und sagte unter anderem, das werde mit seinem Auftreten anders, schon im Hinblick auf die Weltmeisterschaft, die er sich demnächst holen werde ...

Zum zweiten Punkt, seine K. o.-Voraussagen betreffend, wandte er sich dem ihn verhörenden Gesetzgeber zu und meinte zuvorkommend mit verschmitztem Grinsen: »Sie wissen doch, Herr Legislator, man braucht einen Spitzbuben, um Spitzbuben zu fassen!«

Mit dieser Probe seiner Schlagfertigkeit ließ er die Frage, die schon viele Köpfe vorher beschäftigt hatte, nach beiden Seiten offen. Die großen Herren in Albany waren von dem an sich sinnlosen, aber amüsanten Schildbürgerstreich so hingerissen, daß sie es dabei bewenden ließen.

In Johnny Carsons berühmter Fernseh-Mitternachtssendung hatte Cassius so humorvolle Einfälle und Possen zu bieten, daß die Show als eine der unterhaltsamsten des Jahres bezeichnet wurde.

Sogar bei seinen schärfsten Kritikern, den Mitgliedern der New Yorker Boxreporter-Vereinigung, die ihn zu einem Mittagessen in Dempseys Restaurant eingeladen hatten, fand er lächelndes Wohlwollen. Diesen ausgekochten Experten konnte der Junge aus Louisville an sich nichts vormachen. Sie hatten ihn geehrt, wo Ehre am Platz war. Sie rissen seine Clownerien, seine technischen Fehler und sein unsympathisches Gebaren herunter, wo sie nur konnten. Sie gaben ihm Spottnamen, wie »The Lip« (Großschnauze), »Mighty Mouth« (mächtige Klappe) oder »Cassius the Gassius« (der vom Gas aufgeblähte Cassius). Sie machten ihm die Hölle heiß und vergötterten ihn gleichzeitig, denn wer lieferte ihnen schon laufend solchen Stoff wie dieser braune Bursche mit dem unbezwingbaren Körper?

Clay erschien zu dem Lunch in makellosem, schwarzem Anzug mit weißem Spitzenhemd. Unter anderem gab er bekannt, sein nächster Gegner, Sonny Banks, werde in genau vier Runden heruntergehen. Ferner kündigte er an, die Herren Journalisten würden vollauf beschäftigt werden, sobald erst die Weltmeisterschaft herankäme.

Man scherzte herum, Cassius aß Doppelportionen aus Dempseys Küche, und man war allgemein guter Laune. Das mit der Weltmeisterschaft hatten die Experten nun schon gehört, seit Cassius auf der Bildfläche erschienen war. Sie hatten erst zwei – wenngleich zutreffende – Exempel der Rundenvoraussagen miterlebt. Bei diesem Punkt blieben sie also skeptisch.

Beim nächsten Mittagessen war man schon weniger im Zweifel, und als Clay dann zwei Jahre später seiner ersten wirklich harten Nuß gegenübertreten sollte, nämlich Doug Jones, waren dieselben Mitglieder der Fachpresse fast davon überzeugt, daß die Voraussage auch für diesen Kampf stimmen werde.

Während Clay sich für Jones, seinen 18. Pro-Gegner, in New York vorbereitete, nahm er in Greenwich Village, dem Künstlerviertel der Stadt, an einem Dichterwettbewerb teil. In einer Beat-Kneipe mit Namen »Das bittere Ende« traf er auf ein halbes Dutzend Berufspoeten, meistens Frauen. Er gewann auch in dieser Branche mit einer Ode der Selbstverherrlichung von 36 Zeilen, deren Schluß, frei übersetzt, ungefähr so lautet:

»Es spricht sich ja nun schnell herum:
Ich bin der Größte im Universum!
Ich sage gerne Euch warum:
Ich bin lyrisch, jung und smart,
meine Fäust' sind schnell und hart. –
Marcellus legte Karthago in Schutt,
Cassius machte Cäsar kaputt.
Aber Clay wird um Jones herumfegen
und ihn mit einem Schlag erlegen.

Und wenn der Richter den Sieger ruft aus,
dann ist Cassius Marcellus Clay –
der edelste Römer im ganzen Haus!«

Natürlich ging dieser literarische Wettkampf nicht ohne Presse und Fernsehen ab. Reporter aus aller Welt, selbst aus Australien, wollten sich diesen »kulturellen Genuß« nicht entgehen lassen ...

Auf die berechtigte Frage einiger Beteiligter, wie und wann er seine so treffende Versmacherei in seine hektische, körperliche Tätigkeit eingliedern könne, meinte Clay: »Meine besten Gedanken kommen mir auf meinen Reisen, aber auch beim Training. In Rom machte ich eine Ballade auf Floyd Patterson, als ich hörte, er werde das Olympische Dorf besuchen. Drei Tage habe ich daran gearbeitet. Sonst aber geht es viel schneller. Ich brauche nur an die Flaschen zu denken, mit denen ich mich herumschlagen muß, und die Verse fliegen mir nur so zu!«

Im Jahre 1963 erschien auch eine Schallplatte unter dem Titel »I AM THE GREATEST«, auf der der Louisviller Troubadour für 40 Minuten eine Auslese seiner besten Gedichte und Wortspiele zu Gehör bringt. Die amerikanische »Columbia Record Company« hat ihn durch einen Exklusivvertrag für diese und eventuelle weitere Platten verpflichtet. Wie bei allem, was Cassius sich zum Ziel setzte, arbeitete er auch an diesem Projekt mit größtem Fleiß und erstaunlichem Einfühlungsvermögen.

Daß nicht immer alles, was Cassius an dichterischen Ergüssen in die Welt setzte, seinem eigenen Kopf entsprungen war, stellte ein Student aus Idaho unter Beweis. Er machte beim »Time-Magazin« einen gehörigen Krach und drohte mit Klage, weil es ein Gedicht, das er als persönliche Widmung an Clay gesandt hatte, in einem Artikel über Clay benutzt hatte: Angeblich sollte es der Boxer geschrieben haben.

Der Kampf gegen Doug Jones in New York brachte Clay nun auch seine erste Niederlage in seiner Rolle als »Prophet der Runden«. Davon abgesehen erschien er in aparter Aufmachung zum Einwiegen: Sein Mund war mit einem fünf Zentimeter breiten Klebeband verschlossen: »Um nicht mehr so viele unnütze Worte über einen wertlosen Gegner zu verlieren!«

Der »Größte« hatte ursprünglich in der ersten Pressekonferenz den Kampf für sechs Runden angesagt. »Dann aber, mitten in der Nacht, hörte ich eine Stimme, ›du mußt ihn in der vierten zu Boden bringen‹!« Folglich gab er bekannt, Jones müsse zwei Runden früher heruntergehen.

Das Treffen hatte jedoch einen ganz anderen Ausgang. Cassius schlug seinen Mann knapp nach Punkten über zehn Runden. Auf den Ansturm von Fragen, warum er sich diesmal so sehr mit seiner Voraussage getäuscht habe, hatte er sofort eine Ausrede zur Hand: »Habe mich keineswegs geirrt. Wie man sich erinnern wird, sagte ich zuerst, daß Jones in der 6. Runde heruntergehen muß, dann kürzte ich auf vier. 6 und 4 sind logischerweise 10 – also bitte!«

Eine ebenso hirnverbrannte wie amüsante Erklärung gab er in einem gegenteiligen Fall ab, in dem ein Gegner in der 4. Runde durch einen unvorhergesehenen Schlag besiegt war, statt in der prophezeiten 5. Runde.

»Bei Beginn des Kampfes hatte sich der Bursche geweigert, mir die Hände zu schütteln, wie das ja ein schöner und sportlicher Brauch ist. Ich habe ihn daher für die Taktlosigkeit bestraft«, erklärte Cassius.

In bezug auf die verblüffenden Voraussagungen darf man nicht vergessen, daß Cassius einige seiner Gegner »über die Runden trug«, also stehen ließ bis zu der Runde, die er als Finale angegeben hatte.

Für den Terrell-Fight im Februar 1967 in Houston (Texas) verband er mit seiner Weissagerei den Wunsch, kleineren Geschäftsleuten, die um einen Großkampf herum beteiligt sind, zu helfen.

»Ich garantiere hiermit, daß Terrell in der 5. Runde fertig ist. Ich könnte den Fall schon viel früher erledigen, aber ich denke an den Mann, der sein Bier in der Arena verkaufen muß, an den Erdnußhändler, der Geld braucht, und an den Würstchen-Onkel, der Angst hat, daß ihm Ware übrigbleibt!«

In Verbindung mit seinen Prophezeiungen ließ er folgendes Gedicht des öfteren persönlich und in der Presse vom Stapel (frei übersetzt):

Vor zwanzig Jahren kam zu aller Ohren,
daß endlich der Größte ward geboren.
Die ersten Worte, die er gab bekannt:
»Ich bin schön wie ein Gott und keiner hält mir stand.«
Dann mit einer Stimme voll Kraft und Mark:
»Ich bin trotzig wie ein Ochse und zweimal so stark.
Der Name des Burschen, I might as well say,
ist gar kein andrer als Cassius Clay.
Er prophezeit jede Runde, in der er gewinnt,
in seiner glorreichen Laufbahn, das weiß jedes Kind.
Stets sagt er des Gegners K.o. im voraus,
Drum bleibt er der Größte jahrein und jahraus.«

Sein am meisten zitiertes lyrisches Machwerk wurde kurz vor seinem Kampf mit Sonny Liston auf einer Seite im »Life«-Magazin unter dem Titel »I'm the Greatest« (Ich bin der Größte) veröffentlicht. Gerade die letzten drei Zeilen davon sind ein Teil der Clay-Legende geworden. Sie symbolisieren sein unwiderruflich »letztes Wort« zu jeder Sache:

».. . If Cassius says a mosquito can pull a plow
Don't ask him how . . .
Hitch him up!«
(Wenn Clay sagt: ein Moskito kann einen Pflug ziehen,
dann frage nicht erst, wieso . . .
koppele ihn an!)

Eine seiner Voraussagungen war besonders ungezogen und brachte das ganze britische Weltreich gegen ihn auf. Während er sich in London aufhielt, um sich auf seinen ersten Kampf mit Cooper vorzubereiten, ließ er wissen, er könne seinen Widersacher schon in zwei Minuten fertigmachen, werde ihn aber im Interesse des zahlenden Publikums bis in die 5. Runde tragen. Gleichzeitig meinte er, daß er »für diese Sache ohne besonderes Training« auskomme.

Die gesamte englische Presse und die aufgebrachten Londoner standen wie ein Mann gegen ihn. Dennoch erschienen genügend Zuschauer, um das gewaltige Wembley-Stadion bis auf den letzten Platz zu füllen.

Zehntausende pfiffen und schrien ihm ihre Empörung entgegen, als er im Ring mit einer Bronzekrone auftauchte, die mit glitzernden Similisteinen besetzt war. Um den Effekt noch zu steigern, hatte er sich in eine scharlachrote Robe gehüllt, auf die in großen Buchstaben »THE GREATEST« gestickt war.

Clay gibt ohne weiteres zu, daß ihm an der Meinung der Zuschauer oder der Weltpresse nichts liegt. Freunde oder Sympathien zu gewinnen war niemals seine starke Seite gewesen, obwohl es im inneren Clay-Zirkel bekannt ist, daß er loyal zu alten Freunden und Bekannten ist und niemand vergißt, der ihm einmal ausgeholfen hat. Das bezieht sich aber fast ausschließlich auf farbige Personen seiner direkten Umgebung und nicht unbedingt auf solche, denen er seine Erfolge mit zu verdanken hat.

Ausgepfiffen und »ausgebuht« zu werden, was bei allen Clay-Kämpfen mit zum Programm gehört, läßt ihn völlig kalt. Im Gegenteil: »Ich liebe es, ausgepfiffen zu werden, denn es bedeutet im Prinzip gute Kassen. Die können soviel pfeifen und schreien, wie sie wollen, und mich mit Erdnüssen bewerfen. Solange Geld einkommt, ist mir das egal.«

Dann wieder: »Ich bin überzeugt, daß fast 99 Prozent aller Zuschauer nur kommen, um mich umfallen zu sehen. Das liegt in der menschlichen Natur. Aber der Boxsport braucht mich, und deshalb fällt Cassius nicht um.«

Auch für die negative Publikumsreaktion hat er eine poetische Platte auf Lager (frei übersetzt):

»Die Leute kommen von überall,
um Cassius zu sehen bei seinem Fall.
Meist werden sie bös und verlieren Moneten,
denn Cassius bleibt oben und wird ihnen was flöten!«

Viele von Cassius' Aussprüchen und Gedichten sind von einer so kindlichen, an Albernheit grenzenden Primitivität, daß sie normalerweise die Intelligenz seiner Zuhörer oder Leser beleidigen könnten. Da sie aber aus der bekannten Possen-Schau Clays kommen, lacht man darüber, auch wenn sie verkapselte Wahrheiten enthalten.

Einige seiner »philosophischen« Randbemerkungen: »Ich war immer schon eine Großschnauze, von Kindesbeinen an. Aber jetzt ist es herrlich, sogar dafür bezahlt zu werden.« – »Ich bin schlechthin der letzte Boxer und der Gipfelpunkt in der Kunst des Faustkampfes.« – »Wenn ich abends zu einem Match in den Ring steige, bin ich meistens schon von meiner Arbeit als der größte lyrische Improvisator, der unfehlbare Weissager und der smarteste Publicity-Mann aller Zeiten abgekämpft.« – »Ich bin nicht nur der Größte, sondern der Doppelgrößte. Ich schlage sie nicht nur alle, ich sage auch voraus, wann. Ich bin der schönste, der unerschrockenste, der überlegenste, der wissenschaftlichste und technisch beste Boxer aller Zeiten. Ich bin wie ein griechischer Gott!«

Wenn Cassius in Fahrt kommt, gerät er manchmal in den Slang der Farbigen, grammatikalisch nicht immer korrekt.

Im Vollbewußtsein seiner physischen Pracht, die weder am Körper noch im Gesicht einen Makel oder eine Spur seines gefährlichen Berufes aufweist, dreht er sich manchmal wie ein Mannequin im Kreise seiner Bewunderer herum und fragt: »Wer ist der Schönste im ganzen Land? Seht ihr Blut an meinem bronzebraunen Körper oder irgendeine Schramme? Ich vernichte sie alle und bleibe dennoch bildschön. Viel zu schön, um mich in diesem Beruf herumzuschlagen. Aber solange mich keiner trifft ... Tatsächlich, der Mann, der mich erwischt, ist noch nicht geboren!«

Damit kommt er auch bald zum Thema seines oft kritisierten Kampfstiles: »Meine Gegner möchten zu gerne, daß ich in den Ring steige, um mich mit ihnen auf einen Schlagwechsel einzulassen. Zum Teufel mit dieser Herumbolzerei! Ich will noch auf Parties gehen! Ich möchte nicht eine dieser Flaschen sein, die sagen: ›Ich bin Boxer und deshalb sehe ich so verbeult aus und gehe etwas wacklig!‹«

Zu einer Zeit, da Cassius noch stolz auf seinen richtigen Namen war, ließ er sich im Kreise seiner Getreuen auch darüber aus: »Cassius Marcellus Clay ... Ist das nicht ein wunderbarer Name? Erinnert er nicht an das Kolosseum und die römischen Gladiatoren? Sprecht mir mal nach: Cassius Marcellus Clay!«

Und seine Vasallen, von denen bei solchen Gelegenheiten immer ein gutes Dutzend um ihn herum sind, fühlen sich verpflichtet, mitzumachen und plappern »Cassius Marcellus Clay« nach, bis dem Meister etwas Neues einfällt.

Rudi, der seinen großen Bruder vergöttert, führt meistens den Chor an. Er verschlingt jedes von Cassius' unsterblichen Zitaten und gibt seinen kurzen, bejahenden Senf dazu: »You are so right, brother Cassius – du hast so recht, Bruder Cassius!«

Angelo Dundee, der Cassius besser als irgendein Weißer kennt und mit ihm von Anfang an durch die Phase des Profi-Boxens ging, ist gezwungen, die Dichter- und Lautsprecher-Manie in der Zusammenarbeit mit dem Boxer als etwas Unabwendbares in Kauf zu nehmen.

»Trotz allen Unfugs, den Clay von sich gibt, kann ich nur sagen, der Bursche ist normaler als wir alle zusammen!« Vielleicht meinte er damit, daß alle, die um Cassius herum zu tun haben, langsam, aber sicher mit den Nerven herunterkommen.

Angelo sagt auch sonst zu dem Thema: »Oft bin ich beschuldigt worden, an diesem Unfug mitbeteiligt gewesen zu sein. Aber wer Clay näher kennt, weiß, daß er mit einem ›Sprachfehler‹ geboren ist. Er kann nicht gegen seine Natur an. Als ich ihn kennenlernte, war er keineswegs schüchtern oder wortkarg, sondern hatte bereits Jahre hindurch Angeberei trainiert. – Was seine Vorhersagen und das unverfrorene kommerzielle Heruntermachen seiner Kollegen anbelangt, so hat er das von jemand anderem abgesehen: von ›Gorgeous George‹ (dem ›prächtigen Georg‹).«

Cassius gab später zu, die Idee zum Vorhersagen und zum Abkanzeln seiner Ringpartner tatsächlich von Gorgeous George abgesehen zu haben, und zwar kurz vor seinem Kampf mit Duke Sabedong in Las Vegas.

Gorgeous George war jahrzehntelang auf dem Podium

des amerikanischen Catcher-Betriebes eine berühmte und berüchtigte Figur gewesen. Er betrat die Matte als klassischer Gladiator, weißblond, prachtvoll frisiert, mit einem Kammerdiener, der Parfüm um ihn spritzte, und ähnlichen Faxen.

Cassius war mit ihm während eines Fernseh-Interviews in der Spielerstadt zusammengetroffen und hatte mit offenem Munde und großen Augen zugehört, wie der gewiegte Ringer versprach, seinem nächsten Gegner die Glieder einzeln abzureißen und sie dem Publikum hinzuwerfen. Gorgeous ging durch einen ganzen Akt von Reklamespäßen und nannte sich ununterbrochen den größten aller Catcher.

In USA gibt es zwei große Boxsport-Monatszeitschriften. Die bedeutendere ist Nat Fleischers »The Ring«, die Cassius sehr kritisch gegenübersteht und sich weigert, den jetzigen Moslem bei seinem neuen Namen zu nennen. In ihrer Weltrangliste steht also Cassius Clay konservativ wie zuvor an erster Stelle.

Die »Boxing Illustrated« dagegen hat klein beigegeben, betitelt den Louisviller mit Muhammad Ali und führt ihn so auf ihrer eigenen bzw. der Weltrangliste der World Boxing Association. Die Box-Illustrierte steht seit einiger Zeit im Lager des »Größten« und läßt ihre Leser wissen, daß sie mit ihren eigenen Voraussagen über die Größe des »Größten« recht gehabt habe. Eine Artikelüberschrift der Januar-Nummer 1967 lautete: »Alis Erfolge beweisen, daß die Box-Illustrierte recht hatte!«

Cassius' Bravourstückchen außerhalb der literarischen sowie der Presse- und Fernsehsphäre sind natürlich nicht ohne gebührende Kenntnisnahme vorbeigegangen.

Verschiedene seiner Auftritte führten fast zu Tätlichkeiten und Tumulten. Unvergessen ist seine hysterische Kampagne vor dem Kampf gegen Liston.

Gegen alle Vernunft und alles Abraten seiner Bosse

war er auf dem Miami-Flughafen erschienen, um Sonny mit einer Tirade von Schmähungen zu empfangen. Nur mit Mühe konnte ein größerer Krawall verhindert werden.

Cassius Clay brach auch mit dem traditionellen Tabu, einen Gegner im Trainingscamp ungeschoren zu lassen. Er erschien mit einer Horde seiner »Untertanen« in Listons Trainingsquartier, um fortzusetzen, was er auf dem Flugplatz nicht hatte weiterführen können.

Als er 1964 von Louisville mit seinem gesamten Stab im eigenen Bus in Miami ankam, hatte er bereits auf der Fahrt einen Teil der Bevölkerung Amerikas für das kommende Ereignis mit Liston in Stimmung gebracht.

In riesengroßen Buchstaben sah man auf den Seiten des Fahrzeuges die in verschiedenen Farben aufgemalte Aufschrift: »WORLD'S MOST COLORFUL FIGHTER« und darunter »SONNY LISTON WILL GO IN EIGHT« (der Welt interessantester Kämpfer – Sonny Liston wird in der 8. Runde zu Boden gehen).

Zwischen diesem unablässigen Schlagen der Reklametrommel blieb Cassius eifrig dabei, sich auf seine Rolle als der führende Schwergewichtler und »der Größte aller Zeiten« vorzubereiten.

BÖSE-BUBEN-REKLAME

Auf der Suche nach einem geeigneten Widersacher, der den Clayschen Ansprüchen, aber auch der Kritik der Presse gerecht werden sollte, stieß man schließlich auf Alex Miteff, einen harten Argentinier, der wirklich einmal unter den zehn besten Schwergewichtlern auf der Weltrangliste gestanden hatte.

Miteff war aber schon ein Veteran des Berufssportes und um diese Zeit in einer Comeback-Phase. Er war 30 Pfund schwerer als Clay und hatte ein Gesicht, das seinen Ruf als harter Schläger nicht verleugnen konnte.

Vor diesem Kampf, der am 7. Oktober 1961 in Louisville stattfinden sollte, legte der Lokalmatador plötzlich eine neue Platte auf: »Diesmal wird nicht geredet! Ich bin nun erwachsen und werde mir einen Bart stehen lassen. Gestern habe ich mich zum erstenmal rasiert. Ich werde von jetzt an ruhig sein. Aber während das Boxen am Absterben ist, ist das Schweigen nicht so einfach. Ich habe heute an sich nichts weiter zu sagen, als daß mein Gegner Miteff für seine Stärke bekannt ist. Er hat jedoch einen ziemlich großen Kopf, und den werde ich dann schon finden. Doch genug geredet; Taten sollen sprechen!«

Bevor Cassius seine Zuhörer davon überzeugt hatte, daß er genug geredet hätte, waren bereits 20 Minuten vergangen . . .

Dieses Interview wurde auch deshalb bemerkenswert, weil hiermit das schon erwähnte Kapitel seiner »K. o.-Orakel« begonnen hatte.

»Miteff wird in der 6. Runde zu Boden gehen«, sagte er zu den damals noch nicht überzeugten, aber verblüfften Pressevertretern.

Sechs Runden lang machte der aggressive Südamerikaner dem überoptimistischen Clay jedoch zu schaffen und verpaßte ihm einige gutsitzende Treffer. Cassius ging ohne jeden Dampf in die 4. und 5. Runde hinein und beschränkte sich jeweils darauf, sich den Argentinier mit seiner Linken vom Körper zu halten. Er lag nur wenig nach Punkten voraus, als er in der Mitte der 6. Runde mit einer kurzen Rechten den Gegner auf die Bretter brachte. Langsam kam Miteff wieder hoch – mit herabhängenden Armen – und tastete sich wie ein Betrunkener an den Seilen entlang. Der Ringrichter brach den Kampf ohne weitere Diskussionen ab.

Damit hatte Cassius zum erstenmal einen Fighter der Weltrangliste besiegt und außerdem noch seine neue Propagandamühle mit einem Volltreffer gestartet. Presse, Publikum und besonders die Wettfreunde sahen von jetzt an diesen Vorhersagen mit allergrößtem Interesse entgegen.

Clay fühlte sich um diese Zeit so gut in Form, daß er Kämpfe gegen Eddie Machen, Ingemar Johansson, Sonny Liston oder Floyd Patterson angenommen hätte. Aber das vorsichtige Hauptquartier in Louisville hieß ihn, einstweilen noch bei »sicheren Sachen« zu bleiben.

Man holte sich den Deutschen Willie Besmanoff für einen Kampf in Louisville am 29. November 1961. Willie war damals 29 Jahre alt und fürs Boxen bereits »über den Berg«.

Cassius machte ihn entsprechend herunter: »Wer ist eigentlich Besmanoff? Ich geniere mich, mit einer bleiernen Ente wie ihm im Ring gesehen zu werden! Der steht ja nicht einmal auf der Rangliste! Das ist eine Flasche, die sich hüten sollte, einem boxerischen Genie wie mir gegenüberzutreten! Ich werde ihn in sieben Runden erledigen.«

Wütend antwortete Besmanoff: »Diesem frechen Lümmel werde ich zeigen, wer eine Flasche ist. Dem werde ich mal Respekt vor seinen Kollegen beibringen!«

Bei diesem tapferen Ausspruch blieb es dann auch. Trotz Clays üblem Leumund in seiner Heimatstadt waren diesmal 8000 Zuschauer gekommen, ein Beweis dafür, daß seine »Böse-Buben-Reklame« ein großer Erfolg war. Natürlich kamen die achttausend nur, um dabeizusein, wenn die »teutonische Eiche« ihn bestrafte.

Cassius tanzte um die 205 Pfund seines Gegenübers nur so herum und spielte mit ihm unter dem fanatischen Gepfeife und Gejohle des Publikums Katz' und Maus. Seine flinken »Jabs« trafen Besmanoff ununterbrochen, und nach wenigen Runden blutete der Deutsche aus Augen, Mund und Nase.

In der 5. Runde wäre er reif für einen K. o. gewesen, aber Cassius machte seine Rolle als überlegener Techniker offensichtlich Spaß. Er spielte weiter mit dem fast hilflosen Gegner, bis Dundee ihm schließlich zurief: »Verdammt noch mal! Nun höre endlich mit der Spielerei auf und schicke ihn runter!« –

Der Louisviller nahm sich das zu Herzen. Zu Beginn der 7. Runde verpaßte er Besmanoff eine Links-Rechts-Kombination, so daß dieser sofort zusammensackte. Mit großer Not kam er wieder hoch – nur um sich eine zweite Schlagserie zu holen. Er ging wieder hinunter und blieb, alle viere ausgestreckt, liegen. Der Ringrichter verschwendete keine Energien mit dem Auszählen. Cassius hatte seine zweite Prophezeiung wahrgemacht.

Ein in Aussicht gestellter Kampf mit Ingemar Johansson, auf den der junge Boxer mit Ungeduld gewartet hatte, fiel ins Wasser. Dafür ging er für kurze Zeit unter die Schauspieler. In dem Film »Requiem for a fighter« übernahm Cassius eine Rolle, die er mit seiner Frechheit, seinem guten Aussehen und nicht zuletzt seinem Talent für das Dramatische recht gut ausfüllte.

Dann kam ihm ein Zufall zu Hilfe, um einen seiner Wunschträume zu erfüllen. Ein Treffen zwischen den Schwergewichtlern Cleveland Williams und Eddie Machen mußte abgesagt werden, weil Machen sich im Training eine Verletzung zugezogen hatte. Madison Square Garden in New York, das Ziel aller Boxer und besonders der Meisterschaftsaspiranten, mußte nun einen Ersatzkampf herzaubern.

Für Clay wie für jeden im »Kommen« befindlichen Boxer war ein Debüt in dieser berühmten Arena eine Ehrensache. Der Madison Square Garden war besonders vor der Zeit des Fernsehens die einzige Pforte, die zu großen Kampfverträgen und einem Platz auf der Weltrangliste führen konnte.

Für einen Cassius Clay ohne Tamtam, der auf dem Papier noch ein grüner Junge mit nur zehn Profikämpfen innerhalb 16 Monaten war, hätte es normalerweise noch keinen Hauptkampf im Madison Square Garden gegeben. Aber dieser schwarze Bursche aus dem Whiskyland hatte so viel von sich reden gemacht, daß er selbst für die abgebrühten New Yorker eine Zugnummer war, die man zumindest einmal in Augenschein nehmen sollte. Daß Clay schon einmal als Amateur im Garden aufgetreten war, hatte mit all diesen Erwägungen des Profibetriebes nichts zu tun.

Man besorgte für ihn einen Mann, der als Kanonier einer tödlichen Linken bekannt war. Sonny Banks aus Detroit hatte von zwölf Kämpfen allein neun mit K. o. gewonnen. Dazu war er für einen Schwergewichtler von ungewöhnlicher Schnelligkeit, ein Prädikat, das Cassius bei allen früheren Kämpfen für sich in Anspruch genommen hatte.

Clay kümmerte sich wie gewöhnlich nicht um die Glorie und die vergilbten Lorbeerkränze, die man seinem Gegner umhängte. Er hatte andere Sorgen.

»Banks? Von dem wollen wir gar nicht reden, denn den mache ich in der 4. Runde zu einem hilflosen Paket. Nein, ich muß mit Liston kämpfen. Nur wenn ich Liston besiege, kann ich mich für einen Schuß auf Floyd Patterson vorbereiten. Gestern habe ich wieder so einen verrückten Traum gehabt. Ich sah mich mit Liston kämpfen, und das Volk war gekommen, um meine Niederlage mitzuerleben. Es hatte Blumen für meine Beerdigung gebracht. Aber ich stoppte Liston in der 8. Runde, und dann gab es Krach, weil so viele ihr Geld auf den verkehrten Mann gesetzt hatten.«

Der Kampf gegen Banks fand am 10. Februar 1961 statt. Cassius und die Veranstalter hatten ihre Hauptattraktion überschätzt: Nur ungefähr 2000 Zuschauer trafen in der gewaltigen Arena ein. Sie taten dennoch ihr Bestes, die Luft mit einem ohrenbetäubenden Gepfeife zu füllen, als das Genie, ganz in Weiß gehüllt, in den Ring stieg.

Da der Kampf über das nationale Fernsehen im ganzen Lande gezeigt wurde, hatten Millionen von Menschen den seltenen Genuß, einen unvorsichtigen Cassius in der 1. Runde auf dem Allerwertesten sitzend zu sehen. Banks hatte ihn gleich mit einem harten linken Haken erwischt.

Cassius war erstaunt und, wie zu erwarten, »unangenehm berührt«. Er wurde dann auch recht ärgerlich und zahlte zurück.

Er schlug Banks in der 2. Runde zu Boden, machte ihn völlig groggy. In der 3. und 4. Runde bearbeitete er ihn so, daß der Kampf auf Anraten des Arztes abgebrochen wurde.

Drei Wochen später, am 28. Februar, wieder in Miami, mußte Clay sich erneut mit einer Nummer in seinem »Trainingspensum« befassen, das Faversham aufgestellt hatte. Statt eines wirklich ernsthaften Opponenten hatte man ihm den relativ unbekannten Don Warner aus Philadelphia besorgt.

Cassius hatte die 5. Runde als Abschluß der Lektion vorgesehen, aber Warner rannte völlig unprogrammäßig schon zu Beginn der 4. Runde in eine Linke und sauste durch die Seile. Er war bei »... acht...« wieder im Ring, aber so unsicher in seinen Bewegungen, daß man ihn in seine Ecke schickte. Sein Besieger hatte wieder einen technischen K. o. in der Tasche und Gelegenheit, eine Entschuldigung für seine Fehlvoraussage zu finden.

Mit den letzten beiden Siegen hatte es »die Lippe« endlich geschafft, auf Nat Fleischers monatliche Weltrangliste zu kommen. Er nahm darauf den 8. Platz in der Schwergewichtsgruppe ein.

Dennoch sollte er noch fast auf den Tag genau zwei Jahre brauchen, bis er beweisen konnte, wirklich der »Größte« zu sein. Bis dahin war der Weg noch voller »Flaschen«, die zerbrochen werden mußten, an denen man sich genausogut aber auch Splitter in die eigene Haut reißen konnte.

ÜBER UNKRAUT UND HARTE STEINE

Mit zwei Siegen für 1962 schon hinter sich, ging Clay im April zur Westküste, um einstweilen sein »Trainingsprogramm« fortzusetzen, denn anders konnte man seine Tätigkeit mit den nächsten Rivalen nicht bezeichnen.

Am 23. April sollte er in Los Angeles auf George Logan treffen, einen »Halbstarken« im boxerischen Sinn. Für denselben Abend waren noch andere Teilnehmer von weitaus besserem Rufe vorgesehen. Die »Los Angeles Times« schrieb: »Das Programm hat mehr Hauptkämpfe als ein irisches Picknick!« (Iren sind als temperamentvolle Raufbolde bekannt. Ein harmloses Picknick kann nach Alkoholgenuß in eine allgemeine Schlägerei – aus Freude an der Sache – ausarten.)

Im Schwergewicht kämpfte noch Bert Whitehurst gegen Eddie Machen, auf den Cassius schon seit langem ein Auge geworfen hatte. Im Weltergewicht trat Ralph Ramirez gegen Ralph Dupas an, der bald darauf unter Angelo Dundee den Weltmeistertitel gewann, und im Leichtgewicht Toni Perez gegen Eddie Grant.

Clay, der sich an der Westküste mit Los Angeles und Hollywood sehr wohl fühlte, verpaßte keine Gelegenheit, sich im Film- und Fernsehtrubel zu produzieren, und wurde darum – trotz der starken Konkurrenz – in der Veranstaltung der Hahn im Korbe.

Natürlich ließ er auch dieses Mal seine Prophezeiung nicht aus. »Der Logan-Kampf wird nicht über sechs Runden gehen«, war die Parole. Cassius war auch boxerisch mit 6 : 1 der unbedingte Favorit in den wettfreudigen Kreisen.

Logan war neun Pfund schwerer als sein Gegenüber.

Zu Beginn konnte er noch einige gute Schläge anbringen, sonst aber war sein Mehrgewicht eher ein Ballast als ein Nutzen. In der 4. Runde war er so blutüberströmt, daß die Zuschauer den Abbruch des Kampfes verlangten. Die Logan-Sekundanten warfen das Handtuch in den Ring, der Schiedsrichter brach ab. Cassius hatte zwar seinen Mann nicht umgelegt, aber wenigstens die Runde eingehalten.

Jetzt hatte er seinen 13. Profi-Sieg in der Tasche ...

Einen Monat später war er wieder in New York. Sein neuer Partner im Ring war Billy Daniels, keineswegs eine boxerische Größe. Immerhin hatte er neben seinem Beruf als Barbier in Brooklyn noch genügend Zeit gefunden, 16 Profikämpfe zu absolvieren und alle zu gewinnen, sieben davon mit K. o. In der Haarschneidergilde und um die kleineren Kampfarenen herum galt das als sehr schöne Leistung.

Der Fight sollte am 19. Mai in New Yorks zweiter Boxsporthalle, der St.-Nicholas-Arena stattfinden.

Cassius ließ Daniels sagen: »Du fällst in der 7. Runde!«

Daniels, in dem Bewußtsein, mit 16 Kämpfen mehr Erfahrung als Cassius mit seinen 13 zu haben, lachte nur.

Zu Beginn des Kampfes sah es tatsächlich so aus, als ob der clevere Barbier dem Publikum die sehnlichst erwartete Augenweide – Cassius auf der Matte – bieten würde. Daniels versetzte Clay in der 2. wie in der 6. Runde einige »Dinger« mit der Rechten, die dem Schwarzen so zusetzten, daß er taumelte. Solche Gefahrenmomente lösten bei dem Louisviller Boxer jedoch eine seltsame psychische und körperliche Widerstandsbewegung aus. Anstatt nachzugeben, zu ermüden, konzentrierte er seine Kräfte auf eine neue Offensive.

Für Daniels, der einen Sieg über Clay als seinen eigenen Eintritt in die Weltklasse betrachtete, konnte von jetzt ab keine Rede mehr davon sein, seine Vorteile auszunutzen. Er hatte nach Punkten vorngelegen. Das Bild änderte sich nun rapide. Cassius tanzte um ihn herum – immer außer Reichweite der Schläge des Brooklyners. Er traf unaufhörlich das linke Auge Daniels', das bereits in der zweiten Runde aufgegangen war, mit seinen »Jabs«. Diese Behandlung setzte er systematisch fort – bis der Ringrichter eingriff und die ungleich gewordene Vorstellung in der 7. Runde abbrach.

Das war Cassius' dritter Sieg durch technischen Knockout in einer Reihe. Von seinen 14 Berufskämpfen hatte er acht mit technischem K. o. gewonnen. Acht seiner Gegner hatten sich den strafenden, zermürbenden Treffern seiner blitzschnellen Linken nicht entziehen können.

Für die Experten schien das zu heißen: Clay ist kein Schläger. Er kann seine Rivalen nur mit »Jabs« kaputtmachen. Es langt nicht zu einem vollwertigen Niederschlag.

Jack Dempsey, der dem Kampf beigewohnt hatte, sagte dazu: »Mir ist es gleich, ob dieser Junge einen Schlag hat oder nicht. Ich bin hundertprozentig für ihn. Nun kommt endlich wieder Schwung in die Schwergewichtsabteilung!«

Wenig später nahm Jack, der in Amerika immer noch als der größte und beliebteste Boxer des Jahrhunderts gilt, eine entgegengesetzte Stellung ein. Er rügte Clay für das anmaßende Benehmen, das er sich inner- und außerhalb des Ringes herausgenommen hatte, und zweifelte an Clays Talent und Stil. Erst in letzter Zeit, nach dem Williams-Kampf in Houston, konnte man von Jack wieder hören, daß man Cassius, trotz seines widerspruchsvollen Charakters und seiner unbefriedigenden Schlag-und-rücke-aus-Taktik, als Meister seines Faches ansehen müsse.

»HE – ARCHIE!«

In Los Angeles erwartete Clay die nächste Nummer für die Schlachtbank: Alejandro Lavorante, ein turmhoher Argentinier mit gutem Ringrekord, der damals in der Weltrangliste von Nat Fleischer an dritter Stelle stand. Er hatte unter anderen mit Zora Folley, Archie Moore und Alonso Johnson gekämpft, hatte von 19 Kämpfen zehn durch K. o. gewonnen und nur drei verloren. Vielleicht war nun endlich für »Mighty Mouth« die erste Tracht Prügel fällig!

»Lavorante geht in der 5. Runde herunter«, proklamierte dieser prompt.

Der Argentinier hatte in der ersten Runde gerade noch Zeit, ein paar gutsitzende Linke anzubringen, bevor Clay ihn dazu verdammte, sich auf die Defensive zu beschränken.

Archie Moore hatte unlängst zehn Runden gebraucht, um Lavorante k. o. zu schlagen. Bei Clay war er viel früher reif, aber das »Orakel« schleppte ihn offensichtlich bis in die Runde der Vorhersage. Er schlug den Südamerikaner in der 5. Runde zweimal nieder. Beim letztenmal blieb Lavorante, flach wie eine Flunder, auf der Matte liegen. Wieder einmal hatte es eine Enttäuschung für die Zuschauer gegeben.

Ein paar Meter von dem Geschehen entfernt saß ein sehr interessierter Zuschauer mit einer Filmkamera in den Händen. Als Cassius nach der Siegesproklamierung wie ein radschlagender Pfau im Ring herumstolzierte und den Mann erblickte, rief er: »He, Archie, old man, you are next! – He, Archie, alter Knabe, du bist der nächste!«

Archie Moore, der Veteran der Yankee-Boxer, war tatsächlich gekommen, um seinen ehemaligen kurzfristigen Schüler und kommenden Ringgegner zu studieren. Das Louisviller Hauptquartier hatte Moore ernstlich als weiteren Schritt in Cassius' Karriere erwogen. Der Papierform nach zu urteilen, sollte er der große, ernsthafte Prüfstein für ihren Boy sein.

Alejandro Lavorante wurde übrigens im September des gleichen Jahres von dem unbekannten Schwergewichtler Johny Riggins k. o. geschlagen. Nach diesem Niederschlag kam er tragischerweise nie wieder zur vollen Besinnung. Er lebte noch anderthalb Jahre dahin, ohne sein Bewußtsein wiederzuerlangen – und starb dann . . .

Auch Cassius' erster Profigegner, Tunney Hunsaker, trug bei einem Fight eine Gehirnverletzung davon, der er um ein Haar erlegen wäre.

Für Cassius waren derartige Tragödien nicht abschreckend; es waren eben »Berufsunfälle«.

»Der Tod kann mich bei jeder Arbeit treffen«, sagte er philosophisch. »Ich bin gesund, rauche und trinke nicht, habe meinen Körper in guter Form: Was kann mir schon passieren? Ich habe noch allerhand vor im Leben, und Sterben ist noch nicht dabei!«

Als er das nächste Mal in einen Ring stieg, tat er es nicht, um sich Handschuhe anzuziehen, sondern um Sonny Liston, seiner letzten großen Zielscheibe, den Kampf anzusagen. Als dieser am 25. September 1962 Floyd Patterson in Chicagos Comiskey Park innerhalb der 1. Runde umgelegt hatte, kletterte Cassius mit affenartiger Geschwindigkeit in den Ring, machte einen Bogen um Floyds ausgestreckten Körper und brüllte in die Siegeszeremonie hinein:

»I want you now, Liston! – Jetzt will ich dich haben, Liston!«

Aber bis dahin sollte noch allerhand Wasser durch die

Eimer der Sekundanten laufen. Archie Moore stand noch vor der Tür.

Der alte Ringfuchs konnte nicht mit irgendeiner »Flasche«, dem »Kanonenfutter«, oder wie man auch immer die bisherigen Gegner Clays bezeichnen will, auf einen Nenner gebracht werden.

Archie hatte jahrzehntelange Ringerfahrung; er hatte 229 Kämpfe hinter sich – mit dem unerhörten Rekord von 141 Niederschlägen. Er war mit allen Wassern gewaschen und stieg schließlich als unbesiegter Titelhalter im Halbschwergewicht aus der Branche. Zweimal hatte er sogar sein Heil in der höheren Klasse der Schwergewichtler versucht. 1955 war er gegen Rocky Marciano unterlegen und ein Jahr später gegen Floyd Patterson.

Ende 1966 wurde Archie Moores Name in der »Boxing Hall of Fame«* aufgenommen, eine Ehrung, die nur den wirklich bedeutendsten Kämpfern zuteil wird. Cassius ist noch eine Weile davon entfernt.

Darüber hinaus gehörte der schwarze Veteran zu der kleinen Gruppe von amerikanischen Boxern, die es über den Ringberuf hinaus (während und nach ihrer Karriere) zu einer anerkannten Persönlichkeit gebracht haben. Archie stand dem Louisviller Krakeeler keineswegs an Intelligenz nach; im Gegenteil – auch nicht, was Worte anbetrifft. Archie kann genauso schlagfertig sein wie sein Rassengenosse. Nur sind seine Antworten mehr auf Logik und Welterfahrung aufgebaut, im Gegensatz zu den Phantasien und Absurditäten des anderen.

Archies Beziehungen zur Filmindustrie in Hollywood sind ebenfalls weit bekannt. Der farbige Oskar-Gewin-

* Eine vom Baseball übernommene Institution, eine Art Museum, in dem die besten und populärsten Figuren der Sportart in Büsten, Dokumenten etc. geehrt werden. Boxing Hall of Fame, 1954 ins Leben gerufen, befand sich im »Ring«-Museum des alten Madison Square Garden in New York.

ner, Sidney Poitier, ist sein Schwager. Was aber weitaus wichtiger ist: Archie selbst hat in einer Reihe von Filmen und Televisions-Programmen mitgewirkt. Eine seiner besseren Rollen war der entlaufene Sklave in dem amerikanischen Klassiker »Huckleberry Finn« von Mark Twain. – Nach seinem Abschied vom Boxsport widmet Archie sich heute der sportlichen Erziehung von Teenagern und besonders der Bekämpfung jugendlicher Kriminalität.

In Los Angeles, wo im November 1962 der Kampf stattfinden sollte, schlug man rechtzeitig die Werbetrommel. Archie und der Louisviller Diogenes trafen sich unter anderem in dem Fernsehprogramm »Die große Debatte«. Cassius hatte sich für diese Gelegenheit mit einer Medaille behängt, die besagte: »Ich bin der Größte!«

Archie blieb einstweilen in einer mehr konservativen Rolle.

»Du wirst in vier Runden fallen, Alterchen«, sagte Cassius.

»Die einzige Art zu fallen wäre die, wenn ich nach vier Runden über deinen ausgestreckten Körper stolpere«, antwortete Archie schlagfertig.

»Wenn ich verliere, werde ich auf allen vieren durch den Ring kriechen und deine Füße küssen. Danach packe ich ein und verlasse das Land«, stichelte Cassius weiter.

Archie erwiderte ganz ruhig: »Schmeiße dich nicht so weit weg, das wäre des Guten zuviel. Unser Land braucht noch junge Männer wie dich! Nur eins sage mir: Wie kannst du nur dich selbst und deine großschnäuzige Litaneien noch ertragen?«

Cassius blickte im Kreise herum und erwiderte: »Solange ich dabei von der Presse und dem Publikum gehört werde, mache ich so weiter.«

Was die beiden sich außer in dieser Sitzung noch an den Kopf warfen, könnte ein Abendprogramm im Kabarett ausfüllen. Natürlich wartete Cassius auch mit einigen lyrischen Bonbons und der Routine-Weissagung auf:

»Wenn ihr zum Kampf kommen solltet,
bleibt nicht im Gang und an der Tür,
denn was ich sagte, wiederhole ich hier:
Archie Moore, der fällt in vier.«

Archie hatte seine Gegner der Vergangenheit oft mit ähnlichen Scherzen traktiert, um sie und das Publikum in Stimmung zu bringen. Aber sein Spott, sein Sarkasmus waren nie tief in die Haut seiner Opponenten gedrungen. Sein Witz war immer gutmütig und von gesundem Humor, gemessen an Cassius' lauten, anmaßenden Kalauern.

Nach einer Weile aber wurde es Archie zu bunt. Nach seiner Meinung war Cassius jetzt weit über das Maß erträglicher Reklame hinausgegangen. Etwas verbittert über die unnötigen Beleidigungen, die er einstecken mußte, zog er sich von der Debatte zurück.

Dennoch war die Vorkampfperiode für die Veranstalter und die Presse ein richtiges Schützenfest gewesen. So aufregende und billige Reklame hatten sie vorher kaum gekannt.

Beide Boxer pflegten jetzt ein seriöses Training. Moore war besonders darauf bedacht, seine alten Knochen wieder aufzupolieren, die er noch für hinreichend hielt, um dem Kentucky-Redner eine Lehre zu geben. Für einen Mann seiner Jahre zeigte er eine ungewöhnliche Widerstandskraft und Beweglichkeit. Er hatte sich für den Kampf mit 44 Jahren eingetragen. Wie alt er wirklich war, wußte er selbst nicht. Seine Mutter behauptete Reportern gegenüber, er sei bereits 1916 geboren, obwohl auch sie nicht mehr ganz sicher war. Auf alle Fälle befand sich Archie in einem Lebensstadium, in dem ein normaler

Mensch sich eher bewogen fühlt, einem Kampf am Fernsehapparat beizuwohnen, als selber den Weg zur Arena zu gehen.

In Clays Trainingscamp herrschte der übliche Karnevalsbetrieb. Es erschienen nicht nur die Anhänger des Meisters, sondern auch Hunderte, die nichts weiter vorhatten, als den Gegenstand ihres Mißfallens aus der Nähe zu betrachten und ihm passende Bemerkungen zuzuwerfen. Man mußte schließlich um polizeilichen Schutz bitten, als die Besucher ihre Gefühle in zu drastischer Weise zeigten.

Cassius blieb von all diesen Demonstrationen ungerührt.

»Das ist mein Publikum«, sagte er. »Laßt sie ruhig Radau machen und ihre Stimmbänder abnutzen, solange sie draußen an der Kasse gezahlt haben.«

Während Cassius von seinem Siegeswillen besessen war, erwog Trainer Dundee die Chancen auf gründlichere Art. Die Orakel seines Schützlings hatten ihn außerdem nie recht glücklich gemacht – trotz ihrer bisherigen Richtigkeit. Cassius krakeelte seine Prophezeiungen spontan und auf gut Glück heraus und hatte dann, wie sich erwies, oft Schwierigkeiten und unnötigen Nervenverbrauch, um sie einzuhalten.

Mit Recht kalkulierte Angelo: »Moore ist eigentlich nur ein Halbschwergewichtler. Trotz seines fabelhaften Rekords ist er von einer Anzahl guter Männer besiegt worden. Seit seinem Treffen 1956 mit Patterson hat er, seine beiden Kämpfe gegen Europameister Rinaldi eingeschlossen, kaum noch einen nennenswerten Gegner gehabt. Um Cassius auszuboxen, ist er nicht mehr frisch genug. Um für schweren Schlagwechsel an ihn heranzukommen, fehlt ihm jetzt, nach all den Jahren, die Beweglichkeit. Kurz, der Mann ist zu alt!«

In der Spielerstadt Las Vegas, wo die Wettchancen des

ganzen Landes für solche Gelegenheiten bestimmt werden, gab man auch nichts auf Vergangenheit und Papierform. Man hielt sich an praktischere Dinge. Cassius war dementsprechend ein 3:1-Favorit.

Am 15. November 1962 verzeichnete die Los-Angeles-Sports-Arena die Rekordzahl von über 16 000 Zuschauern. Clay trat mit 204 Pfund (ca. 92,5 kg) an, Moore mit 197 Pfund (ca. 89,3 kg).

Wie die Experten vorausgesehen hatten, wurde der Kampf die letzte Schau eines in Ehren ergrauten Kriegers. In etwa 60 Städten wurde im »Closed Circuit« die Tragödie des alten Ringstrategen gezeigt. Von Anfang an bestand kein Zweifel daran, daß er ausgespielt hatte. Keines der hundert Manöver, die er in 30jähriger Ringtätigkeit gelernt hatte, nicht einer seiner psychologischen Tricks waren gegen Clay noch etwas wert.

In der ersten Runde kam er kaum zum Schlag, während Cassius ihm mit einem brillanten Feuerwerk von »Jabs« und Haken aus sicherer Distanz zusetzte.

Die zweite Runde gab kein anderes Bild. Dick Sadler, Moores Trainer, sagte hinterher: »Clay verpulverte in jeder Runde 100 Schläge, ließ aber 200 vom Stapel.«

Zwischen den Runden blieb Archie, seinem Alter zum Trotz, aufrecht in der Ringecke stehen. Böse Zungen meinten, falls er sich setze, komme er nicht wieder hoch. In der 3. Runde flitzte Cassius mit Kombinationen beider Arme durch die Gegend wie ein losgelassener Propeller. Offensichtlich ermüdete ihn sein Übereifer. Er verringerte deshalb sein Tempo und verbesserte dafür die Genauigkeit seiner Schläge. Er traf Moore mit drei aufeinanderfolgenden harten Rechten.

In der 4. Runde sah Archies Gesicht aus, als habe es in einem Marmeladentopf gesteckt. Eine schnelle Rechte beraubte ihn des Mundschutzes und setzte ihn auf den Boden. Cassius sah sich schon als Sieger und tanzte mit erhobenen Armen durch den Ring . . .

Bei »8« kam Archie aber wieder hoch, bekam diesmal eine ganze Schlagserie ab – und ging herunter. Der Schiedsrichter hatte Mühe, den himmelhoch jauchzenden, hopsenden Clay in der neutralen Ecke zu halten. Zum Erstaunen aller kam der zähe Alte noch einmal auf die Beine – nur um einen weiteren Volltreffer zu erhalten. – Und aus war es . . .

Clay setzte unter das Kapitel Archie Moore:

»I swept the old man out of the ring.
For a new broom sweeps any old thing!«
(Ich habe den alten Mann aus dem Ring gefegt,
denn neue Besen kehren gut.)

Das war eine Wahrheit, die er besser für sich behalten hätte. Zu einigen Reportern und Freunden sagte er wegen der barschen Behandlung des Veteranen: »Ich bin zwar der Größte, und Archie ist ebenfalls einer der Besten. Ich habe ihn nicht gerne als Trittbrett benutzt, aber ich bin im Fight-Geschäft und will nun weiter!«

Sonny Liston, der dem Kampf beigewohnt hatte, hörte wiederholt die Herausforderung: »Sonny, du bist der nächste! Du mußt in acht Runden runter!«

Liston antwortete: »Ich werde dich nur im Ring treffen, wenn du mir beweisen kannst, daß du acht Sekunden oben bleibst!«

Kaum hatte also die Debatte Clay–Moore geendet, als auch schon die neue zwischen Clay und Liston beginnen sollte. Sie ging als »The battle of the mouths« (Kampf der Mäuler) in die Geschichte des Boxsportes ein und erstreckte sich praktisch über ein volles Jahr.

Cassius war ehrlich davon überzeugt, daß er jetzt mit Liston fertig würde, aber sein Syndikat wollte einstweilen an die Superproduktion einer Weltmeisterschaft nicht heran. Erstens war für Clay das Risiko noch zu groß, zweitens wollte man nicht auf Einnahmen von Kämpfen verzichten, die jetzt noch möglich waren, nach dem Treffen der beiden jedoch uninteressant sein würden.

Im Januar 1963, also noch lange Zeit vor seinem sensationellen Kampf mit Sonny Liston, holte man sich den Ex-Fußballstar Charlie Powell aus Pittsburgh. Kurz vor dem Kampf, zur Feier seines 21. Geburtstages, sagte Cassius: »Powell geht in der 3. Runde!«

Beim Einwiegen am Kampftage ließ er sich noch weiter darüber aus und hielt Powell dabei drei Finger unter die Nase: »Du wirst heute abend deinen Touchdown haben, und zwar mit der Nase nach unten!« Dies war ein Wortspiel in bezug auf einen Ausdruck im amerikanischen Fußball. In Clayschem Sinne könnte man »Touchdown« hier auch etwa mit »Bauchlandung« gleichstellen.

Powell war über diese Frechheit so aufgebracht, daß er mit geballter Faust vor Clays Gesicht herumfuchtelte und drohte, die Debatte mit ihm auf der Stelle zu erledigen. Cassius war über diesen Wutausbruch so verblüfft, daß er wie hysterisch in seinen Ankleideraum flüchtete und nur mit Mühe von Dundee beruhigt werden konnte.

11 000 zahlende Gäste hatten sich in Pittsburghs Civic Arena eingefunden, um in erster Linie den Louisviller »Lautsprecher« niederzuschreien, denn an einen Sieg ihres Lokalmatadors konnte niemand, der seine fünf Sinne zusammen hatte, glauben.

Powell selbst war sich darüber klar, daß er Cassius nicht mit Finessen beikommen konnte. Er versuchte es daher mit schweren Haken, von denen einige an seinem Widersacher hängenblieben.

Powell rief dem um ihn herumwalzernden Neger zu: »Komm endlich mal näher, du Feigling. Deine Schläge sind ja so nichts wert!«

Bei Beginn der 3. Runde, die Cassius als Finale angegeben hatte, war die Erregung der Masse auf dem Siedepunkt angelangt. Er ließ sie nicht unnötig kochen und begann eine Kanonade von Linken und Rechten, die Powell nach genau zwei Minuten und vier Sekunden zu Boden brachte, alle viere ausgestreckt. Die bis jetzt niedrigste Runden-Prognose hatte sich erfüllt.

Noch vor dem Powell-Kampf hatte sich Clay verpflichtet, den schwarzen Doug Jones zu einem 10-Runden-Duell in New York zu treffen.

Hatte das Publikum bisher Archie Moore als Fighter von Format angesehen, um Cassius' glatte Laufbahn zu unterbrechen, so setzte man nun neue Hoffnung auf Doug Jones. Archies Untergang war für die Eingeweihten keine Überraschung gewesen; bei dem neuen Gegner waren die Aussichten sehr viel ausgeglichener.

In der Liste von »The Ring« rangierte Jones an dritter

Stelle, während Clay nur die fünfte hielt. Jones war noch niemals k. o. geschlagen worden. Er hatte mit Bobo Olsen, Eddie Machen, Zora Folley, Harold Johnson und Erich Schöppner (in Deutschland) gekämpft. Jones hatte mit 185 Pfund ein Minus von 22 Pfund gegenüber Clay und war etwas kleiner als er.

Wie schon erwähnt, hatte Cassius sich für diesen Kampf besonders als Dichter und Reklame-Mann hervorgetan. Der Madison Square Garden, der bei seinem Kampf mit Sonny Banks eine klägliche Kasse gezeigt hatte, war dieses Mal total ausverkauft. Leute, die niemals vorher an einem Boxkampf interessiert gewesen waren, wollten nun endlich das Phänomen Clay in Person sehen. Tausende von Menschen fanden keinen Einlaß.

Cassius konnte diese Gelegenheit zu einer treffenden Bemerkung nicht vorübergehen lassen. »Die stauben jetzt die Sitze ab, wo bisher die Tauben genistet haben. Der Garden wird tatsächlich zu klein für mich!«

Jones hatte sich wenig an dem Wortkrieg des Kentucky-Boy beteiligt und zeigte eine stoische Ruhe. Nur als Clay beim Einwiegen mit dem berühmten Klebeband über dem Mund erschien, fand er ein scheues Grinsen.

Der Gegner fügte noch einige »Cassiaden« an die Zeremonie, indem er sagte: »Mensch, ich habe ja gar nicht gewußt, daß du kleiner bist als ich. So werde ich dich schon in der 4. Runde k. o. schlagen statt in der sechsten!«

Er wiederholte damit in anderer Form die Voraussage, die er früher bei einer Pressekonferenz bereits bekanntgab.

»Wie groß bist du eigentlich, Doug?« fragte er weiter.

»Warum?«

»Damit ich entsprechend zurücktreten kann, wenn du umkippst!«

Das war kein origineller Clay-Kalauer mehr, aber er »saß« und machte die Runde. – 19 000 Menschen dräng-

Cassius, etwa 13jährig, als Schüler von Joe Martin, der selbst einmal ein namhafter Amateurboxer war. Cassius befand sich bei dem geborenen Faustkampfpädagogen in besten Händen.

Der Mann mit dem Adonis-Körper – und er weiß es genau! Angelo Dundee verschnürt Cassius Clays Boxhandschuhe und erteilt letzte Ratschläge.

Cassius mit seinem Bruder Rudi beim Training (1960). Wie ein Trabant begleitet Rudi Clay seinen Bruder durch die Jahre des Aufstiegs, steht ihm als gutbezahlter Sparringspartner zur Seite.

◄ *Nach seinem Olympiasieg reist Clay viel herum, erzählt und zeigt seine Fotos. Hier besucht er ein Hospital für verkrüppelte Kinder.*

Stundenlang hat Cassius mitunter die Kinder der Nachbarschaft vor seinem Haus, um mit ihnen zu spielen oder im Chor zu üben: »Wer ist der Größte?« – »Cassius Clay!« ▼

»Großmaul« Clay nach seinem Sieg über Doug Jones (1963). Er gibt wieder einmal etliche Kalauer vor versammeltem Hof zum besten.

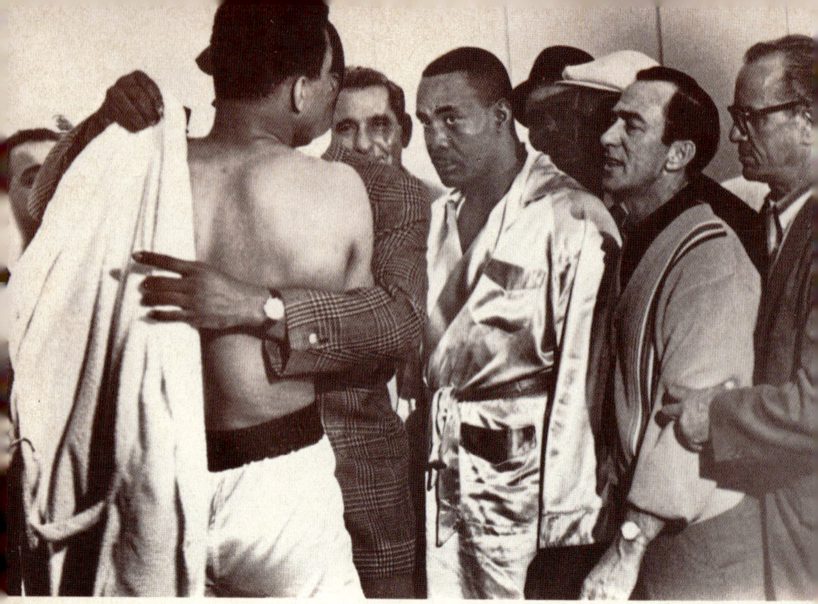

Cassius — Liston, die berühmte Einwiegeszene.

Liston sieht dem Kampf gelassen entgegen.

Der »Größte« präsentiert dem Autor eine Nummer der Zeitschrift »Life«.
Vor dem Liston-Kampf: die Beatles im Trainingslager.

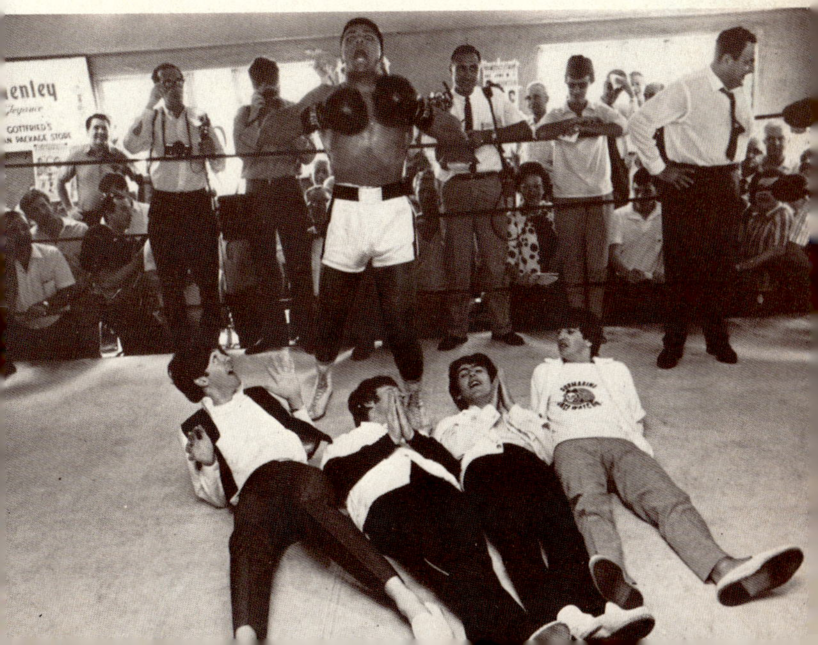

Mit Gewalt muß Clay beim Einwiegen vor einem vorzeitigen Angriff auf Liston zurückgehalten werden, als er die unmißverständliche Geste seines Gegners bemerkt.

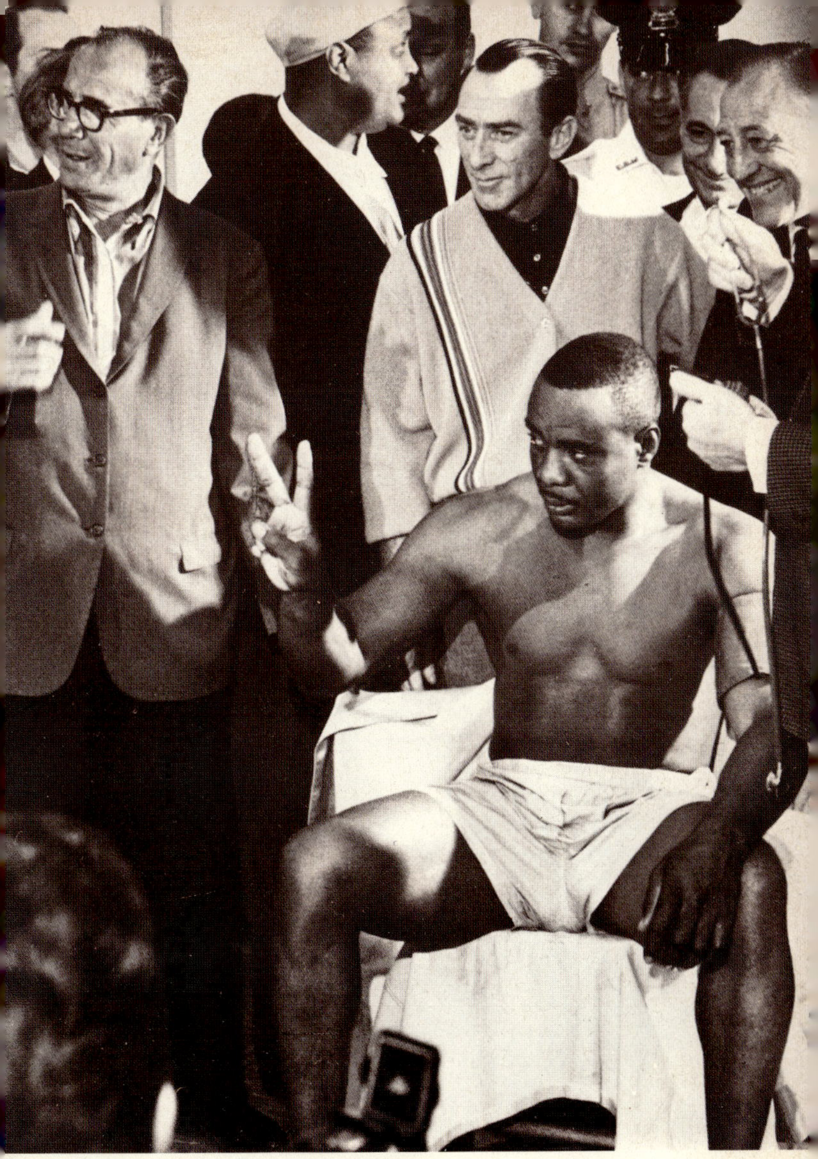

»Zwei Runden«, zeigt Sonny seinem Gegner an. Noch ist die Siegesgewißheit bei ihm und seinen Betreuern ungebrochen.

Der Kampf ist im Gange. Clay ist mit seiner Beinarbeit und seinem elastischen Abbiegen unerreichbar für Sonnys berüchtigt harte Schläge.

Der entscheidende Treffer in der siebten Runde im ersten Kampf am 25. Februar 1964.
K.o. in der ersten Runde im Rückkampf am 25. Mai 1965.

Selbst nach dem gewonnenen Kampf faucht »Großmaul« Cassius noch wie eine Katze, als er sich der Presse für Interviews stellt.

Cassius als Moslempriester Muhammad Ali und als Zuhörer während einer Ansprache von Eljah Muhammad.

Stolz zeigt sich Cassius Clay samt seiner Goldmedaille 1960 in Rom mit Profi-Champion Floyd Patterson, den er fünf Jahre später in Las Vegas durch technischen K.o. besiegt.

Toronto, 29. März ▶ 1966. Clay ist wütend, als der Kanadier Chuvalo einen Nierenschlag anbringt. In der neunten Runde muß er eine Linke Chuvalos einstecken. Trotzdem gewinnt Clay den 15-Runden-Kampf nach Punkten.

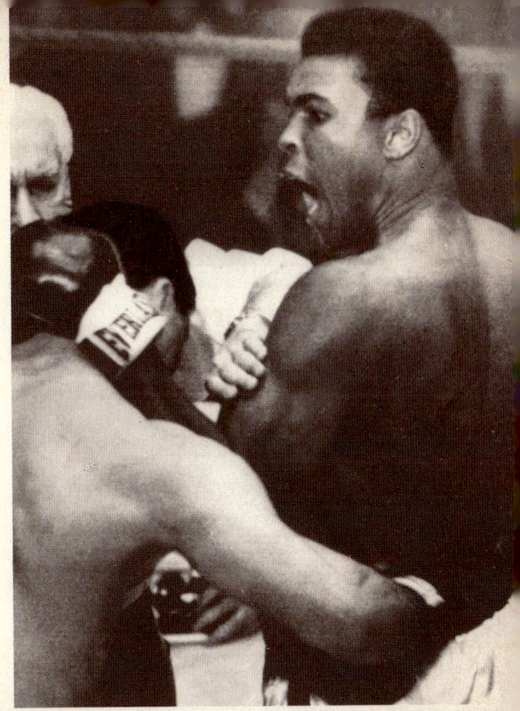

Clay setzt mit seiner gefürchteten Rechten nach. Maschinengewehrartige Konter folgen einer Linken des Gegners.

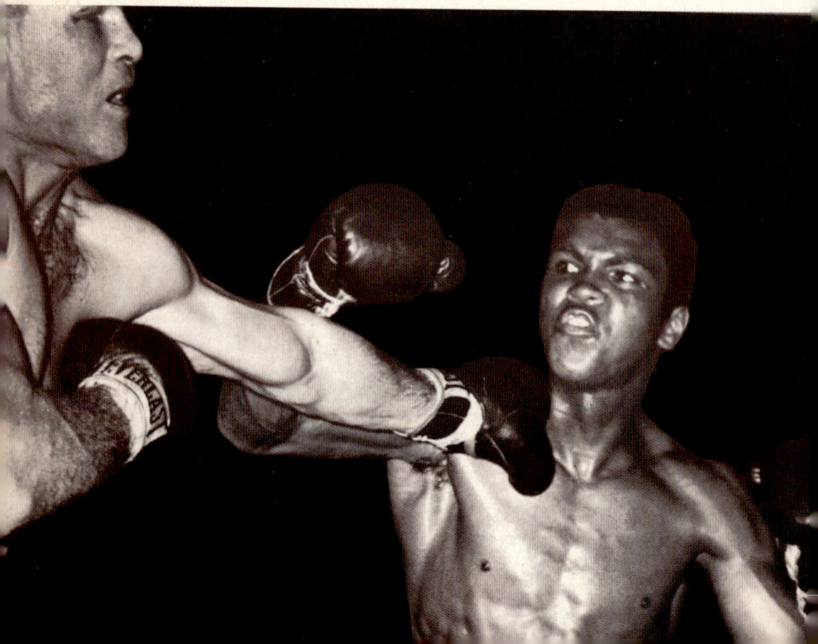

ten sich am Abend in den Madison Square Garden, eine Zahl, die seit Jahren bei keiner Boxveranstaltung mehr erreicht worden war.

Ein Vorkampf, den Ray Patterson, ein Bruder Floyds, gegen Duke Johnson gewann, brachte Stimmung ins Haus.

Doug Jones wurde mit großem Beifall begrüßt, Cassius mit noch größerem Gejohle.

Von der Mehrzahl der Masse angefeuert mit: »Hol ihn dir, Doug!« – »Mach die Großschnauze klein!« ging Jones sofort zur Offensive über. Er traf, und Cassius mußte sich mit glasigen Augen an den Seilen festhalten. Aber der schöne Traum, daß es dabei bleiben würde, war bald aus, denn Clay brachte sich schnellstens außer Reichweite, schnitt höhnische Grimassen und begann sein berühmtes »Trommelfeuer« mit der Linken.

Die 2. und 3. Runde sahen nicht viel anders aus. Keiner schien dem anderen an Punkten vorauszuliegen. Dann, in der 4. Runde, setzte Cassius alles daran, seine Prophezeiung wahrzumachen. Verzweifelt schloß er die Runde mit einem furiosen Schnellfeuer von Schlägen ab.

Aber Jones ging nicht herunter – auch nicht in den folgenden Runden.

Cassius, der seinen Stil jetzt auf langsamere Touren abänderte, erhielt einige harte Schläge von Jones, die ihm offensichtlich zusetzten. Es schien auch so, als habe das Versagen der 4. Runde seine Stimmung und den bisherigen Enthusiasmus beeinflußt.

Vor Beginn der 9. Runde mußte Angelo ihn wieder in Schwung bringen und wandte einen Trick an: »Nur noch sechs Minuten! Halt dich ran, sonst wird nichts aus dem roten Cadillac!«

Das half!

Cassius nahm sich die schwere Drohung zu Herzen.

Das Syndikat hatte ihm nämlich einen tomatenroten Cadillac versprochen, sofern er den Kampf gewann.

In der 9. und 10. Runde ließ er mit letzter Kraft ein Stakkato von Schlägen auf Jones niederprasseln, das ihm schließlich den Punktsieg einbrachte.

Clay hatte auf allen Punktkarten mit acht Runden glatt gewonnen. Offiziell stand sein Sieg außer Zweifel, nicht aber beim Publikum. Ein ohrenbetäubender Lärm setzte ein. Es regnete Programme, Papierbecher, Erdnüsse und andere Gegenstände.

Abe Green, der Leiter der »World Boxing Association«, wurde von einer Flasche getroffen. Ein Stilett blieb irgendwo in der Ringmatte stecken.

Cassius ließ das alles kalt, er hob sich eine Handvoll Erdnüsse von der Matte auf, knackte sie und steckte sie nonchalant in den Mund.

Dann aber, als plötzlich ein Chor einsetzte:

»Fake, fix! – Schiebung«, geriet er aus dem Häuschen.

»I will fix you all! – Ich mache euch alle fertig!« brüllte er wutentbrannt in die Menge. Dundee mußte ihn zurückhalten, um die Situation nicht noch zu verschärfen.

Im Ankleideraum machte Cassius einen sehr bedrückten Eindruck. »Du sahst nicht besser aus als ein zweitklassiger Amateur!« gab Angelo ihm mit Recht aufs Dach. Cassius hatte in der Tat seinen schlechtesten Kampf geliefert, Jones seinen besten. Auf der Rekordliste hatte Clay gewonnen, bei den Fans und Experten aber viel von seiner Magie eingebüßt. Er hatte weder seine Vorhersage eingehalten noch gezeigt, daß er zur Weltklasse gehörte.

Die Jones-Gruppe wollte sich mit dem Ausgang des Fights nicht abfinden und verlangte einen Rückkampf. Daraus wurde aber nichts; Faversham und seine Leute in Louisville oder Dundee sahen keinen Grund für eine Wiederholung.

150 000 Zuschauer in 33 Städten hatten den Kampf durch die »Closed-Circuit«-Übertragung gesehen. Sonny Liston in Miami war einer von ihnen gewesen.

Was den Ausgang des Fights anbelangte, so hielt er es mit dem offiziellen Resultat. »Clay hat mit Fug und Recht gewonnen!« ließ er sich vernehmen, fügte aber hinzu: »Er hat mir aber gleichzeitig gezeigt, daß ich wegen Totschlages verhaftet werde, wenn ich jemals gegen ihn in den Ring steige!«

Ebenso wie Clay litt Liston an Selbstgefälligkeit und war von seiner Rolle als Supermann im Boxen fest überzeugt.

»Ich bin schon lange reif für Liston«, konterte Clay. »Der Jones-Fight war nur ein Vortraining für mich. Klar, Doug hat mir einige gepfeffert, aber wo sieht man's denn? Ich bin immer noch hübsch wie ein Mädchen. Und von den Prognosen hab' ich jetzt genug. Es setzt meinen Nerven zu. Wenn mal was schiefgeht wie beim Kampf mit Jones, nennt mich jeder gleich einen ›krummen Hund‹. – Nie wieder eine Vorhersage!«

Sah man auch dies als Voraussage an, so hatte er sich schon wieder in die Nesseln gesetzt, denn unter anderem blieb er dabei, daß Liston in der 8. Runde heruntergehen müsse.

Um an Liston heranzukommen, war es bei dem damaligen Stand der Dinge notwendig, zuerst Floyd Patterson zu schlagen, der sich zu einem Revanchekampf mit Sonny Liston vorbereitete.

Faversham gelang es, mit den Patterson-Managern ins Einvernehmen zu kommen. Für Floyd sollte die Summe von 200 000 Dollar garantiert werden, für Clay 175 000 Dollar. Der Kampf sollte nach Möglichkeit wieder im Madison Square Garden stattfinden.

Plötzlich kamen zwischen den Parteien Unstimmigkeiten über den Anteil am Werbeetat auf, wodurch die ganze Angelegenheit gewissermaßen im Keime erstickte.

Patterson–Liston blieb auf dem Programm, und das Hauptquartier in Louisville mußte sich für Clay nach einem anderen Kontrahenten umsehen. Obschon sich die Veranstalter in USA um ihn zu reißen begannen, zog man eine Tour ins Ausland vor, denn es wurde Zeit, Cassius' Gesichtskreis zu erweitern.

STOP IT!

Man akzeptierte ein Angebot von Jack Solomons, dem größten britischen Veranstalter, der sich bereits seit einiger Zeit bemüht hatte, den Engländern den braunen Wunderboy vorzustellen. Zum Gegner hatte man Henry Cooper, der seit fünf Jahren den britischen Meistertitel hielt, ausersehen.

Clay flog nach London und machte sich, wie schon gesagt, auch dort durch seine Mätzchen so unbeliebt, daß er nicht einmal auf Sympathien hätte rechnen können, wenn man ihn mit einer Bahre aus dem Ring geholt hätte! Er nannte Cooper einen »Bum« (Flasche) und einen »Tramp« (Landstreicher) und versicherte ganz England, er werde den Meister der Insel in der 5. Runde erledigen.

Die »London Times« hielt es für angebracht, auf die verschiedenen Spott- und Schmähverse des Prahlhans mit einem Zitat aus Shakespeares »Julius Cäsar«, IV. Akt, 3. Szene, zu antworten:

»There is no terror Cassius in your threats
For I am arm'd so strong in honesty
That they pass me as the idle word
Which I respect not. –«
(In deinem Drohen, Cassius, ist kein Schrecken,
denn ich bin so durch Redlichkeit bewehrt,
daß es vorbeizieht wie das eitle Wort,
das nichts mir gilt . . .)

Das traf zwar den Nagel sozusagen auf den Kopf, aber für die Leute, die etwas vom Boxen verstanden, konnte Cooper nur ein Favorit aus Sentiment und Patriotismus bleiben. Die Wetten der Londoner Buchmacher standen 5:2 und 4:1 für Clay.

Der Kampf fand am 18. Juni 1963 im ehrwürdigen Wembley-Stadion statt. Clays Aufmachung, mit Krone, in scharlachroter Robe mit »I AM THE GREATEST« auf dem Rücken, wie schon beschrieben, wurde vom Publikum als Gipfel der Respektlosigkeit angesehen. Die Masse war aufgebracht.

Ebenso erbost begann Henry Cooper den Kampf in der 1. Runde gegen Clay und schlug ihm mit einer Linken die Nase blutig – eine ungeheure Zumutung für den »Größten«, eine wahre Augenweide für die 55 000 Londoner ...

Auch in der 2. Runde war Cooper noch in der Lage, seinen Gegner mit einer anfänglichen Offensive zu belästigen. Dann aber erwischten ihn einige Schläge, und sein Gesicht begann sich zu röten.

Damit wurde Cassius klar, daß der Londoner nichts zu bestellen hatte. Er begann mit ihm zu spielen.

In der 3. Runde hämmerte er weiter auf das Gesicht seines Gegners. Cooper konnte vor Blut, das aus einer Wunde über den Augen floß, kaum noch sehen. Er war »reif«.

Cassius hatte jedoch keine Eile. Er hatte die 5. Runde als Finale angesagt und segelte weiter um den hilflosen Engländer herum, ab und zu schlagend, dann wieder die Arme unten lassend – als Zeichen völliger Überlegenheit.

Faversham, der am Ring saß, sprang erregt auf und schrie Angelo Dundee an: »Mensch, sag dem Bengel, er soll den Unsinn lassen! Er hat noch nicht gewonnen!«

Aber Cassius ignorierte diese Warnung und steckte demzufolge am Ende der 4. Runde einen harten Glücksschwinger des Engländers ein.

Kaum zu glauben – er ging zu Boden!

Das Wembley-Stadion stand kopf, die britische Ehre schien gerettet.

Aber es war Clay, der gerettet war: durch den Gongschlag ...

In der Pause erholte er sich schnell, und mit Erbitterung über die unerhörte Schmach ging er sofort zum Finish über. Cooper war jetzt blutüberströmt.

»Stop it! Stop it!« kamen Rufe aus dem Zuschauerraum.

Cassius hämmerte wie ein Besessener weiter. Jetzt war es für ihn Ehrensache, den Kampf rechtzeitig zu beenden.

Der Ringrichter brach ab, ehe die Hälfte der 5. Runde vorbei war. Die Fahne der britischen Fans ging auf halbmast.

Cassius erklärte, daß er den Niederschlag Elizabeth Taylor verdanke, weil er sie plötzlich an der Ringseite entdeckte und nicht umhin konnte, auf die schöne Frau – im unrechten Moment – einen Blick zu werfen.

Cassius hatte dem Titelhalter, Sonny Liston, bei dessen letztem Kampf den Krieg erklärt, und so erschien jetzt Listons Manager, Jack Nilon, im Ring, um bekanntzugeben, daß er 3500 Meilen geflogen sei, um mit den Clayschen Leuten den Kampf des Jahrhunderts, Clay-Liston, zu besprechen. Man wurde sich einig.

Als Liston einen Monat später, am 22. Juli 1963 in Las Vegas, zu einem Revanchekampf mit Floyd Patterson in den Ring stieg, um ihn wieder in der 1. Runde – in genau 2 Minuten und 10 Sekunden – k.o. zu schlagen, war Cassius dabei.

Bei der Vorstellung der Fighter und Gäste wurde er ebenfalls präsentiert. Nach alter Tradition erwartete man von ihm, daß er den beiden Boxern die Hände schütteln würde. Er ging auch in Pattersons Ecke, um ihn mit freundschaftlichem Handschlag zu begrüßen. Dann ging er auf Liston zu, blieb plötzlich in der Mitte des Ringes stehen, schlug in größter Panik, voller Schrecken die Hände über dem Kopf zusammen – und rannte fort.

Diese Komödie war nur eine kleine Probe aus der langen Reihe von Spöttereien und Verhöhnungen, die Liston oft zur Weißglut brachten.

Die Fehde hatte begonnen, und Cassius mußte sich jetzt allen Ernstes darauf vorbereiten. Er hatte noch sieben Monate Zeit dazu. Das Dundee-Trainingsquartier in Miami Beach mit Angelo an der Spitze sollte jetzt der Platz werden, an dem er seine Energien austoben konnte.

FÜR UND WIDER HINTER DEN KULISSEN

Für den kommenden Feldzug gegen Sonny Liston verfügte Cassius über eine weitaus bessere »militärische« Führung als je ein anderer Boxer vor ihm in ähnlicher Situation.

Der »Generalstab«, der die Grundstrategie (Verträge und finanzielle Operationen) entschied, saß in Louisville. Faversham war Verbindungsoffizier zwischen diesem und dem Mann an der Spitze der Armee: Angelo Dundee.

Cassius, der »Soldat«, war von Sorgen und Entscheidungen unbeschwert und konnte sich ganz dem Training in Wort und Tat hingeben.

Bei all diesem ungewöhnlichen Aufwand war Angelo Dundee das wichtigste Rad in der Maschinerie, obwohl er im Lärm der Clayschen Trompeten wenig zu hören war. Für Cassius' schnelle und sichere Erfolge gebührt diesem kleinen, dunkelhäutigen Italo-Amerikaner in erster Linie Anerkennung, denn er verstand das eigenwillige Genie zu leiten und seine boxerischen Fähigkeiten auf enorme Höhe zu bringen.

Schon bevor Angelo von dem Kentucky-Syndikat für Cassius verpflichtet worden war, genoß er internationalen Ruf als brillanter Trainer, »Cutman« und vertrauenswürdiger Manager. Ein »Cutman« ist ein Helfer im Ring, der vor allem mit der Wundbehandlung während der Kampfpausen betraut ist. Nicht jeder Trainer ist ein guter »Cutman«. Angelo Dundee ist beides!

Durch die Lancierung Carmen Basilios zum Champion der Weltergewichtler war er besonders in den Vordergrund getreten.

Außer Basilio und Clay gehören noch folgende Namen

auf seine Weltmeister-Liste: Im Halbschwergewicht Willie Pastrano 1963–65, im Weltergewicht der Kubaner Louis Rodriguez 1963 und sein Landsmann Sugar Ramos 1963–64 im Federgewicht.

Angelo hatte immer schon eine Schwäche für die temperamentvollen und aggressiven Lateinamerikaner, insbesondere die Kubaner, von denen eine Reihe Profis nach Castros Revolution heute in Miami eine zweite Heimat gefunden haben. Kein Wunder, daß sich sein Trainingsquartier während der Übungsstunden wie eine Bahnhofshalle ausnimmt, in der sich die Menschen nicht nur durch die Farbe, sondern auch durch die Sprache unterscheiden.

Das »5th Street Gym«, das Trainingsquartier der Brüder Dundee an der Ecke der Washington Avenue und 5. Straße in Miami Beach, ist heute in Amerika zu einem Begriff des Boxsportes geworden. Es folgt gewissermaßen hierin der Tradition des ehemaligen, weltbekannten »Stillman's Gym« in New York, das – einen Steinwurf vom Madison Square Garden entfernt – jahrzehntelang in Betrieb war. »Gym« ist die Abkürzung für das Wort »Gymnasium«, das in Amerika für eine Schulturnhalle, ein Gesundheitsinstitut oder ein Trainingsquartier gebraucht wird.

Während der goldenen Epoche des Boxsportes war »Stillman's Gym« der Treffpunkt aller aktiven Fighter und Meister der Welt, der Veranstalter auf der Suche nach neuen Talenten und der Racketeers . . . auf Schieberei bedacht. In den letzten Jahren, bevor dieser alte Bau abgerissen wurde, hielt er sich scheinbar nur durch die alten, an den Wänden klebenden Plakate und die »dicke« Luft aufrecht. »Stilman's Gym« gehört heute der Vergangenheit an, und der jetzige Madison Square Garden wird das gleiche Schicksal haben. Das Stahlgerüst des neuen Garden, der dieses Mal nicht »square« (eckig) ist, erhebt sich bereits auf dem Gelände des einstmals imposanten

Bahnhofs der Pennsylvania-Eisenbahn, der abgerissen wurde und nun mit seinen Schaltern, Zügen und dem Gewimmel der Millionenstadt wie ein gigantischer Ameisenbau unter der Erde weiterbetrieben wird. Von dem supermodernen Bau des neuen Garden, der 25 000 Sitzplätze haben soll, erwarten auch die Boxsportanhänger die Wiederkehr der »guten, alten Zeiten«.

In Dundees »Miami Gym« ist heute kein Platz für die Bösewichte des Boxrackets. Aber der ehemalige Tanzboden über einer Drogerie hat nichts von der Luft und Sauberkeit, die man an einem Platz für übende Sportler erwartet; man hält sich hier an das Stillmansche Vorbild. Die Duschanlagen sind primitiv, die Toiletten kaum zu benutzen. Auf der ehemaligen Bartheke liegen Zeitungen und Programme der letzten Boxsaison. Das Telefon klingelt ununterbrochen in das Sprachengewirr und Geknatter der Punchingbälle hinein. Über allem hängt der Geruch von billigen Zigarren, von Schweiß und nassem Leder, und die schöne Floridasonne sickert noch so eben durch die seit zwei Jahren nicht geputzten Fenster ...

Man wundert sich, daß die Jungens, die sich hier körperlich ausarbeiten müssen, noch nicht an den eingeatmeten Mikroben kaputtgegangen sind.

Außer den Kämpfern trifft sich hier alles, was im Boxsport einen Namen hat – sei es von Eingeborenen oder Besuchern des weltberühmten Ferienparadieses. Ein Schwarzes Brett an der Straßentür zeigt den sonstigen Interessenten die Namen der Boxer, die sich gerade im Training befinden.

Viele Jahre bewachte ein weiblicher Zerberus mit Namen Hattie Ambush diesen ganzen Betrieb. Mit schneidender Stimme und großer Autorität hielt dieses Kuriosum des rauhen Sportes in dem Tohuwabohu eine gewisse Ordnung und sorgte vor allem dafür, daß kein Zuschauer an ihr vorbeiging, ohne 50 Cents zu zahlen.

Wenn »Clay« auf der schwarzen Tafel stand, erhöhte sie automatisch den Eintrittspreis auf einen Dollar.

Wie gute Pflanzen am besten im Mistbeet gedeihen, so scheinen auch gute Boxer sich oft unter den deprimierendsten Umständen zu entwickeln. Die Qualitäten ihrer Trainer gleichen den Mangel an sauberer Atmosphäre aus.

Chris und Angelo Dundee stammen aus der Familie eines italienischen Emigranten, der um die Jahrhundertwende in die Vereinigten Staaten kam und sich in Philadelphia niederließ. Außer diesen beiden ist noch ein dritter der fünf Söhne des Hauses Mirenda (das war ihr ursprünglicher Name) mit dem amerikanischen Boxsport verbunden. Bruder Joe, der Älteste, hatte eine kurze Karriere als Profi vor dem Zweiten Weltkrieg. Er änderte seinen Namen in Joe Dundee ab – nach einem berühmten Federgewichtler, der von 1910 bis 1930 mit 320 Kämpfen der Star seiner Gewichtsklasse gewesen war.

Joe wurde damals von Chris gemanagt, und demzufolge nannte sich dieser auch Dundee. Als Angelo Jahre später ebenfalls das Boxen als Vollberuf wählte, folgte er dem Beispiel. Die Box-Mirendas sind nach dem amerikanischen Gesetz heute legale Dundees.

Angelo ist deshalb auch sehr tolerant, was den oft beanstandeten Namenswechsel von Cassius Marcellus Clay in Muhammad Ali anbelangt. »Wir Brüder haben im Faustkampf-Geschäft unseren Namen in Dundee geändert, weil es zweckmäßiger war«, sagt er. »Warum soll Clay nicht auch vorziehen dürfen, als Muhammad Ali weiterzumachen, wenn es seine Religion vorschreibt? Ich bin katholisch, meine Frau ist Methodistin, unsere beiden Jungen sollen sich für einen Glauben entscheiden, wenn sie reif genug dafür sind. Daß Cassius heute den Muselmann spielt, schadet natürlich seinem Ruf als vorbildlicher Sportsmann. Aber mir muß das gleichgültig sein, und es besagt auch nichts in unserem gegenseitigen Verhältnis. Wenn ich von ihm spreche, nenne ich ihn Cassius, das ist erstens einfacher und zweitens natürlicher. Sonst rede ich ihn möglichst mit ›Champ‹ an, um nicht die strikte Etikette zu verletzen, auf die er nun einmal Wert legt, seit er in Richtung Mekka betet.«

Muhammad Ali beklagt sich bitter darüber, daß die meisten Leute ihn heute mit »Champ« anreden, um den neuen Namen zu vermeiden. Er ist wütend, daß die »Ungläubigen«, besonders die Presse, die es für eine Ehrensache hält, ihn mit seinem Taufnamen zu »beschimpfen«, so wenig Respekt vor seiner neuen Rolle als Jünger des Propheten zeigt.

ANGELO DUNDEE

Angelo ist der Jüngste seines Stammes und wurde 1926 geboren. Im Vergleich zu anderen bekannten Kollegen und zu seinen Brüdern kam er erst relativ spät zum Boxsport. Wie viele junge Amerikaner aus einfachen Verhältnissen arbeitete er anfangs als Schuhputzer und Zeitungsverkäufer, später in der Stadtverwaltung von Philadelphia. Er war gerade dabei, sich für einen Posten als Flugzeuginspektor der Bundesregierung vorzubereiten, als der Zweite Weltkrieg ausbrach. Man zog ihn zur Luftwaffe ein. Er verbrachte mehrere Jahre in Übersee, wurde mit dem »Battle-Star« (Kampf-Stern-Medaille) ausgezeichnet, und blieb nach dem Waffenstillstand noch einige Jahre in Europa; die meiste Zeit davon in Deutschland, wovon er immer wieder begeistert spricht.

Das durchschnittliche Reisepensum Angelos sind pro Jahr etwa 160 000 Kilometer! Er blickt heute auf seinen ersten Europabesuch zurück wie auf ein Märchen aus alten Zeiten, denn jetzt saust er zumeist mit den Jets – mitunter nur für eine einzige Abendveranstaltung, an der seine Kämpfer teilnehmen – in die Großstädte Europas.

Die Jahre in der Armee brachten ihm den Boxsport näher. Seine Tätigkeit als Fighter beschränkte sich auf wenige Kämpfe, um so mehr war er mit der Betreuung von Militärsportlern beschäftigt und an den Armee-Übersee-Meisterschaften beteiligt.

1948, wieder in New York, überredete er Bruder Chris, der damals eine beachtliche Gruppe von Kämpfern leitete, ihm einen Posten in der Organisation zu geben. Der ältere Dundee war damals Manager von Ezzard Charles, Titelhalter im Schwergewicht, von dem hervorragenden

Ken Overlin und nicht zuletzt vom Fliegengewichtler Midget Wolgast, mit dem er auch Deutschland besuchte.

Um diese Zeit hatte Chris seine Zentrale gegenüber dem Madison Square Garden in unmittelbarer Nähe des alten »Stillman Gym«. Angelo schlug sein Lager beim Bruder auf, um sich hier, im Zentrum des gesamten Boxbetriebes, auf die Laufbahn als Trainer vorzubereiten.

Damals war New York die Hochburg der Faustkampf-Industrie. Der Garden und die Arenen »St. Nicholas«, »Broadway« und »Eastern Park« hielten ihre wöchentlichen Veranstaltungen in vollbesetzten Häusern ab. Auf der anderen Seite des Hudson-Flusses, in New Jersey, blühte die Kunst ebenfalls in verschiedenen Städten.

Angelo hatte also genügend Gelegenheit, sich im Profi-Betrieb einzuarbeiten. Er entwickelte sich zu einem der besten »Cutman« an der gesamten Ostküste Amerikas und war auch bald als Trainer und Manager gefragt.

Dann setzte in der Metropole die unvermeidliche Flaute im Boxsport ein. Chris hatte schon lange die schwarzen Wolken am Himmel mit Mißtrauen beobachtet und mit dem Gedanken gespielt, nach Miami überzusiedeln, wo das Klima für Geschäft und Gesundheit besser zu sein schien. Aber er wartete noch bis zur Fertigstellung des Miami Beach Auditoriums, das für den Box- und Ringkampf-Sport außerordentlich geeignet war. Diese moderne Großhalle wurde 1950 fertig, und die Brüder Dundee zogen nach dem Süden. Chris beschäftigte sich hier nur noch mit dem Aufziehen von Sportveranstaltungen, während Angelo seiner Arbeit mit den Boxern treu blieb.

Chris eröffnete seine Zentrale in dem neuen Miami Beach Auditorium und wurde einer der führenden Veranstalter des Landes. Hunderte von Großkämpfen, darunter mehrere Weltmeisterschaften, Clays Kämpfe inbegriffen, hat er seither organisiert. Über 50 Fernsehkämpfe gingen von seinem »Hauptquartier« in das ganze Land hinaus, besonders als in späteren Jahren noch die gigantische Convention Hall neben dem Auditorium entstand.

Chris Dundee wagte im Jahr 1952 zum ersten Mal, in Miami mit einem sogenannten »Mixed Bout« aufzuwarten, also einem Kampf, in dem sich ein Weißer und ein Schwarzer gegenüberstanden. Bis dahin waren solche Veranstaltungen in Florida, im rassebewußten Süden, ganz unmöglich gewesen. Mit dem Treffen um die Krone im Weltergewicht zwischen Bobby Dykes aus Miami und dem schwarzen Kubaner Kid Gavilan gehörte das sportlich unwürdige »Mixed-Bout«-System im tiefen Süden der Vergangenheit an.

Neben seiner Hauptarbeit als Trainer übernahm Angelo nun auch das Co-Management verschiedener kubanischer Stars, darunter Louis Rodriguez. Auf einer 50:50-Basis ist er an dem Einkommen seiner Kämpfe beteiligt, während er mit Cassius Clay und anderen Boys auf einer Gehaltsbasis arbeitet.

Einer von Dundees Partnern sagt von seinem Geschäftsfreund: »Mit Angelo zu arbeiten ist ein Vergnügen und eine Sache des Vertrauens. Zwischen uns gibt es keine schriftlichen Verträge. Bei Angelo ist ein Kontrakt überflüssig; sein Wort genügt!«

In Fachkreisen hat man über Angelos geschäftliche Sauberkeit einen Satz geprägt, der quasi in die Sportgeschichte eingegangen ist: »Angelo Dundee ist so sauber, daß er wie ein Antiseptikum wirkt!«

Das Louisviller Syndikat, das sich vorgenommen hatte, seinen jungen Mitbürger vor allem Unrat zu bewahren und ihm die bestmögliche Ring-Erziehung zu geben, konnte an Dundee nicht vorbeigehen. Er war der richtige Mann.

Seltsamerweise hatte das aber auch Cassius Marcellus Clay Jahre vorher geahnt – ehe die beiden Parteien zusammenkamen! Wann immer Dundee mit einem seiner

Kämpfer in Louisville auftrat, hatte ihn der junge Amateur mit großen Augen von der Galerie aus beobachtet. 1958 faßte er sich ein Herz und rief den berühmten Trainer in seinem Hotel an.

Angelo entsinnt sich noch genau der jugendlichen, aber irgendwie schon autoritären Stimme: »Mister Dundee, mein Name ist Cassius Marcellus Clay. Ich bereite mich auf die Olympischen Spiele vor, wo ich mir die Goldmedaille im Halbschwergewicht holen werde.«

»O ja?« war Angelos Antwort auf diesen scheinbaren Bluff.

»Ja – und dann werde ich die Weltmeisterschaft aller Klassen gewinnen!«

An diesem Punkt war Angelo geneigt, das Gespräch abzubrechen, aber die Neugier auf diesen unverfrorenen Aufschneider ließ ihn fragen: »Augenblick mal, Junge. Wie alt bist du eigentlich?«

»16 Jahre«, kam es zurück, und dann begann die Stimme plötzlich eine Liste von Meisterschaften und Titeln herunterzurasseln, die Clay damals schon gewonnen hatte. Zum Schluß fragte er dann, ob er Dundee einmal besuchen dürfe.

Angelo war mehr von der Selbstsicherheit als von den hergeleierten Ringsiegen des Burschen beeindruckt und lud ihn zu sich ein. Ein Anruf in der Stadt hatte genügt, um zu bestätigen, daß der Angeber nicht gelogen hatte.

So wurden Dundee und Pastrano, die im Hotel zusammen wohnten, die Opfer einer dreistündigen Tirade von seiten Clays. Angelo, der gelernt hatte, mit dem maschinengewehrartigen Geplapper der Kubaner fertigzuwerden, konnte diesmal kaum ein Wort anbringen.

Bevor der »Kronprinz« der Amateure sich verabschiedete, sagte er noch sehr ernsthaft: »Mister Angelo, ich würde sehr gerne sehen, wenn Sie mich – nach meiner Rückkehr von Rom mit der Goldmedaille – trainieren würden. Aber es wäre gut, wenn Sie sich das nicht zu lange überlegen, denn es sind schon ein paar Manager hinter mir her. Inzwischen hat sich nämlich selbst bei denen herumgesprochen, daß ich einmal den Titel im Schwergewicht halten werde.«

Auch an dieser Selbstgefälligkeit war etwas Wahres, wie Dundee feststellen konnte. Einige smarte Manager hatten in der Tat bereits ihr Augenmerk auf diesen Jungen gerichtet, der sein Selbstbewußtsein wie einen Heiligenschein trug. Unter ihnen befand sich Al Weill, der seinerzeit Rocky Marciano zur Weltmeisterschaft geleitet hatte. – Damals war es noch nicht Dundees Sache, dem Louisviller Champion Versprechungen zu machen oder Verträge zuzusichern.

Alles, was er seinerzeit sagen konnte, war: »Cassius, ich bin ein Trainer und du bist ein Fighter. Ich wohne und arbeite in Miami. Wenn du dir deine Goldmedaille in Rom geholt hast und noch immer beim Boxen bleiben willst, dann komm runter nach Miami, und wir sprechen weiter über den Fall!«

Es hatte immerhin noch fast zwei Jahre gedauert, bis Cassius mit Hilfe der Schecks, versehen mit den Segenswünschen der Louisviller Schnapsbrenner, mit Angelo in Miami auf vertraglicher Basis zusammenkommen sollte.

FEHLER ODER EIGENART?

Im Jahr 1960 wirkte Cassius' Erscheinen im 5th Street Gym von Miami Beach zuerst wie das Auftreten eines Millionen-Dollar-Stars in einer Kutscherkneipe. Die Kubaner nannten ihn kurzerhand: »El niño con la boca grande« – »den Knaben mit dem großen Mund«. Obgleich einige seiner Stallgenossen wie Willie Pastrano, Louis Rodriguez und Sugar Ramos auf dem Wege zu ihren Weltmeistertiteln waren und ihre Namen in dicken roten Buchstaben von den Plakaten leuchteten, war Clay bald der große Mann.

Man akzeptierte ihn damals als den, der er war: ein großer Clown und bombastischer Redner, der jedoch an Pünktlichkeit, Fleiß und Tüchtigkeit keinem nachstand. Man kam mit ihm besser aus als anfangs befürchtet. Clay war immer zu Späßen aufgelegt. Selbst seine Schaumschlägerei war unterhaltend, und die harte Trainingsarbeit ging nun besser voran als vorher.

Zwischen Cassius und Louis Rodriguez, den Angelo als Mensch und Boxer besonders schätzt, entspann sich im Laufe der Zeit eine Art gutmütiger Rivalität um die Gunst des Trainers.

Clay pflegte beispielsweise im Hinblick auf die kleinere Statur des Kubaners und seiner Landsleute zu hänseln: »Ich verstehe gar nicht, warum Angelo sich überhaupt mit euch Knirpsen abgibt. Weltergewicht – was ist das schon? Es gibt doch nur eine Klasse, die was taugt und Geld einbringt, und das ist meine, die Schwergewichtsklasse!«

Louis, der damals den Weltergewichtstitel hielt, antwortete: »Niño, du weißt ganz genau, warum Angelo uns

Kleine lieber hat: Wir können boxen! Er braucht nicht so viel an uns herumzupolieren wie an einem so großen Bolzen, wie du einer bist. Und schließlich bin ich ja schon Weltmeister, wovon du noch weit entfernt bist!«

Von dem beweglichen und harten Rodriguez lernte Clay viel, wenn er es auch nicht zugeben wollte. Doch in erster Linie färbte von Willie Pastranos Ringkunst etwas auf ihn ab.

Viele Beobachter der Boxbühne, die keine Gelegenheit hatten, Clay während seiner Amateurepoche oder Profilehrzeit zu sehen, nehmen an, daß er seine »Hit and Run Technique« (Schlag-zu-und-renne-weg-Technik) von dem Halbschwergewichtsmeister übernommen hat. – Willie hatte die Kunst des Duckens, Zurücktanzens und des Defensivboxens zu einer Höhe entwickelt, die kaum noch zu überbieten und darum meistens keine reine Augenweide war. Je nach der Aggressivität seiner Gegner konnte ein Pastrano-Kampf für den Zuschauer zu einer geradezu unerträglichen Nervenprobe werden. Willie brachte es fertig, seinen Gegner rundenlang in der Luft herumhauen zu lassen, ohne dabei selbst auch nur einen Schlag anzubringen.

Cassius hat die Schlag- und Tanzmethode von dem Halbschwergewichtsmeister keineswegs abgeguckt; sie ist ihm angeboren und entspringt seinem Fighter-Instinkt. Aber im Gegensatz zu Pastrano duckt Cassius die ankommenden Schläge nicht ab, sondern meidet sie mit einem gefährlichen Zurückbiegen des ganzen Oberkörpers, für das man ihn schon oft kritisiert hat. Auch kann Clay eine viel größere Schlagkraft mit seinem Stil vereinen. Was von Willie auf ihn abfärbte, waren mehr die Finessen und kleinen Tricks, wie sie nur jahrelange Erfahrung hervorbringen kann.

Wenn Cassius anfangs in Dundees Ring herumhopste und seinen Trainingskameraden übermütig zurief: »Ich bin der schnellste Schwergewichtler aller Zeiten«, so wurde das als Teil seines Reklamespielplanes aufgefaßt. Manchmal konnte man wie ein Echo hören: »So schön, so schnell und nichts dahinter . . .!«

Um diese Zeit herum wurde nämlich von den Sachverständigen allgemein die Ansicht vertreten: »Ein erstklassiger Amateur! Aber der Junge hat im Boxen einen noch schlechteren Stil als beim Versemachen: zuviel Bewegung und zuwenig Schlagkraft!«

Der »Größte« zeigte damals überhaupt wenig Neigung, sein unorthodoxes und beschränktes Repertoire im Boxen zu erweitern; er besaß Ausdauer, Gewissenhaftigkeit und Pünktlichkeit. Dundee konnte ihn aber nicht dazu bewegen, einige Grundregeln zu beachten. – Beispielsweise dauerte es lange, bis er ihn zur Arbeit am leichten Punchingball überreden konnte, und bis zum heutigen Tage weigert sich Cassius, an das Infighting (den Nahkampf) heranzugehen. Er will nichts davon wissen, sondern verläßt sich darauf, daß seine Fußarbeit und Beweglichkeit ihn aus jeder Gefahr herausbringen.

Clays am meisten beanstandeter Fehler oder seine »Eigenart«, wie es die Ringweisen nennen, ist das herausfordernde Herunterhängen seiner Arme, was ihm schon allerlei Unheilprophezeiungen für seine Karriere eingetragen hat.

Angelo Dundee, dem selbstverständlich diese pendelnden Gliedmaßen und das Rückwärtsbiegen des Oberkörpers schon viele Kopfschmerzen verursachten, sagte dazu: »Ich werde mich hüten, noch ein Wort über dieses Thema zu verlieren. Ich habe längst eingesehen, daß er damit eine angeborene und für ihn richtige Kampfpose wahrt. Er hat diese schlaksige und provozierende Haltung mit seiner fabelhaften Beinarbeit und Schlagkraft heute so kombiniert, daß er Schläge anbringen kann, die an Schnelligkeit und Genauigkeit bisher von keinem

Schwergewichtler erreicht werden konnten. – Natürlich habe ich anfangs versucht, ihn auf die Gefahren dieser ›offenen Tür‹ in seinem System aufmerksam zu machen. Während des Kampfes mit Jones in New York, nachdem Cassius seinen Mann nicht – wie versprochen – in der 5. Runde umgelegt hatte, riet ich ihm, die Arme höher zu halten, um Jones' schweren Schlägen zu entgehen. Nie wieder! Das Resultat war katastrophal. Cassius hat selten so unglücklich ausgesehen wie in diesem Kampf!«

Anfänglich wurden Clays unablässige »Jabs« auch als große Schwäche angesehen. Aber hier hat die Historie ebenfalls bewiesen, daß so berüchtigte Linksausleger wie Jack Johnson, Gene Tunney und nicht zuletzt Joe Louis aus einer scheinbaren »boxerischen Verlegenheitsgeste« eine »Kanone« von zerstörender Wirkung gemacht hatten. Angelo hatte in dieser Beziehung natürlich versucht, seinem Schüler die Kunst des soliden Körperschlages aus der Nähe beizubringen.

Cassius hatte ebenfalls über das Problem nachgedacht und überraschte Angelo eines Tages mit einem Motto aus seiner neuen Kampf-Philosophie, das seither mit zu seinen meistgespielten »Platten« gehört: »Kill the head and the body will die! – Töte den Kopf und der Körper wird sterben!«

Er verteidigte damit nicht zu Unrecht seine große Kunst mit der Linken und seine Zurückhaltung im Nahkampf, also praktisch seine ganze burschikose Einstellung zum Stil.

Vor dem ersten Kampf mit Sonny Liston um die Weltmeisterschaft prägte er noch einen blumigen Ausspruch, der jetzt zur Clay-Legende gehört: »Ich fliege wie ein Schmetterling und steche wie eine Biene!«

Während der rednerischen Vorrunden zu diesem sensationellen Kampf meinte er noch zum Thema seiner Schnelligkeit: »Liston wird sich im Ring herumdrehen müssen, um mich überhaupt zu finden. Ich werde so schnell um ihn herumradeln, daß mir die Pedale abbrechen. Der ›häßliche alte Bär‹ wird mir nichts antun, weil er mich einfach nicht treffen kann!«

Das mit dem »Herumradeln« hatte komischerweise der damalige Weltmeister Johansson schon 1961 herausgefunden, als er sich für seinen zweiten Kampf mit Floyd Patterson in Miami vorbereitete. Cassius hatte sich eines Tages Ingemar als Sparringspartner angeboten, immer darauf aus, Neues zu lernen und – es nicht anzuwenden.

Der Schwede hatte nichtsahnend angenommen – in der Meinung, dem Greenhorn ein paar Kostproben seiner schwerverdaulichen Schlagkraft geben zu können.

Cassius boxte Löcher um Ingemar herum, daß sich diesem der Kopf drehte.

Ärgerlich rief er aus: »Mein Gott, was ist denn mit diesem Jungen los? Radelt der etwa jeden Tag so im Ring umher, um sich auszutoben?«

Anschließend zog er vor, sich mit Leuten abzugeben, die nicht den großen Unsichtbaren spielten, sondern die er treffen konnte.

»ICH HABE ES SELBST GEMACHT!«

Die übertrieben anmutende Beinarbeit, das »Herumradeln«, gehörte natürlich mit in das Gebiet der Clayschen Perversionen, die man viel kritisierte, bevor man ihre Wirksamkeit erkannte. Sie steht immer noch zur Diskussion und man hört: »Bei einem ernsthaften Schlagwechsel kann er die Balance nicht halten.« – Oder: »Er schlägt auf dem linken Ballen stehend und kann deshalb keine Kraft dahintersetzen.« – Oder: »Die Genauigkeit seiner Schläge verringert sich in Proportion zu seiner Schnelligkeit!«

In amerikanischen Sportkreisen spricht man zur Zeit von einem »Ali Shuffle« (Ali–Schlurfen), womit nicht etwa ein neuer Gesellschaftstanz nach dem Tanzmeister des Ringes benannt ist, sondern lediglich eine bestimmte Form seiner Fußarbeit.

Boxkenner sehen in dieser angeblichen Novität keineswegs eine Offenbarung. Hunderte von Faustkämpfern haben mit mehr oder weniger Erfolg »geschlurft« und »schlurfen« noch.

Cassius' Boxtechnik im ganzen gesehen – mit dem riskanten Pendeln der Arme, dem unablässigen Vorschießen der Linken, der Abscheu vor dem Nahkampf und der übergroßen Beweglichkeit seines Körpers – macht ihn eigentlich zu einem Vertreter des Unmöglichen, zu einem Kämpfer mit einem Stil, der normalerweise Selbstmord im Ring bedeuten würde.

Es ist in erster Linie Angelo Dundees Verdienst, daß er diese Eigenarten, Widersprüche und den unglaublichen Siegeswillen seines Schülers derartig vereinigen konnte.

Die Herren Sachverständigen sind sich auf der einen

Seite darüber einig und geben – wenn auch ungerne – zu, daß Muhammad Ali heute der schnellste aller »Gläubigen« ist. Auf der anderen Seite sind aber wenige unter ihnen, die nicht die Frage offen lassen, ob alle diese sogenannten Vorzüge nicht eines Tages sein »Waterloo« werden könnten.

Trotz der unendlichen Debatten um Clays wirkliche Größe bleiben immer noch einige Punkte offen: Kann der Champion einen guten Schlag einstecken? Was wird geschehen, wenn er wieder einmal von einem »Lotterie«-Schwinger wie im Falle Cooper getroffen wird? Oder wenn er an einen systematischen, harten »Nahkampfspezialisten« gerät?

Cassius lebt nun einmal in einer Epoche, die man nach ihm benennen könnte, weil niemand da ist, der die Qualitäten hätte, diese wichtige Frage zu beantworten.

Verschiedene der vergangenen Ring-Titanen gehen ihr auf ihre Art zu Leibe. In seitenlangen Artikeln oder ausgedehnten Debatten steigen sie im Geiste noch einmal in den Ring und erzählen, wie sie mit Muhammad Ali und seinen vielen Fehlern zu ihrer Glanzzeit fertiggeworden wären.

Man ist geneigt, einigen von ihnen zu glauben, aber: »Schön ist die Jugend, sie kommt nicht wieder!«

Eine dieser oft pathetischen und dramatischen Phantasien befaßt sich auch mit Mildenberger und Max Schmeling. Joe Louis, der Cassius Clays Kampf in Frankfurt von der Ringseite aus verfolgte, veröffentlichte unlängst in »The Ring« seine Meinung:

»... Keine Frage, daß Cassius der schnellste Schwergewichtler aller Zeiten ist, aber seine Fehler sind offensichtlich und bleiben heute ungetestet. Hätte beispielsweise Mildenberger etwas mehr vom Boxen verstanden und die Schwächen seines Gegners rechtzeitig studiert und erkannt, dann wäre gerade er mit seiner Angriffslust und

Kraft der Mann gewesen, ihn zu erledigen. Besonders als er ihn in der Ecke hatte! – In meinen guten Jahren hätte ich keine Schwierigkeiten gehabt, bei Cassius durchzukommen – vorbei an den herabhängenden Armen, hinein in den Nahkampf, von dem er nicht das geringste versteht. – Oder nehmen wir Max Schmeling. Max hätte ihn früher oder später mit seiner Rechten so zugerichtet wie mich im Jahre 1936 bei unserem ersten Treffen! – Aber von allen meinen Gegnern wäre Rocky Marciano der idealste und zumindest interessanteste Gegenspieler zu Clay gewesen. Es wäre hier nur auf einen Schlag angekommen. Nur *einen* Schlag, wie ich versichern kann.«

Cassius selbst steht himmelhoch über diesen Vergleichen. Er kann sein unerhörtes Selbstvertrauen nicht nur auf die Gegenwart und Zukunft richten, sondern auch in die Vergangenheit. Er zweifelt keine Sekunde daran, daß ihm keiner der alten Ringkönige auch nur das Wasser hätte reichen können.

In bezug auf seine bis dato unerprobte Härte im Nehmen von Schlägen hat er ein letztes Wort: »Ich hoffe, daß man niemals herausfinden wird, ob ich einen Schlag verdauen kann. Ich habe nämlich nicht die Absicht, mich jemals treffen zu lassen.«

Von Cassius' bisherigen Rivalen haben die meisten versucht, sich seine Achillesferse zunutze zu machen. Sie studierten seinen Stil, seine Fehler und Gepflogenheiten. Sie sparten weder Mühe noch Geld, um hinter das Geheimnis seiner Unverletzbarkeit zu kommen. Sie sandten Camp-Spione aus und drehten Filme. Sie holten sich Sparringspartner, die man auf Clays Stil abgerichtet hatte, und machten schließlich Voraussagen, wie sie im nächsten Treffen dem »Größten« beikommen würden.

Aber im Ring blieb alles nur graue Theorie. Dabei gab es keine Geheimnisse um Clay außer denen, die jedes Kind sehen konnte: einen bis zur Perfektion trainierten

Körper, der scheinbar alle Defekte zu seinen Gunsten umgewertet hatte, dazu einen Siegeswillen, der selbst schon den halben Weg zum Siege ausmachte.

Wenn wirklich ein Geheimnis um Cassius Clay herum liegt, so ist es in Angelo Dundee zu finden, in seinem Einfühlungsvermögen in die Seele seiner Schüler – gleich ob Weiße, Schwarze oder Lateiner. Es war Angelos Genie, das ihn davon abhielt, Clay ändern zu wollen.

Statt dessen verbesserte er; eine oft schwierige, nervenaufreibende Arbeit, die Geduld und allerlei Tricks erforderte: »Ich muß oft eine Art ›umgekehrter Psychologie‹ anwenden, um das aus ihm herauszuholen, was ich will. Einem Cassius Clay sagt man nicht, daß er noch etwas lernen kann. Ein wohlgemeinter Rat wird als Beleidigung empfunden. Um ein Beispiel anzuführen: Wenn er während eines Trainingskampfes zu viele »Jabs« startet, ohne rechts nachzufolgen, wäre es vollkommen sinnlos, ihn darauf aufmerksam zu machen. Er würde entweder gar nicht oder nur sauer reagieren. Sage ich ihm dagegen: ›Cassius, du hast heute wieder eine Rechte, die alles in den Schatten stellt, was du in letzter Zeit gezeigt hast‹, kann ich sicher sein, daß er für die nächsten Runden mit einer brillanten Rechten antworten wird. – Auf diese Weise ist es mir gelungen, Haken und sogar Uppercuts, von denen er ursprünglich nichts wissen wollte, in seinen Stil mit hineinzuflechten.«

Clay, der keine Götter neben sich duldet, ist auch mit offener Anerkennung Angelos sehr zurückhaltend: »Ah, Angelo! Sicher, er ist der größte unter den Trainern, denn sonst würde ich ihn ja schließlich nicht bezahlen. Und das mit der Linken, den Jabs ... Gut, das hat er mir hingebogen, das muß ich zugeben. Aber sonst bin ich nicht das Erzeugnis von irgendwelchen Leuten. Was ich bin, war in mir, oder ich habe es selbst gemacht!«

Mit dieser Auslegung ist nun Papa Clay wieder nicht

ganz einverstanden und läßt sich gelegentlich vernehmen: »Von mir hat er vielleicht nicht die Kunst der Linken mitgekriegt und die Beweglichkeit in den Beinen. Aber es wird leicht vergessen, daß ich es war, der Cassius' Laufbahn ermöglichte. Ich habe dafür gesorgt, daß der Bengel keinen Tag seines Lebens zu arbeiten brauchte und sich seinen Lieblingsbeschäftigungen hingeben konnte – nämlich Essen und Schlafen. Das Boxen kam dann von selbst.«

Nach seinem Übertritt zum Islam hat Clay des öfteren gezeigt, daß er sich nicht immer auf das verläßt, was er aus sich selbst gemacht hat, sondern sein Schicksal als Boxer in die Hände Gottes legt ...

Dr. Ferdie Pacheco, sein Hausarzt in Miami, ein geschulter und intelligenter Beobachter Clays und der Boxbühne im allgemeinen, erzählt darüber eine kleine Episode: »Vor dem Kampf Clay-Patterson in Las Vegas 1965 hatte sich zwischen den beiden ein heißes Wortgefecht entwickelt, in dem Clay seinen Gegner ausschließlich als ›ängstliches Kaninchen‹ bezeichnete. Patterson dagegen hatte ihn wegen seiner Verbindung zu den schwarzen Moslems angegriffen. Clay brannte offensichtlich darauf, Floyd dafür zu bestrafen. Ich fürchtete aber, daß Cassius den Kampf ungebührlich in die Länge ziehen würde, um Patterson zu schikanieren, und empfahl ihm daher, in den Ring zu gehen und kurzen Prozeß zu machen. Auch wenn es nur 60 Sekunden dauern sollte. – Für einen Augenblick sah mich Cassius mit großen, verwunderten Augen an und sagte vollkommen ruhig: ›Ich habe nicht nötig, auf Sie zu hören. Allah hat mir bereits mitgeteilt, wie ich Patterson zu besiegen habe!‹ – Na gut, dachte ich mir, wenn Clay von jetzt an nur noch auf die Stimme des Jenseits hört, habe ich hier nicht mehr viel verloren.«

Dennoch ist Dr. Pacheco davon überzeugt, daß sich der Einfluß der Moslems und ihrer Religion nur günstig auf Cassius als Mensch und Boxer ausgewirkt hat. Angelo

Dundee, der mit Dr. Pacheco zusammen vielleicht zu den wenigen Weißen gehört, die Muhammad Ali über das Maß der üblichen Formalitäten hinaus intimer kennengelernt haben, stimmt hiermit völlig überein.

Der Mediziner spricht für beide, wenn er sagt: »Die schwarzen Moslems haben ihm durch ihre religiöse Anschauung ein Ziel für die Zukunft gesetzt. Er hat seinen innerlichen Frieden gefunden und seine ganze Gemütsverfassung ist ausgeglichener als früher. Ganz davon abgesehen, daß die vom Islam vorgeschriebene Lebensweise ohne Tabak, Alkohol und andere Exzesse für sein Training und seine Körperverfassung geradezu ideal ist.«

Dundees Pufferstellung zwischen Clay und den Moslems, die heute seine Geschäfte leiten, ist keineswegs beneidenswert. Man bezeichnet ihn oft als Clays »Sweatwiper«, das ist ein Mann, der dem Boxer nur den Schweiß abwischt und sonst nicht viel zu sagen hat.

Angelo wird immer wieder gefragt, warum er sich überhaupt noch mit dem Großmaul und Besserwisser abgibt, besonders nachdem Clay sich jetzt völlig im Banne der schwarzen Fanatiker befindet.

»Ich bin der einzige meiner Hautfarbe, der mit Cassius einen wirklich menschlichen Kontakt hat«, erwidert Angelo. »Wenn ich behaupte, daß ich den Jungen wegen seiner wahren Qualitäten, die sich unter seinen Mätzchen verstecken, gerne habe, so weiß ich, warum ich das sage. – Clay hat mich von Anfang an respektiert und sich mir gegenüber niemals ungehörig benommen. Wir haben nicht einmal Debatten über die sonst so leidigen Geldfragen gehabt. Darüber hinaus ist Cassius, von seiner Eigenwilligkeit abgesehen, das größte boxerische Talent unserer Zeit und das idealste Trainingsobjekt. Wo findet man schon einen Burschen, der weder raucht noch trinkt oder sich nach jedem Rock an der Ringseite umguckt? – Ein Zusammensein mit Cassius ist nie langweilig. Es ist ein großer, ununterbrochen andauernder Karneval, und ich habe noch nie in meinem Leben so viel gelacht, wie mit diesem großen Jungen. Obendrein noch gut dafür bezahlt zu werden ist schließlich auch nicht zu verachten. Ein Bonus von 20 000 Dollar, den ich sofort nach dem Titelkampf mit Liston bekam, liegt in diesem Geschäft nirgendwo so leicht auf dem Tisch. – Aber das Geld allein ist für mich kein Grund, mit Cassius weiterzuarbeiten. Die Gründe sind sein Talent, seine großen Qualitäten und die Ernsthaftigkeit, mit der er seinem Ziel zustrebt, selbst wenn ich nicht mit allem übereinstimme. Sein Lästern, Krakeelen und seine Aufgeblasenheit haben ihn bisher nur weitergebracht. Er ist der geborene Schauspieler und kann nicht dagegen an. – Cassius ist noch nicht auf der Höhe seines Könnens, ich habe ihm den Weg zum Gipfel gezeigt und möchte auch dabei sein, wenn er ihn erreicht. Das allein wäre schon Grund genug, mit ihm zu warten und weiterzuarbeiten!«

»ICH BIN DER GRÖSSTE«

Ab Mitte Mai 1963 warteten Clay und Angelo in Miami auf den großen Fischzug. Cassius trainierte eifrig in Dundees Schwitzhalle an der 5. Straße und ließ seine giftigen Wort-Harpunen zwischendurch auf Sonny Liston los, der seit zwei Jahren die Schwergewichtskrone auf seinem Kraushaar trug und im amerikanischen Boxsport die originelle Bezeichnung trug: »Der Champ, den keiner wollte!«

Cassius hatte bekanntlich bereits im September 1962 dem »häßlichen Bären« nach dessen Kampf mit Patterson in Chikago den Krieg erklärt, und Listons Manager, Jack Nilon, hatte diese Erklärung während des Clay-Cooper-Fight in London akzeptiert.

Sonny hatte aber noch keine Lust, mit seinem überlauten Herausforderer, der seine Geduld mit den Sticheleien auf eine harte Probe stellte, zusammenzutreffen.

Feige?

Keineswegs! Sonny war alles andere als feige. Die Hinauszögerung des Kampfes war für ihn eine Angelegenheit der Hochfinanz. Er konnte sich aus steuerlichen Gründen einfach nicht erlauben, nach dem Patterson-Kampf, also noch im selben Jahr, wieder zu einem Großkampf in den Ring zu steigen.

Er mußte bis 1964 warten, und das mußte wohl oder übel auch Cassius, der schon lange schmollte, weil man ihm die Auseinandersetzung mit Floyd Patterson vorenthalten hatte, zu der er sich berechtigt fühlte.

Das große Wortduell zwischen Liston und Clay hatte ja schon nach dem Moore-Kampf im November 1962 in Los Angeles begonnen. Damals hatte Cassius dem zuschauenden Liston zugerufen: »Sonny, du bist der nächste und wirst in acht Runden heruntergehen!«

In derselben Nacht trafen sich beide nochmals bei einem Radiointerview, und Liston zeigte, daß er seinem jungen Rivalen in Worten keineswegs unterlegen war.

Er wandte sich über das Mikrophon an die Zuhörer: »Es ist beileibe keine Rederei, wenn ich heute behaupte, daß Clay nicht einmal so lange auf den Beinen bleiben wird wie Patterson!«

Damit bezog er sich auf seinen zweiten Sieg über Floyd in der 1. Runde.

Cassius riß ihm das Mikrophon aus der Hand und brüllte: »Mann, ganz einfach, dann werde ich sicherheitshalber erst einmal eine Runde weglaufen!«

»Na schön«, ließ sich der Weltmeister vernehmen, »dann will ich hoffen, daß ich zumindest so lange im Ring bleibe wie Archie Moore . . .«

In der entstehenden Pause, in der Clay ein »Haha« anbringen wollte, sprach er rasch weiter: »Laß mich ausreden. Ich meine im Boxsport! So einige dreißig Jahre!«

»Du meine Güte«, rief Cassius verzweifelt, »jetzt habe ich einen gefunden, der noch mehr redet als ich und mich aus dem Konzept bringen kann!« Ärgerlich setzte er sich hin.

Als Liston sich später zu einer Europatour entschloß und bekanntgab, wegen der finanziellen Situation denke er nicht daran, vor Anfang 1964 wieder in den Ring zu steigen, deckte er Cassius mit neuer Munition für den Wortkrieg ein.

Cassius' Thema für Wochen war jetzt: »Der ›häßliche Bär‹ ist feige! Das mit dem Finanzamt ist nichts als eine Ausrede!«

Clay war keineswegs gewillt, mit einem anderen als dem Weltmeister zu kämpfen. Das Hauptquartier in Louisville hatte inzwischen eingesehen, daß man den jungen Partner nicht mehr länger mit Kanonenfutter abfertigen konnte, und gab ihm ein größeres Mitbestimmungsrecht an seiner zukünftigen Karriere.

Außerdem: Wer war schon unter den Schwergewichtlern übriggeblieben, der – rein kassenmäßig betrachtet – noch einen guten Gegenspieler für Clay abgegeben hätte? Cassius bestand zu Recht darauf, seine Chance um den Titel mit Liston wahrzunehmen, und mußte deshalb die Wartezeit in Kauf nehmen. Er nutzte sie bestens in Wort und Tat aus.

Das Wortgefecht war ein Teil seiner Strategie, die in ihrer Intensität an die Blutrache der Sizilianer erinnerte. Listons bekannte zwielichtige Vergangenheit hätte Clay wirkungsvolles Material geliefert, aber er zog es vor, die Vergangenheit seines Gegners nicht mit in die Kampagne einzubeziehen. Er blieb dabei, ihn lediglich einen »häßlichen, alten Bär« zu nennen.

Liston war tatsächlich der Typ des schwarzen »Schlägers«, gewaltig von Statur, mit einem ewig finsteren Gesicht. Praktisch war er ein Analphabet, als ehemalige Leibwache mehrerer Gangster gefürchtet, Rausschmeißer und unversöhnlicher Feind aller Gesetzeshüter. Listons Polizeiakten in St. Louis sprechen eine deutliche Sprache. Seine erfolgreiche Boxkarriere verdankt er eigentlich einer Strafe, die er 1950 für einen Raubüberfall antreten mußte.

Im Zuchthaus des Staates Missouri lernte er boxen und brachte es dort zur Meisterschaft des vergitterten Institutes. Ein Priester, Father Stevens, war ihm dabei behilflich gewesen. Im Jahr 1952 wurde er auf Grund seiner sportlichen Fähigkeiten vorzeitig entlassen, das heißt: nach den amerikanischen Gepflogenheiten von seiner Strafe einstweilen unter Bürgschaft befreit.

Man leitete ihn offiziell dem Boxsport zu, weil man darin für ihn eine gute Möglichkeit sah, ein neues Leben zu beginnen. Leider aber hatte einer der Männer, die für ihn zu bürgen hatten, zu Frankie Carbo, der auf der Insel Alcatraz im Staatsgefängnis saß, irgendwelche Beziehungen. Frank Mitchell, x-mal verhaftet, trotzdem nie überführt, war einer seiner Vormunde, und so dauerte es dann auch nicht lange, bis Sonny dem berüchtigten »Blinky« Palermo und einem anderen Gefolgsmann, Pep Barrone, in die Hände fiel.

Jedenfalls kam er nicht von seiner Vergangenheit los. Noch als Kämpfer von internationalem Ruf und viele Jahre nach seiner Entlassung aus dem ersten »Trainingsquartier mit den eisernen Türen«, machte er durch allerlei Dummheiten oft von sich reden – besonders wegen seiner körperlichen Auseinandersetzungen, nicht im Ring, sondern auf den Straßen mit den »Cops«.

1958 verlegte er seinen Wohnsitz von St. Louis, wo ihm der Boden in jeder Weise zu heiß geworden war, nach Philadelphia. Doch auch hier war er ein häufiger und nicht gern gesehener Gast der Polizeistationen und Gerichtssäle.

Zwei Jahre später, während der Senatsuntersuchungen des Unterweltmonopols im Boxsport, stand Sonny im Mittelpunkt mehrerer Verhandlungen unter Senator Kefauver, da er noch 1958 mit dem berüchtigten Pep Barrone einen Manager-Vertrag, wie er sagte »unter Druck«, abgeschlossen hatte.

Listons Schwierigkeiten, selbst nach dem Wechsel seiner Betreuer, reichten bis in die Zeit seiner Weltmeisterschaft und des Kampfes mit Clay hinein.

Sonny Liston war also keineswegs ein Beispiel bürgerlicher Moral. Man gibt aber in Amerika jedermann Gelegenheit, sich zu rehabilitieren, zumal wenn man als Sportsmann solche Qualitäten aufzuweisen hat wie Sonny. Listons Vergangenheit war öffentliches Geheimnis, und Cassius wußte davon – wie jeder andere. Clay hielt mit seiner Meinung über Liston und seinen Charakter nicht zurück, wohlverstanden aber nur im Kreise seiner Freunde. Vor der Öffentlichkeit mied er jeden Hinweis auf den schlechten Leumund seines Rivalen.

Da Liston begreiflicherweise mit der Polizei in Philadelphia auch keinen richtigen Kontakt finden konnte, verzog er schließlich nach Denver in Colorado, wo er ein großes Haus kaufte. Hier glaubte er sich weit genug vom Schuß der Gesetzeshüter, die ihm sein ganzes Leben lang zugesetzt hatten.

Hier sollte nun der Vertrag zu einem Kampf zwischen ihm und Clay unterzeichnet werden, nachdem die beiden geschäftsführenden Gruppen sich im November 1963 über die Grundzüge der Veranstaltung geeinigt hatten. Dem Louisviller Syndikat von Clay stand die »International Promotion Inc.« von Liston gegenüber, die von Jack Nilon, einem kleinen Iren, und seinem Bruder geleitet wurde. Der Kampf wurde für Februar des kommenden Jahres festgelegt.

Zur Unterzeichnung des Abkommens war Cassius' Gegenwart in Denver erforderlich. Man hatte ihm angeraten, dort möglichst kein Aufsehen zu erregen, um die Vereinbarung bis zur endgültigen Bestimmung des Kampfplatzes und Datums geheimzuhalten. Die Hotelreservierung in Denver war daher unter einem anderen Namen erfolgt.

Das war natürlich für Cassius und seine Feldzugspläne eine gewaltige Zumutung. Er kam daher auch prompt in Denver mit seinem Gefolge in einem großen Autobus an, dessen Verdeck die Aufschrift trug: CASSIUS CLAY ENTERPRISES (Cassius-Clay-Unternehmungen). Er ließ also keinerlei Zweifel daran, wer seinen Einzug in die Stadt gehalten hatte. Von der gewünschten Anonymität konnte nicht mehr die Rede sein.

Aber nicht genug damit; Cassius packte das Fahrzeug

mit seinen Trabanten voll und fuhr vor Listons Haus. Dort richtete er Scheinwerfer auf die protzige Beschriftung der Bus-Seiten, die in knalligen Lettern besagten: »DER WELT INTERESSANTESTER KÄMPFER« und darunter »SONNY LISTON WIRD IN ACHT HERUNTERGEHEN«.

Dann ließ er einen Hagel von Lästerungen auf Liston und die gesamte Nachbarschaft los, bis der Champion mit einem Knüppel in der Hand und vor Wut bebend aus der Tür kam. Zum Glück erschien auch die inzwischen herbeigerufene Polizei, und das Claysche Kommando zog lieber ab.

Solche Fanfaren brachten die beiden Boxer immer wieder in die Schlagzeilen, und die Veranstalter im Lande begannen ihrerseits um die »Affäre des Jahrhunderts« zu feilschen. Aus Philadelphia, Los Angeles, Chikago und New York mit dem Madison Square Garden an der Spitze, kamen die Angebote. Auch das kleine Las Vegas war darauf aus, sich – mit einer Garantie von 400 000 Dollar seitens eines der führenden Spielsalons – den Kampf zu sichern.

Aber keinem der alten, eingeführten Veranstalter sollte die Ehre zukommen, diese scheinbare Goldgrube auszuwerten. Die Zeit wurde bedenklich kurz. Nur wenige Monate noch trennten alle Beteiligten von einer Entscheidung über die Kampfarena.

Plötzlich traf die Nachricht aus Miami ein, daß die Promotion-Gruppe von Listons Seite im Einverständnis mit den Louisvillern eine Großhalle plus Veranstalter gefunden hatte, der gewillt war, für das Ereignis mit 625 000 Dollar einzustehen.

William MacDonald, ein Millionär aus der Ferienstadt, verstand zwar nicht viel vom Boxen, dafür um so mehr von Pferderennen, Golf und Baseball. Er besaß mehrere Ballklubs, einen Rennstall und hatte verschiedene Golfturniere veranstaltet. Außerdem sagte man ihm nach, er habe bereits seine Hand bei dem Weltmeisterschaftskampf zwischen Johansson und Patterson in Miami im Spiele gehabt. Für das kommende Ereignis sicherte er sich die Hilfe des erfahrenen Eintrittskarten-Jongleurs Chris Dundee.

Von dem schönen Scheck mit der sechsstelligen Zahl, den MacDonald als Köder hochgehalten hatte, sollten Liston rund 400 000 und Clay 225 000 Dollar als Mindestsatz für ihre Tätigkeit erhalten. Mit anderen Worten: Sonny machte ohne großes Risiko das Hauptgeschäft, während MacDonald erst einmal an der Kasse des Hauses ca. 750 000 Dollar einnehmen mußte, um seine Hauptdarsteller und die Veranstaltungskosten bezahlen zu können. An dem Millionenumsatz durch das »Closed-Circuit«-Fernsehen war er ohnehin nicht beteiligt, und auch hiervon sollte der Titelhalter Liston den Löwenanteil bekommen.

Offensichtlich war Bill MacDonald eher ein Optimist als ein praktischer Geschäftsmann, zumindest im Boxen. Niemand konnte sich richtig erklären, wie er die Arena vollkriegen wollte, zumal die Preise auch eine radikale Neuheit im Boxsport waren, denn sie rangierten von 20 Dollar bis zu 250 Dollar für den sogenannten »Goldenen Zirkel« um den Ring herum.

Das Schlachtfeld war also vorbereitet! Aber die Kämpfer?

Der schwarze Schwergewichtskönig Sonny war sich seiner sehr sicher. Clay konnte für ihn nur ein Minutenproblem sein. Sein Training war daher alles andere als eine überzeugende Rüstung zur Titelverteidigung!

Cassius dagegen war von einer anderen Art Selbstvertrauen besessen. Er hatte den Willen zum Sieg, wußte darüber hinaus aber, daß dieser Sieg nur mit perfektem Körper und ausgereifter Strategie errungen werden konnte. Er arbeitete unentwegt darauf hin, ohne auch nur eine Gelegenheit zu verpassen, seinen psychologischen Feldzug gegen den Champion fortzusetzen.

Als Sonny Liston, von Las Vegas kommend, mit dem Jet-Flugzeug in Miami eintraf und sich mit selten breitem Lachen den Fotografen präsentierte, tönte ihm ein vielstimmiger Chor entgegen: »I am the Champ and you are the Chump! Let's fight right now! I want the title! – Ich bin der Champion und du der Holzkopf! Laß uns gleich kämpfen, denn der Titel gehört mir!«

Cassius, mit Smoking herausstaffiert, war mit seinen Getreuen längst vor Eintreffen des Rivalen erschienen, um sich für diesen Auftritt in Szene zu setzen. Joe Louis war auch zugegen, um Liston zu erwarten. Es hatte Cassius bereits geärgert, daß der »Braune Bomber« der Mittelpunkt der Attraktion gewesen war und nicht er, auch, daß man den ehemaligen König des Schwergewichtes um Autogramme ersucht hatte und nicht ihn.

Liston war offensichtlich bemüht, das unwürdige Affentheater zu ignorieren, was den Eulenspiegel natürlich noch rabiater machte. Einige besonnene Leute packten Sonny kurzerhand in einen der kleinen Transportwagen und sausten auf das Hauptgebäude zu, während Clay lamentierend hinter ihm her raste.

Um ein Haar hätte er Liston noch in der von Menschen wimmelnden Flughafenhalle erwischt, bevor es gelang, diesen in einem Presseraum unterzubringen.

Händeringend beschwor Manager Jack Nilon die Polizei, das Zimmer »gegen den Irrsinnigen« zu verrammeln. »Ich verlange, daß dieser ›Bum‹ verhaftet wird. Ich werde ihn persönlich wegen öffentlicher Ruhestörung belangen«, fauchte der kleine Irländer.

Bill MacDonald, atemlos und verlegen, versuchte Liston klarzumachen, daß er keineswegs für den Auftritt des unzurechnungsfähigen Burschen verantwortlich sei.

Währenddessen stand Cassius draußen, trommelte gegen die verschlossene Tür und schrie unaufhörlich weiter: »Laßt mich hinein, ich will der Flasche meine Aufwartung machen!«

Auch Liston geriet nun langsam aus dem Häuschen: »Laßt ihn herein! Ich werde ihm gleich hier das Maul stopfen!«

Jetzt mußte man auch ihn mit Gewalt zurückhalten. Es fehlte nicht viel, und der »Kampf des Jahrhunderts« hätte bereits auf dem Flughafen – und gratis – stattgefunden! Schließlich gelang es, den Weltmeister durch eine Hintertür aus dem Bereich des Herausforderers zu bringen, der weiterhin lärmend bekanntgab, daß der »alte Bär« Angst vor ihm hätte.

Um in Zukunft vor ähnlichen Attacken Clays sicher zu sein, zog Liston sich in eine verschwiegene, elegante Villa im Millionärsviertel von Miami Beach zurück. Sie wurde auch tabu für sonstige Neugierige und die Presse, die sich zu seinem Trainingsquartier in das moderne Surfside-Auditorium begeben mußte, wenn sie etwas von ihm wissen wollte. Hier vollzog sich nun auch alles mit einem gewissen Pomp und Zeremoniell, und wenn man wollte mit Kaffee und Kuchen . . .

Man sah den Film von Listons letztem Kampf mit Patterson in Las Vegas, dann erschien der Meister selbst, püntklich und mit Würde. Eventuell kämpfte er auch mit einem Trainingspartner einige Runden. Der Clou aber war seine Seilsprungnummer zu den Rhythmen eines Schlagers, »Nachtzug« genannt.

Die Zuschauer, die an der Kasse bereits einen Dollar gelassen hatten, konnten für einen weiteren Dollar ein Autogramm des großen Mannes erwerben oder sich für fünf Dollar mit ihm fotografieren lassen. Wenn man Glück hatte, konnte man Joe Louis ebenfalls in Augenschein nehmen, der als Sonnys Ratgeber wie ein Möbelstück zu der Aufmachung des Ganzen gehörte. Leotis Martin und Jesse Bowdry waren die Hauptsparringspartner des Champs. Jesse war 1961 von Harold Johnson am gleichen Abend in der Halbschwergewichtsmeisterschaft geschlagen worden, an dem der junge Cassius seinen zweiten Kampf als Berufsboxer gegen Jim Robinson gewonnen hatte.

Trotz dieses wohlorganisierten Spielplanes war kein richtiger Schwung hinter dem ganzen Theater. Man hatte das Gefühl, daß der starke Liston, der König, lediglich einer gesellschaftlichen Funktion nachkam, um im Mittelpunkt des Interesses zu bleiben. Der wortkarge, bullig gebaute Boxer litt wie Cassius an übergroßem Selbstvertrauen. Warum sollte er Clay und Training so über Gebühr ernst nehmen? Er sonnte sich lieber unter Floridas Himmel und genoß die Schmeicheleien einer Klasse von Snobs.

Cassius blieb seiner spartanischen Lebensweise treu. Er drängte sich nicht nach Aufmerksamkeiten und Gunstbezeigungen der Weißen. Das Negerviertel war nach wie vor seine Heimat. Er trainierte weiterhin in dem unordentlichen Quartier der Dundees, wo Miss Hattie jetzt dem Publikum, das Cassius sehen wollte, einen Dollar Eintritt abnahm. – Aber meistens mußte man lange auf ihn warten, denn er trat auf, wenn es ihm paßte, verbrachte die meiste Zeit mit Reden und Posieren für die Fotografen, um dann an die Arbeit zu gehen. Bruder Rudi als Halbschwergewichtler für das Training seiner Schnelligkeit und zwei 215 Pfund wiegende Schwergewichtler, Cody Jones und Davey Bailey, waren seine Hauptpartner im Ring.

Cassius war in allem schnell und scharf; seine Schläge kamen äußerst präzise, seine Beinarbeit war hervorragend, aber extravagant. Dennoch blieben die Reporter unbeeindruckt. Sie wollten nur seine oft kritisierten Fehler sehen, nicht das, was hinter den Kulissen stand. Cassius erntete jetzt die Saat seiner jahrelangen »Maulsünden«. Man war mehr gegen ihn als Persönlichkeit, als gegen seine boxerischen Fähigkeiten oder Mängel. Sonny Liston hatte man seine Vergangenheit vergeben, nicht aber Cassius Clay das überlaute »Sich-in-Szene-Setzen«.

Liston mit 36 Kämpfen und 25 K.o.-Siegen blieb weiterhin als Goliath bestehen, während Cassius sich mit 19 Kämpfen und 19 Siegen mit der Rolle Davids begnügen mußte.

Vergeblich versuchte Angelo die ungleiche Bewertung seines Schützlings, die sich unweigerlich bei den Kasseneinnahmen auswirken mußte, auszugleichen: »Wir haben mehr Aktivposten, als man zugeben will. Clay hat einen Stil, dem Liston bisher noch nicht begegnete! – Wir haben ihm gegenüber drei Vorteile: Schnelligkeit, Beständigkeit und die Menge der Schläge. Außerdem sollte man das Alter nicht vergessen, wie wir beim Archie-Moore-Kampf gesehen haben. Clay ist gerade 22 geworden; wie alt Liston ist, weiß er wohl selbst nicht, aber sicher ist er nahe an den Vierzigern!«

Angelo redete sich die Zunge lahm. Es blieb dabei; von den beiden unbeliebten Gladiatoren war Clay nicht Favorit. Auch die Überschriften in der Presse besagten es: »Clay wird auf dem Boden sein, bevor die Nationalhymne zu Ende gespielt ist!« – »Wenn Clay gewinnen will, muß er eine Truppe Soldaten mitbringen!« – »Spätestens nach der 3. Runde gehe ich nach Hause – Liston!« – »Cassius' miserables Rückwärtsbiegen wird sein Verderben sein!«

Der Sportredakteur einer großen Tageszeitung schrieb: »Clay hat insgesamt 136 Runden während des Trainings geboxt, 36 mehr als Liston. Das hätte er nicht tun sollen. Ich hätte es auch nicht getan. Was nützt es denn schon, wenn der Kampf in der 1. Runde endet?«

Und nun schalteten sich auch die alten Meister, die Ex-Champions, in den Gesang um die Niederlage des Louisvillers ein. Jack Dempsey wie auch Gene Tunney blieben dabei, daß Cassius nur ein »besserer Amateur« sei.

Rocky Marciano, der ungeschlagene »Schläger«, glaubte an Listons größere Kraft und Cassius' Mangel an Nahkampf-Kunst. Doug Jones, der nach seinem Kampf mit Clay jetzt an dritter Stelle in der Weltrangliste stand und es eigentlich wissen sollte, meinte, Cassius könne nicht über zehn Runden hinauskommen, ohne ein leichtes Opfer durch K.o. zu werden.

Joe Louis, der »Braune Bomber«, war etwas vorsichtiger und der Ansicht, daß Sonny zu selbstsicher sei: »Wenn Clay erst einmal auf seinem Fahrrad sitzt und vor ihm wegpedalt, ist es für Liston nicht mehr so einfach, ihn zu erwischen!«

King Levinsky, der vor 30 Jahren einer der führenden Schwergewichtler war und heute, leicht verbeult, als Krawattenverkäufer in den Trainingscamps und Sporthallen herumstreicht, um seine Ware abzusetzen, hatte auch eine Prognose für diesen Kampf.

Zu seiner Standard-Einführung, die seit Jahren seine Geschäftskarte ist: »Ich habe eine weiche Birne vom Boxen! Und weshalb sind Sie verrückt?« – fügte er in Miami noch hinzu: »Mein Geld steht fest auf dem Champion!«

Ein anderer ehemaliger Kämpfer, zwar nicht von historischer Bedeutung wie Levinsky, aber immerhin eine Autorität mit Erfahrung, gab Liston ebenfalls die größeren Chancen. Das war Marty Marshall, gerade der Mann, dem es bis dahin gelungen war, Liston nicht nur zu schlagen, sondern ihm sogar den Unterkiefer zu brechen.

Der Schwergewichtler Eddie Machen war der einzige

unter den aktiven Boxern, der an Clays Sieg glaubte. Er hatte 12 Runden gegen Liston durchgestanden und nach Punkten verloren; er hielt große Stücke auf Cassius' zermürbende »Jabs«. – Unter den Fachjournalisten des ganzen Landes war Leonhard Shecter von der »New York Post«, einer von drei, die auf Clay setzten.

»Ein Boxer, der von Marty Marshall nach Punkten besiegt wurde, kann keine große Nummer sein«, begründete er das.

Für den Herausforderer Clay wurde auch noch die Neuregelung des Auszählsystems als erschwerend angesehen. Zum ersten Male in der Geschichte des Boxsportes sollte der Gong einen niedergeschlagenen Kämpfer nicht mehr retten können. Der Ringrichter war in einem solchen Falle angewiesen, den heruntergegangenen Mann nach dem Ende der Runde weiter auszuzählen und für k.o. zu erklären, falls er nicht bei »10« wieder auf den Beinen stand.

Nur jemand mit Clays fanatischem Siegeswillen konnte von einer solchen Situation unberührt bleiben. Es ist ihm groß anzurechnen, daß er in diesem ungleichen Kampf der Meinungen nicht den Mut verlor, sein Training eisern fortsetzte und noch dazu den Schneid hatte, seine Wort-Kanonaden, die wie ein Bumerang waren, weiter zu betreiben.

Er marschierte unter anderem mit einem Stoßtrupp aus seinem Lager kurz vor dem Kampf vor das Surfside-Auditorium, wo Sonny Liston gerade seinen »Nachtzug« beim Seilspringen herunterrasselte. Die ganze Gesellschaft stimmte dort in den inzwischen schon bekanntgewordenen Clayschen Schlachtruf ein: »Ich werde wie ein Schmetterling dahinfliegen und wie eine Biene stechen!«

Glücklicherweise lag dem Auditorium gegenüber das Polizeirevier, wodurch Tumulte und weitere Ungelegenheiten vermieden werden konnten. Cassius, elegant im schwarzen Anzug und mit Fliege, ließ es schließlich dabei bewenden, sich vor dem Schild des gegnerischen Lagers fotografieren zu lassen, und zog dann nach Hause.

Aber nicht Clay, sondern Liston war es gewesen, der zuerst das Tabu des gegenseitigen Lagerbesuches gebrochen hatte. Im Vorjahr war er während seiner Vorbereitungen zum Patterson-Kampf in Miami, der nie stattfinden sollte, plötzlich in »Dundee's Gym« erschienen, als Cassius gerade am Ball arbeitete.

Dieser sauste, als er Liston erblickte, sofort in den Ankleideraum, verrammelte die Tür und schrie: »Dies ist mein Trainingslager! Schmeißt den Kerl hinaus, der will hier nur spionieren und meine Tricks lernen. Schmeißt ihn raus, dieser Platz ist nicht groß genug für uns beide!«

Liston hatte mit dem ihm eigenen Mutterwitz zurückgegeben: »Dieser Platz ist zu klein für dich, weil du mir hier nicht ausrücken kannst! Hier gibt es nichts für mich zu spionieren, denn du hast ja nichts aufzuweisen. Man sollte dich überhaupt einsperren wegen unerlaubten Imitierens eines Boxers!«

Das unprogrammäßige Treffen der beiden ging noch gut ab. Nur Chris Dundee, der einen Million-Dollar-Großkampf schon damals vor 30 Personen zu je einem Dollar aus dem Fenster fliegen sah, stand kurz vor einem Schlaganfall und mußte mit einem Schluck Brandy wiederbelebt werden.

Der Kampftag kam. – Der Kartenverkauf hatte nur mäßig eingesetzt. Vielleicht wollte man im letzten Moment durch eine pompöse Einwiegezeremonie noch etwas auf die Werbetrommel schlagen; jedenfalls hatten sich am Morgen des 25. Februar außer den Kämpfern, Veranstaltern, Fotografen und Reportern auch eine große Menge Schaulustiger und Schlachtenbummler eingestellt.

Einer der Nebensäle der gewaltigen Convention Hall, in dem man ein Podium für das Einwiegen aufgebaut hatte, war zum Bersten gefüllt. Mehr als 500 Menschen müssen hier dem einmaligen Schauspiel beigewohnt haben ...

Auch King Levinsky war dabei und behauptete nachher, drei Dutzend Krawatten verkauft zu haben.

Clay erschien als erster, um ihn herum tanzten sieben schwarze Mädchen mit Plakaten: »Die Bärenjagd beginnt am 25. Februar.« Er trug eine blaue Jacke mit der Aufschrift: »Auf Bärenjagd«. Bei ihm waren Ex-Meister Sugar Ray Robinson und der zweite Trainer, Bundini.

Mit einem bunten Stock unablässig auf den Boden stampfend, schrie Clay: »Ich bin der Größte! – Ich bin fertig zum Losschlagen! Runde acht, und ich habe es gemacht!«

Dann ließ er im Duett mit Bundini die Schmetterlings- und Bienenstich-Parole vom Stapel.

Als Liston ruhig und gemessen mit seinem Gefolge erschien, schnappte Cassius völlig über. Zwanzig lange Minuten ließ er eine groteske Tirade vom Stapel, die unmöglich wiederzugeben ist. Er hatte beinahe Schaum vor dem Munde, und zwischen seinen Schmähreden bat er die Umstehenden: »Haltet mich, haltet mich, sonst passiert was!«

Angelo behauptet heute noch, er habe den sich wie irrsinnig Gebärdenden mit zwei Fingern am Wams zurückgehalten. Fotos zeigen aber, daß man mit Hilfe von Sugar Ray und Faversham versuchte, Clay – wenn auch vielleicht nur pro forma – davon abzuhalten, auf Liston loszugehen.

Sonny starrte mit fast unbewegtem Gesicht auf den Wildgewordenen und sagte schließlich: »Zeige doch nicht aller Welt, was für ein Narr du bist!«

Clay befand sich offensichtlich in einem Stadium völliger Hysterie und war wie von einem Dämon besessen. Mit weit aufgerissenem Munde spie er die Worte nur so heraus. Die Halsschlagadern traten hervor, seine Augen waren die eines gereizten Tieres.

Die Situation trieb einer Katastrophe zu ...

Aus den verschiedenen Knäueln der aufgeregt diskutierenden Reporter, Funktionäre und Zuschauer hörte man jetzt Zurufe: »Dr. Robbins sollte den Kampf absagen, der Junge schnappt über!«

»Clay ist reif fürs Irrenhaus, holt die Ambulanz!«

»Clay ist die pure Angst zu Kopf gestiegen!«

Dann drang plötzlich durch das Getöse die Stimme des Vorsitzenden der Miami-Box-Kommission, der über das Mikrophon verkündete, daß der Herausforderer Cassius Clay für sein unerhörtes Benehmen mit 2500 Dollar Strafe belegt werde.

Daß die beiden Boxer schließlich eingewogen und in zwei verschiedene Richtungen abgeschoben werden konnten, ohne daß es zu Tätlichkeiten kam, war wie ein Wunder.

Zum Abschluß gab Dr. Alexander Robbins von der Miami-Box-Kommission noch bekannt, daß Clays Puls von den normalen 54 Schlägen pro Minute auf 120 angestiegen sei und daß die einzige Erklärung für des Boxers Verhalten eine »Todesangst vor dem Kampf« sei.

Mit dieser Darstellung der Sachlage hatte der gute Doktor den ganzen Reklamewert der großen Irrenhausszene kaputtgemacht. Denn wer wollte nun noch Geld für einen Boxkampf ausgeben, in dem einer der beiden Fighter nicht mehr ganz bei Trost war?

Bei den Buchmachern kletterten jetzt die Wettchancen für Liston rapide von 5:1 auf 8:1, und nach menschlichem Ermessen mußte die ganze Affäre zu einem einseitigen Massaker Clays durch den Titelhalter werden.

Dr. Pacheco, der auf Anraten Dundees später den Herausforderer besuchte, war der einzige, der um seinen wahren Zustand wußte, nämlich, daß Cassius kaum eine

Stunde nach der aufregenden Komödie völlig ruhig mit einigen schwarzen Kindern in seinem Wohnzimmer auf dem Boden lag und sich ein Fernsehprogramm anschaute. Sein Puls war wieder normal; von Hysterie, »Nervenklaps« oder einem sonstigen »Dachschaden« war nicht das geringste zu bemerken. Im Gegenteil, er war die Ruhe selbst. Trotz des Lärms und des Gewimmels im Hause legte er sich entspannt hin, um bis spät in den Nachmittag hinein sein Schläfchen zu halten.

Er war also weder vor Angst nach Mexiko geflogen noch in eine Gummizelle gesperrt worden, wie Gerüchte bis zum Beginn des Kampfes wissen wollten. Lange bevor er in der Convention Hall erscheinen sollte, stand er in elegantem schwarzem Anzug unbemerkt zwischen einigen Zuschauern im Hintergrund, um sich den ersten Profi-Fight seines Brudes Rudi anzusehen, der diesen auch prompt gewann.

Cassius war der erste im Ring, als er um 10 Uhr abends in die halbgefüllte Arena kam. Noch in letzter Minute hatte ihm Sugar Ray Robinson im Ankleideraum einige Mätzchen ausgeredet, die er mit aufs Programm hatte bringen wollen. Er verzichtete aber nicht auf seine Robe mit »THE LIP« auf dem Rücken. Mit gedämpftem »Buh«-Konzert wurde er empfangen. Vielleicht war bei den Zuschauern die Antipathie in Mitleid übergegangen, als sie diesen Jungen sahen, der seiner Schlachtbank entgegenging.

Auch Liston wurde nur mit beschränktem Applaus empfangen. Heute standen sich zwei schwarze Muskelmänner gegenüber, die sich keiner großen Sympathien erfreuten. Es war kein Duell zwischen zwei beliebten und in jeder Weise einwandfreien Sportlern oder eine Auseinandersetzung zwischen Held und Bösewicht. Dies war eine Sache zwischen David und Goliath, und man war nicht sehr erbaut davon, daß man so viel Geld für so wenige Minuten ausgegeben haben sollte.

In der Presse hatte eine Rundfrage ergeben, daß von 47 Reportern 44 für Liston waren und der Rest nur zurückhaltend für Clay. Man erwartete Clay als zitternden Torero und Liston als wutschnaubenden Stier.

Letzteres stimmte haargenau. Cassius hatte durch seine monatelange »Maul-Kampagne« und besonders noch durch die verrückte Szene am Vormittag Liston derartig »auf die Palme« getrieben, daß er alles andere als normal war. Seine innere Ruhe war zerstört. Sonny kannte nur noch eins: Cassius schnellstens auf die Bretter zu legen, sein Lästermaul ein für allemal zu stopfen, um endlich Ruhe zu haben und von diesem Alpdruck befreit zu sein.

DER GROSSE FIGHT

Zum Weltmeisterschafts-Kampf zwischen Sonny Liston und Cassius Clay am 25. Februar 1964 in der Convention Hall, Miami Beach, wurden folgende Maße und das Gewicht der beiden Kämpfer ermittelt:

SONNY LISTON		CASSIUS CLAY
99,7 kg	Gewicht	97,4 kg
185,5 cm	Größe	190,5 cm
213,4 cm	Reichweite	208,4 cm
111,8 cm	Brustumfang, normal	106,7 cm
118,1 cm	Brustumfang, erweitert	113,0 cm
91,4 cm	Hüfte	86,4 cm
44,4 cm	Bizeps	38,1 cm
21,6 cm	Handgelenk	22,9 cm
44,4 cm	Nacken	43,2 cm
40,6 cm	Waden	43,2 cm
30,5 cm	Knöchel	24,2 cm
63,5 cm	Oberschenkel	63,5 cm
39,4 cm	Faust	30,5 cm
33,8 cm	Unterarm	34,5 cm

Die Kampfbewertung erfolgte nach dem 10-Punkte-System.

Ein Ringrichter und zwei Punktrichter müssen wie folgt bewerten: 10:10 für eine ausgeglichene Runde. 10:9 für eine Runde mit einem leichten Vorsprung eines der beiden Kämpfer. Wenn dieser Vorsprung entscheidend ist und einen Niederschlag einschließt, 10:8. Diese Spanne kann sich bis auf 10:7 (oder theoretisch mehr) vergrößern, wenn die Runde eine einseitige Überlegenheit und mehrere Niederschläge für einen Kämpfer zeigt.

Ein Kämpfer, der niedergeschlagen ist, kann durch den Gong nicht mehr gerettet werden und wird nach Beendigung der Runde weiter ausgezählt. Ist er nicht bei 10 auf den Beinen, verliert er den Kampf.

Sonny schlurfte denn auch nach dem ersten Gongschlag sofort auf seinen Gegner zu. Cassius hatte ihn mit der Bärenjagd-Parole verrückt gemacht, jetzt war er derjenige, der auf Jagd ging. Auf eine kurze Jagd nur, wohlverstanden! Ein Schlag würde genügen, um die Schmach der monatelangen Folter auszuradieren. Er hatte versprochen, ihn noch schneller als Patterson umzulegen ...

Er schlug drauflos, und wie erwartet konterte Clay mit Jabs und ging zurück, die Hände herunterhängen lassend.

Liston ging auf Jagd und landete auf Clays Rippen ...

Die Zuschauer sprangen auf. Kam jetzt schon das Ende?

Aber Cassius tanzte fort, setzte seine blitzschnellen, irritierenden linken Schüsse an, während die Linke seines Rivalen fehlschlug. Clay brachte weitere Jabs an, während Liston racheschnaubend hinter ihm hersauste.

Plötzlich blieb der »Schmetterling« in der Ringmitte stehen, ließ eine Kanonade von sechs blitzschnell aufeinanderfolgenden »Bienenstichen« auf den Alten los und schloß dieses Manöver mit einer Rechts-Links-Kombination an Listons Kopf ab. Der Gong ertönte, beide Kämpfer droschen noch weiter in die Pause hinein – bis sie in ihre Ecken gerufen wurden.

Listons unbewegliches Gesicht verbarg die innere Raserei über sein Versagen. Während der Pause blieb er gegen alle Vernunft in seiner Ecke stehen, womit er seine körperliche Überlegenheit und Geringschätzung für den jungen Prahlhans zeigen wollte. Für einen scharfen Beobachter sah es aber eher so aus, als sei ein großer, beleidigter Dummkopf vom Lehrer in die Klassenecke gestellt worden.

Und wieder ging er, sofort nach dem Gongschlag zur 2. Runde, auf Clay los – immer noch in der Hoffnung, seine Voraussage eines schnellen Sieges wahrzumachen.

Aber er zeigte weder Überlegung noch Überlegenheit. Alles war blinde Wut. Er ließ seine Schläge ungenau aus allen Winkeln los. Für einen Haken holte er sich zwei von Clays Linken, die jetzt mit fast maschineller Beständigkeit auf ihn zukamen. Wenn er Cassius des öfteren selber mit seiner Linken traf, bog sich dieser wie ein Gummimann und leitete damit die Härte nach hinten ab.

Liston erwischte den Jungen an den Seilen, aber er konnte den »Schmetterling« auch hier nicht halten. Clay »radelte« jetzt systematisch außer Reichweite des schwerfällig nachlaufenden Gegners. In der Ringmitte ließ Cassius, genauso unerwartet wie in der 1. Runde, vier harte Jabs auf den Kopf des Weltmeisters los. Er pendelte dann zurück oder machte alle Schläge durch sein Abbiegen effektlos.

Der Gong dröhnte.

Liston befand sich nach wie vor in unglaublicher Rage, Clay sah noch durch eine rosarote Brille auf die nächsten Runden hin, und die Zuschauer kamen langsam zu der Überzeugung, daß ihr Geld nicht ganz weggeworfen war. Das Haus, in dem sich jetzt über 8000 Menschen eingefunden hatten, kam in Stimmung.

In der 3. Runde war es diesmal Cassius, der die Initiative ergriff. Hatte vielleicht bisher in seinem Unterbewußtsein ein Zweifel bestanden, so war dieser nun völlig beseitigt. Er ging jetzt wirklich auf die Bärenjagd und ließ eine Serie stechender Schläge auf Listons Kopf los, die eine Wunde unter dem linken Auge hervorriefen. Dessen ungeachtet hetzte der Meister weiter hinter ihm her und placierte einige gute Körperschläge, die Cassius mit erneuten Treffern auf die Wunde beantwortete. Diese war jetzt tief und breit. Liston ging in Deckung.

Cassius rief ihm zu: »Come on you bum!«

Das löste bei dem Alten wieder großen Zorn aus, und er zog alles vom Leder, was er hatte. Er konnte Cassius einige harte Treffer, darunter einen wuchtigen rechten Uppercut, aufdonnern.

Die Zuschauer sprangen auf. War jetzt der große Moment gekommen?

Nein, von der vielgepriesenen Schlagkraft des Weltmeisters war nichts zu merken. Cassius blieb »hübsch« und unbeschädigt.

Liston konnte nochmals eine Rechte und drei linke Gerade anbringen, doch ohne Erfolg.

Die Runde endete mit einer Linken auf Sonnys Wunde . . .

Das Unerwartete war geschehen. Cassius stand noch auf seinen Beinen – unangetastet, während sein Gegenüber bereits alle Merkmale eines schweren Kampfes mit sich herumschleppte.

Die Zuschauer schälten sich langsam aus der Reserve und ergriffen jetzt für einen der beiden Partei; es schien, daß sich ihre Gunst gleichmäßig verteilt hatte. Irgendwo in den dunklen Ecken der großen Halle konnte man plötzlich auch noch Wetten auf Clay abschließen.

Listons Leute murksten mit Eisbeuteln und guten Ratschlägen an ihrem Meister herum.

Cassius begann die 4. Runde mit zwei Linken. Listons Antwort gleicher Münze sauste ins Leere. Liston war wieder im Vormarsch, erwischte wieder drei Linke, konnte Clay aber in die Ecke drücken. Cassius schlängelte sich jedoch geschickt aus der Gefahrenzone wieder in die Ringmitte und feuerte eine dreifache Jab-Serie auf den Titelhalter ab.

Dann aber ging Clay mit herunterhängenden Armen zurück und wurde in seinen Manövern offensichtlich langsamer. Ein weiterer Schlagwechsel brachte nichts Neues, nur schlug Cassius jetzt aus kürzerer Entfernung, womit er sich in die Höhle des Löwen begab. Aber Liston hatte weder die Kraft noch die Beweglichkeit, diese Situation zu seinen Gunsten auszuwerten. Selbst wenn Sonny traf, schienen seine Schläge ohne Wirkung zu bleiben.

Cassius landete einen linken Haken auf Listons Kinn, als der Gong die Runde abbrach.

In Sonnys Ecke hatten die Sekundanten jetzt alle Hände voll zu tun, um die gefährlich aussehende Wunde zu schließen und abzudecken. Aber was sich auf Clays Seite abspielte, war weit dramatischer.

Cassius kam fast taumelnd in seiner Ecke an, zwinkerte mit den Augen und fuchtelte wie wild mit den Händen herum.

»Ich kann nicht mehr sehen! Ich bin blind. Ich bin fertig. Schneid mir um Gottes willen die Handschuhe ab«, flehte er Angelo an.

»Setz dich erst einmal hin und ruh dich aus«, schrie Angelo zurück.

»Schneid mir die Handschuhe ab! Ich bin blind. Ich will der Welt zeigen, was das für Gauner sind. Die haben was in seine Handschuhe geschmiert! Ich gebe auf!«

Etwas Seltsames muß im Kopfe Clays vor sich gegangen sein, das diese Reaktion auslösen konnte. War es der völlig unerwartete Faktor der Blindheit, die Hilflosigkeit oder der ohnmächtige Zorn über einen vermeintlichen bösen Trick des Gegners? Er, dem kein noch so harter Schlag, keine Wunde den Siegeswillen gebrochen hätten, war plötzlich drauf und dran, alles, was er in Jahren mit seinem Talent, seinem Körper und seiner großen Klappe aufgebaut hatte, mit einem Schwung fortzuwerfen. Und er hätte es getan, wenn Angelo nicht gewesen wäre!

Dieser wischte ihm wiederholt mit einem nassen Tuch über die Augen, um sie klar zu machen und von irgendwelchen Fremdkörpern zu befreien.

»Mensch, bist du verrückt geworden?« schrie er Cassius an. »Jetzt aufgeben zu wollen, Minuten von deiner Meisterschaft entfernt? Der Alte ist doch fertig!«

Inzwischen kam Ringrichter Barney Felix herüber, um zu sehen, was los war. Als absolute Neuigkeit im Faustkampf-Gewerbe hatte man ihm ein Mikrophon unter das Hemd geklebt, damit die Boxkommission jedes Wort verstand, das er oder gegebenenfalls die beiden Kämpfer sagten.

Er fragte, ob der Arzt nötig sei.

»Nein!«

Er kreuzte den Ring zur anderen Ecke, besah sich die Handschuhe Listons, beroch sie und fuhr schließlich mit der Zunge darüber. Nichts! Da war alles in Ordnung. Wenn versehentlich ein Medikament in Clays Augen gekommen war, so konnte es nur von Listons Körper herrühren.

Felix ging in die Ringmitte zurück, als das Achtungzeichen ertönte. – Liston kam langsam aus seiner Ecke heraus, aber Cassius Clay, ohne seinen Mundschutz, blieb lamentierend sitzen.

Felix drehte sich einen Augenblick unentschlossen nach ihm um und war dann im Begriff, die Arme zu erheben, um Liston zum Sieger zu erklären . . . Da kam Dundee ihm gerade noch zuvor, indem er Cassius hochriß und mit einem kräftigen Schlag auf den Allerwertesten in die Ringmitte schob. Er stieß dabei einen lästerlichen Fluch aus, was bei dem sonst so gutartigen Angelo nur ein Ausdruck der Verzweiflung sein konnte.

Die 5. Runde begann, ohne daß die meisten Zuschauer auch nur eine Ahnung von dem Problem in Clays Ecke hatten.

Cassius blinzelte, als wäre er noch blind, und Liston konnte einige gute Körperschläge anbringen. Cassius hielt, er hing an seinem Gegner – ganz entgegen seinem Stil. Dann ging er rückwärts, und Liston setzte ihm wieder nach. Clay kämpfte jetzt nicht nur gegen Liston, sondern auch gegen sich selbst – vielleicht den größten Kampf seines Lebens.

Liston war im Angriff, Clay boxte kaum; er zog sich nur geschickt zurück und wartete auf die völlige Wiederkehr seiner Sehkraft. Dabei machte er ein seltenes, fast komisch wirkendes Manöver. Mit seiner steif ausgestreckten Linken drückte er den Gegner von sich ab, drückte sie gewissermaßen auf dessen platte, schwarze Nase – wie ein Betrunkener, der sich am Laternenpfahl festhalten will.

»Ich hätte seinen Arm brechen können«, sagte Liston später, ohne aber hinzuzufügen, warum er es nicht getan hatte.

Clay versuchte noch zwei schnelle Linke und beendete die Runde mit einem sauberen und geschickten Rückzug vor dem müden, schnaufenden Weltmeister.

Ringrichter Felix wollte gerade noch den Arzt rufen, der feststellen sollte, ob Clays Augen wieder in Ordnung waren, als der Gong zur 6. Runde rief.

Jetzt war Cassius wieder ganz »stechende Biene«. Er tanzte um Liston und traf wieder und wieder mit leichten Jabs, die dennoch ihre Wirkung in dem verquollenen und aufgedunsenen Gesicht des Champions nicht verfehlten. Er kam dabei immer näher an Liston heran.

Die aufgeregte Masse stöhnte ein langgezogenes »Oooh«, als Cassius eine harte Rechte an die Luft verschwendete.

Im Hause herrschte jetzt eindeutig »Pro-Clay-Stimmung«. Der kleine David erfüllte seine historische Rolle! Der angeblich zu Tode verängstigte Prahlhans hatte seinen Gegner genauso fertiggemacht, wie er es geplant und vorausgesagt hatte.

Clay steckte noch einen von Listons saftlosen Treffern ein, aber es war seine Runde. Er knallte vier bösartige Linke auf die Wunde des Alten, bekam einen kurzen rechten Haken ab und beschloß die Runde mit zwei weiteren Linken – unter ohrenbetäubendem Geschrei der Zuschauer.

In der Pause saß der Champion wie ein Häufchen Unglück da. Der berüchtigte »Killer« war verbeult, verbittert, blutig und kaum noch als Liston zu erkennen.

Cassius schien vollkommen unbeschädigt, er war wieder die Herrlichkeit in Person.

Dundee redete auf ihn ein: »Get mad, baby, the old man is trough! – Werde rabiat, Junge, der Alte ist erledigt!«

Aber Cassius war bereits wieder der alte Besserwisser und widersprach: »No, ich habe keine Eile! Vielleicht lasse ich ihn noch bis zur 15. Runde zappeln.«

Aber dazu sollte es nicht mehr kommen. Cassius stand beim Achtungzeichen auf und begann sofort mit auflockernder Schattenbox-Routine. Diesmal blieb Liston sitzen. Ein aufgeregtes Palaver hatte sich in seiner Ecke entsponnen.

Dann kam der Gongschlag zur Runde – und die Sensation: Der Champion war nicht mehr Champion, er blieb sitzen und spuckte verbittert den Mundschutz aus.

Ein ungeheurer Tumult setzte ein.

Cassius tanzte wie ein betrunkener Indianer im Ring auf und ab, in die Masse und Presse-Sektion hineinbrüllend: »Ich bin der König! Ihr Reporter könnt jetzt eure eigenen Worte fressen! – Ich habe die Welt auf den Kopf gestellt. Ich bin der Größte!«

Clay hatte erreicht, was er wollte. Er war der »Größte«, der Schwergewichtsmeister der Welt . . .

Oder?

WER IST DER GRÖSSTE?

Cassius Clay war jetzt, mit 22 Jahren, der zweitjüngste Champion der universalen Box-Industrie. Zumindest sah es im Augenblick so aus.

Floyd Patterson hatte vor ihm die Ehre gehabt, der jüngste Titelhalter der Schwergewichtler zu sein, denn er war nur 21 Jahre alt gewesen, als er im Jahre 1956 die Krone von Archie Moore eroberte.

Cassius war auch der zweite in den Annalen des Faustkampfes, dem der Titel zugesprochen wurde, weil sein Gegner nach einer Kampfpause auf dem Hocker sitzen geblieben war. Der gigantische Jess Willard hatte sich im Juli 1919 in Toledo (Ohio) nach der 3. Runde auch nicht mehr erhoben, sondern das Handtuch in den Ring geworfen, was der Aufgabe gleichkam. Jack Dempsey, viel kleiner von Statur, war damals der neue Meister geworden und ist bis heute das Idol des modernen Boxsportes geblieben.

Wenn Cassius jetzt geglaubt hatte, er könne in Ruhe »auf dem Gipfel der Welt« sitzen, wie man in Amerika für »auf den Lorbeeren ausruhen« sagt, so sollten ihn die Schlagzeilen der Zeitungen in den nächsten Tagen eines besseren belehren: »Liston mußte wegen Verletzung aufgeben!« hieß es da, und: »Staatsanwalt Gerstein verlangt Listons medizinische Berichte!« – »Cassius Clay wird mit 2500 Dollar wegen ungebührlichen Benehmens beim Einwiegen bestraft!« – »Listons Börse ist von den Behörden beschlagnahmt!« – »Liston hat für 50 000 Dollar die Revanchekampfrechte von Clay gekauft. – Der Kongreß verlangt Untersuchung!« – »Clay bekennt sich als Mitglied der Moslem-Fanatiker!«

Die Sensation, die das völlig unerwartete Ende des Kampfes hervorgerufen hatte, sollte sich also nicht nur auf den Ring beschränken.

Doch zunächst kam die Komödie der Entschuldigungen ...

Cassius, der wieder einmal seine Rundenvoraussage nicht eingehalten hatte, weil Sonny Liston ihm nicht entgegengekommen war, brauchte keine Entschuldigung. Der kleine Stilfehler wurde vergessen, denn er war jetzt der Mann des Tages. Die Pressekonferenz unmittelbar nach dem Kampf wurde zu einer völlig einseitigen Phrasendrescherei des neuen Meisters, in der er vor allem die Reporter wegen ihrer Vorkampfberichte heruntermachte.

Die Herren hatten nur Gelegenheit, ihren Mund aufzumachen, wenn Cassius sie anfuhr: »Wer ist nun der ›Größte‹?« – und diese Frage so lange wiederholte, bis einige von ihnen verlegen, widerwillig und um des lieben Friedens willen in seinen Gesang mit einstimmten, daß er der »Größte« sei.

Zum Abschluß der Sitzung warnte Clay dann noch: »Daß mir nun keiner von euch mit Schiebung kommt! Jedes Kind konnte sehen, daß es keine Schiebung war!« Niemand hatte bisher dieses Wort fallenlassen; Cassius war der erste ...

Trotzdem konnte man »Fake! – Schiebung!« in den folgenden Wochen wieder und wieder in der Presse und von den Fans hören. Es war einfach nicht zu fassen, daß Charles »Sonny« Liston, der Koloß unter den Schwergewichtlern, einem jungen, grünen Maulhelden zum Opfer gefallen war. Man zweifelte an der Verletzung und fand auch für Clays seltsames Benehmen während der 4. und 5. Runde, das blinde Herumtasten, keine überzeugende Erklärung. Und dann waren da noch die eigenartigen Vertragsmanipulationen ...

Auf alle Fälle versuchte die Presse mit Gerüchten und

Theorien, die teilweise genauso unbegründet waren wie ihre ausgiebigen, vorbeigeratenen Fehlberichte, ihre Blamage zu verdecken. Aber Clay vorbehaltslos als den Helden anzuerkennen schien verfrüht. Der schlechte Geschmack, den sein »psychologischer Wortfeldzug« hinterlassen hatte, stand dagegen. Man sah vorläufig nur die Schnauze und nicht den inzwischen herangewachsenen Mann und Boxer.

Man kam zu der Ansicht, daß nur ein zweiter Kampf zwischen den beiden den Zweifel beseitigen könne, ob Liston ein Schwindler und Clay nur ein Angeber war, der mehr Glück als Können gehabt hatte.

Schutzmann Joe Martin, Cassius' erster Boxlehrer, lachte sich ins Fäustchen. Er hatte im Sommer schon gepredigt, daß Clay logischerweise durch einen K.o. siegen müsse. Er hatte eine wirkliche Gefahr für seinen früheren Schützling immer nur in Floyd Patterson oder Eddie Machen gesehen, nicht aber in dem viel zu langsamen Liston, »der Cassius nicht einmal mit der Gartentür treffen kann«, wie er sich ausgedrückt hatte.

Eddie Machen, der von Anfang an zu Clay gehalten hatte, kam jetzt mit dem überraschenden Gerücht heraus, Liston habe auch bei ihm schon im Jahr 1962 versucht, eine irritierende Salbe in seine Augen zu lancieren. Das war natürlich nichts weiter als ein sehr verspäteter und krampfhafter Versuch, seine Punktniederlage durch Sonny zu verschönern. Er fand auch kein Gehör. Weder Cassius noch Angelo beschuldigten Liston nach dem Kampf jemals einer unlauteren Machenschaft.

Seltsamerweise war Clay um die Zeit der Vorbereitungen für den Titelkampf mißtrauisch gewesen, ein Zustand, der sich – je näher der Kampf rückte – von Tag zu Tag verschlimmerte. Bis auf seinen Bruder verdächtigte er praktisch alle, die um ihn herum waren, selbst Dr. Pacheco und Angelo, den er als Spion der italienischen Mafia-Racketeers bezeichnete ...

Dr. Pacheco sagte später: »Cassius mißtraute weniger der Gegenseite als den Leuten im eigenen Lager, und das schloß mich mit ein. Er hatte das krankhafte Gefühl, daß man es mit der Gegenseite hielt und ihm eins auswischen wollte. Am Kampfabend verlangte er von Rudi, er solle seine Wasserflasche im Ankleideraum im Auge behalten, damit niemand etwas anrichten könne. Trotz dieser Vorsichtsmaßnahme füllte Cassius die Flasche jedesmal neu ein, wenn er sich auch nur für Minuten aus dem Raum entfernt gehabt hatte. Er muß sie drei- bis viermal innerhalb einer Stunde frisch gefüllt haben – aus Angst, man könne ihn womöglich mit einer Droge kampfunfähig machen. Ich wurde schließlich ärgerlich und sagte ihm, daß ich ihn längst hätte k.o. machen können – auch ohne Spritze, vor der er eine panische Angst hatte. Wenn es sich um Medikamente handelte, war Cassius mißtrauisch, und er wurde zum größten Feigling, wenn eine Spritze in Sicht kam. Manchmal mußte ich ihn minutenlang durchs Zimmer jagen, ehe ich an ihn herankonnte.«

»Und was die berühmte Wahnsinnsszene anbelangt«, fügte Dr. Pacheco hinzu, »das war ein Meisterstück von Cassius' Schauspielkunst! Vielleicht nicht im üblichen Sinne. Ich habe im Laufe unseres Verhältnisses als Arzt und Patient festgestellt, daß Cassius über die seltene Gabe verfügt, seine Gemütsverfassung praktisch bis ins Delirium hineinzusteigern. Je nachdem, wie es in die Situation paßt, kann er mit einer Art »kalkuliertem Irrsinn« aufwarten, den er wie das elektrische Licht an- und ausdreht. Beim Einwiegen hatte er sich allerdings so in die Rolle hineingesteigert, daß er fast damit über Bord gegangen wäre. – Natürlich steckt auch mehr dahinter als ein reiner Reklameakt. Die Sache liegt tiefer. Wir dürfen nicht vergessen, daß man Clay monatelang als Amateur bezeichnet hatte, unwürdig und unfertig für einen Kampf mit dem gefürchteten Schläger. Man hatte seine immerhin sehr beachtlichen Erfolge wegen seines lauten Benehmens zu ignorieren versucht. Das hatte ihn aufgebracht, und er machte nun gerade beim Einwiegen seinem Zorn Luft und spielte verrückt. Natürlich löste diese forcierte Gemütserregung einen erhöhten Pulsschlag aus, der prompt wieder auf ›normal‹ absank, als er sich sozusagen von der Bühne zurückzog . . .«

Ex-Champion Sonny Liston, bitterböse und beleidigt, hatte ebenfalls einen Sack voller Entschuldigungen für sein Versagen zur Hand. Er hatte sich durch sein wildes, unbeherrschtes Schwingen in der 1. Runde bereits eine innere Verletzung an der Schulter zugezogen. Jack Nilon, sein Manager, war es gewesen, der für ihn aufgegeben hatte. Sonny hatte den Mundschutz in erster Linie deshalb ausgespuckt, um einen hörbaren Fluch gegen Nilon und Clay loszulassen . . .

Später sagte er: »Wäre Nilon nicht so vorschnell gewesen, hätte ich den Bastard noch mit einer Hand auf die Bretter gelegt! Da hätte es ihm auch nichts geholfen, daß er dauernd vor mir weglief, als hätte er was geklaut. Der Rückkampf wird zeigen, daß ich der bessere bin.«

Wie alles, was Sonny jetzt auspackte, war dies nichts weiter als eitle Prahlerei und ein ungeschickter Rechtfertigungsversuch seines miserablen Auftrittes. Sieben Ärzte, von der Miami-Box-Kommission und der Staatsanwaltschaft beauftragt, stellten jedoch einwandfrei fest, daß sich der Ex-Meister eine schwere innere Verletzung der linken Schulter zugezogen hatte, die jedes Weiterkämpfen nach der 6. Runde zu einer Gefahr gemacht hätte. Gleichzeitig kam ans Licht, daß Liston sich schon während des Trainings eine leichte Zerrung derselben Seite zugezogen und man ihn zum Überfluß noch wegen einer schmerzhaften Gelenkentzündung behandelt hatte. Auf die Frage, warum er unter diesen Umständen nicht auf eine Verschiebung des Kampfes gedrungen habe, meinte er: Seinerseits habe kein Zweifel daran bestanden, daß Clay in der 1. Runde k.o. gehen würde, und somit sei ihm eine Verzögerung der Angelegenheit wegen einer Lappalie unnötig erschienen.

Listons Einnahmen, die von der Kommission beschlagnahmt worden waren, wurden jetzt freigegeben, und nachdem sich das Finanzamt und verschiedene andere »Gläubiger« erst einmal eingedeckt hatten, blieb für den Ex-Champ nur noch ein Teil von dem unglücklichen Beutezug übrig. Er war daher sehr auf den Revanchekampf bedacht.

Sonny hatte den Rückkampf schwarz auf weiß. Zur größten Bestürzung aller Boxfans, besonders aber der Sportbehörden, stellte sich heraus, daß sich Cassius Clay 24 Stunden vor dem Kampf – für 50 000 Dollar – gewissermaßen an die Liston-Gruppe verkauft hatte, was in diesem Falle bedeutete, daß Sonnys »International Promotions Inc.« nun das Recht zustand, Clays nächsten Gegner zu bestimmen und den Fight zu veranstalten.

Rückkampf-Klauseln sind nichts Neues im Boxen und anderen Sportarten, aber die Formulierung dieses Vertrages hatte zur Folge, daß Cassius in Miami quasi gegen seinen eigenen Boß im Ringe gestanden hatte und nun auch der zweite Kampf das gleiche unerhörte Bild bieten sollte.

Wenngleich mit dieser Abmachung auch keinerlei »Schiebung« verbunden war, so roch es doch sehr nach den berüchtigten Monopol-Versuchen, die von der Regierung seit Jahren bekämpft wurden. Zumindest war es ein Manöver, um die von der WBA (World Boxing Association) festgesetzten Regeln für ein Rückkampfverbot zu umgehen.

Natürlich war das Louisviller Syndikat mit diesem

»Vorverkauf« seines Mannes nicht sehr einverstanden gewesen. Gordon Davidson, der Rechtsberater der Gruppe, der 1960 den Clay-Vertrag ausgearbeitet hatte, warnte Clay und die elf Schnapsfabrikanten von einer Unterzeichnung des nicht ganz einwandfreien Vertrages. Aber mit einem aus dem Wege geräumten Liston wäre kaum ein lukratives Kampfobjekt in Sicht gewesen.

Bei allen Schwergewichtsmeisterschaften sind die ausgekochtesten Burschen der Boxindustrie am Werk, wenn es um das Feilschen geht, und man war schließlich froh, mit der Gegenseite wieder ins Einvernehmen zu kommen.

Um die ganze Geschichte noch komplizierter zu machen, hatte Cassius sich auf seine Art selbständig gemacht. Schon Wochen vor dem Liston-Kampf hatte er unter dem Namen »Clay Enterprises« (Clay-Unternehmungen) seine eigene Gesellschaft gegründet und einen farbigen New Yorker Rechtsanwalt mit der Wahrnehmung seiner Interessen betreut. Das war für die Herren in Louisville und besonders für ihren Rechtsanwalt Davidson eine unangenehme Überraschung, eine Art Mißtrauensvotum seitens des Jungen, den sie bisher treu, brav und geschickt auf seine Zukunft zugesteuert hatten.

Clay verletzte jedoch nicht den Vertrag mit seiner »Louisville Sponsoring Group«, denn seine Neugründung sollte sich in erster Linie mit der Investierung von Einnahmen befassen, die ihm aus dem Syndikatsvertrag zustanden. Dieser wurde dann im Oktober 1964 von 50:50% auf 60:40% zu Clays Gunsten geändert.

Die verblüffenden, teilweise undurchsichtigen und nicht ganz geklärten Begleitumstände des Clay-Liston-Duelles sollten später dann noch einmal von einer höheren Instanz durchleuchtet werden. Senator Hart aus Michigan verhörte die Vertreter der beiden Seiten fünf Tage im New Yorker Senatsgebäude. Die Liston-Gruppe machte ihm besondere Sorgen.

Es wurde nun offiziell bestätigt, daß Clay tatsächlich am Tag vor dem Kampf 50 000 Dollar von der Liston-Gruppe für einen Revanche-Zirkus erhalten hatte, aber auch, daß Sonny einem Mitglied des ehemaligen Box-Rackets noch 40 000 Dollar schuldete und verschiedene notorische Spieler und Buchmacher in seinem Miami-Trainingsquartier ein und aus gegangen waren.

Ferner wurde publik, Liston seit trotz seines furchteinflößenden Aussehens und seiner Ringerfolge ein ausgesprochener Hypochonder, der nur auf einen Stein zu treten brauchte, um sich sofort wie ein Todkranker zu benehmen. Man erinnerte sich des 1963 angesetzten Kampfes zwischen Liston und Patterson in Miami, der nie zustande kam, weil Sonny sich angeblich beim Golfspielen mit einem kleinen Jungen eine Beinverletzung zugezogen hatte. Wenige Tage vor dem Termin wurde alles abgeblasen. 74 000 Dollar aus dem Kartenvorverkauf wurden dem erbosten Publikum zurückgezahlt.

Man hörte nun auch, Liston habe am Morgen vor dem Kampf gegen Clay mehrere Cortison-Einspritzungen bekommen, um seine Gelenkschmerzen zu lindern. Zu dem gleichen Zweck sei seine Schulter mit einer Emulsion massiert worden, deren Reste sich dann wahrscheinlich während der Runden (durch Handschuhberührung) auf Clays Augen übertragen hatten.

Nachdem Ringrichter Barney Felix, Trainer Angelo Dundee und auch Dr. Pacheco, der an Clays Ecke gesessen hatte, schon auf diese Möglichkeit hingewiesen hatten, konnte man den Fall jetzt als einigermaßen geklärt betrachten. Die oft gehörte Meinung, Clay habe nach der 4. Runde aus anderen Gründen aufgeben wollen, schien also nicht stichhaltig.

Eine Untersuchung im Toto-Zentrum Las Vegas ergab, daß von plötzlichen Großwetten auf Clay in der letzten Minute keine Rede gewesen war. Listons unzeitgemäße

Aufgabe nach der 6. Runde hätte niemand in den Spielerkreisen einen Profit eingebracht. Wenn also bis zum heutigen Tage noch ein Hauch des Mißtrauens über dem Miami-Kampf hängt, so hat das kaum etwas mit »Schiebung« im üblichen Sinne zu tun.

Was auch immer für Unannehmlichkeiten von den beiden Ringhelden in Kauf genommen werden mußten – zunächst machte es doch den Eindruck, als seien sie reichlich für ihre kurze, aber »eindrucksvolle« Darbietung bezahlt worden.

Die Veranstaltung mit einer Einnahme von etwa 4,5 Millionen Dollar zählte zu den bisher größten finanziellen Erfolgen eines Boxkampfes. Ohne Abzug der Steuern, aber inklusive der Film- und Fernsehrechte sah es etwa so aus:

Sonny Liston und seine »International Promotions Corp.« konnten sich mit seinem lädierten Gesicht und seinem kaputten Arm mit 1 360 000 Dollar schadlos halten, während Clay und die »Louisville Sponsoring Group« 315 000 Dollar einsteckten. Cassius bezog hiervon 90 000 Dollar in barer Münze (der Rest ging auf den Trustfonds) und jeder der elf Partner knapp 15 000 Dollar.

Veranstalter Bill MacDonald war der einzige, der den kürzeren gezogen hatte. Er mußte seinen Optimismus und seine Unkenntnis des Boxgeschäftes mit 363 000 Dollar bezahlen. Er hatte sich um gut 8000 Zuschauer verrechnet, denn die 16 000 Sitzplätze umfassende große »Convention Hall« war nur halb gefüllt gewesen.

Angelo Dundee erhielt für seine Bemühungen um den Herausforderer von den Louisvillern einen 20 000-Dollar-Scheck, und Cassius' Strafe für die »Tollwut-Demonstration« beim Einwiegen wurde zum Schluß noch von 2500 Dollar auf 1000 Dollar herabgesetzt.

Wie so oft bei sportlichen Veranstaltungen im grandiosen amerikanischen Stil war das US-Finanzamt bei der Sache der eigentlich wirkliche Großgewinner gewesen.

Damit blieb der Scheck über eine Million Dollar, den Gene Tunney 1927 in Chikago (Vor-Steuer-Zeit) für seinen Sieg über Jack Dempsey erhalten hatte, einstweilen noch der Rekord aller bisherigen Höchstzahlungen für eine einmalige athletische Leistung.

»DER LOBENSWERTE«

Vor dem Kampf hatte Cassius des öfteren angekündigt, mit Übernahme der Weltmeisterschaft werde er eine völlig neue Persönlichkeit sein. – Nun gut, sagte man sich, der Junge hat nun mit viel Klamauk sein Ziel erreicht, einen schönen Haufen Geld auf die Seite gelegt und sollte es eigentlich nicht mehr nötig haben, weiter auf die große Pauke zu schlagen. Darüber hinaus erwartet man schließlich und endlich von einem Titelhalter eine gewisse Würde.

Am Abend des Kampftages hatte Clay die Pressevertreter noch mit gewohnter Arroganz und undurchdringlichem Wortschwall behandelt. Bei der zweiten Konferenz am nächsten Tag versprach er der Versammlung das Blaue vom Himmel herunter an kommender Zurückhaltung und Bescheidenheit, so daß man wieder nur argwöhnisch wurde.

»Mit dem Reden bin ich jetzt ein für allemal fertig«, kündigte er an. »Mein Mund hat bisher meine wirklich großen Qualitäten überschattet. Aber das wird jetzt anders! Natürlich nehme ich den Revanchekampf mit Liston an, ohne diesmal den armen, alten Mann wieder vorher mit Worten weichzumachen. Ich bin in der Tat bereit, zwei von seiner Sorte an einem Abend auf mich zu nehmen! – Aber mein Hauptprogramm wird jetzt: Bildung. Ich werde die Universität besuchen, denn ich bin nicht dumm! Ein Dummkopf kann keine Vier-Millionen-Kasse in einem Kampf produzieren! Ich werde aber reisen müssen, denn mein Name ist in der ganzen Welt, besonders in Afrika und Asien, von magischer Bedeutung. Ich habe jetzt große Verpflichtungen, wie das bei universal beliebten Personen meines Schlages üblich ist . . .«

Von der »neuen Persönlichkeit« konnten die Reporter also noch nichts merken, und die Hinweise auf die anderen Erdteile blieben einige Tage die bekannten Floskeln einer Clayschen Lektion über seine Größe. Man hatte sie fast vergessen, als Cassius 48 Stunden später wieder einige seiner »Bonmots« an die Weltpresse abgab.

Inzwischen war er in seinem Hause aber die Ruhe und Freundlichkeit selbst. Völlig entspannt rekelte er sich auf dem Sofa herum und guckte einige der zu Hunderten eintreffenden Telegramme und Glückwünsche an. Ab und zu ging er vor die Haustür – auf ein halbes Hundert schwarzer Kinder und Neugieriger herabschauend. Jedesmal wurde er mit großem, enthusiastischem Gebrüll empfangen.

Wie ein Chormeister stand er dann da und fragte: »Wer ist der Schönste im ganzen Land?«

Er freute sich über die Antwort: »Cassius Clay!«

»Wer ist der Größte und hat die Welt auf den Kopf gestellt?« – »Cassius Clay!«

Es schien, als ob er noch nicht davon überzeugt war, Weltmeister zu sein, und alle Augenblicke einer neuen und geräuschvollen Zusicherung bedurfte.

Hin und wieder ließ er eines der niedlichen kleinen Negerlein zu sich kommen, setzte es auf seinen Schoß und streichelte es. Dann ging er wieder unter »sein Volk«, um sich in seiner neuen Glorie zu sonnen.

Dutzende von Gratulanten, Besuchern und Neugierigen tummelten sich die nächste Zeit um das bescheidene Haus im Negerviertel herum.

Unter ihnen befand sich auch ein eleganter schwarzer Herr, der sich durch sein scharfgeschnittenes, intelligentes Gesicht von den Umstehenden abhob. Er machte Aufnahmen von dem Trubel um den neuen Ringkönig, begrüßte ihn aber kaum und wurde auch von Clay praktisch ignoriert.

Ein Reporter, der das Gefühl hatte, daß dieser Bursche nicht so recht in die spontane Feierstimmung hineinpaßte, fragte ihn, wer er sei und ob er eine auswärtige Zeitung vertrete.

Der Mann antwortete ebenso mysteriös, wie auch sein Erscheinen war: »Ich fürchte, Sie verlieren Ihr Gebiß, wenn ich Ihnen die Wahrheit sage!«

Der große Unbekannte war keineswegs nur ein Boxsport-Enthusiast, den die Neugierde vor das Haus des jungen Meisters getrieben hatte. Beide waren seit langem Gesinnungsgenossen, und man hatte sie seit über einer Woche zusammen beobachtet. Nach dem Kampf und der Pressekonferenz hatten sie bis in die Nacht hinein noch eine Privatfeier abgehalten.

Der Mann war niemand anders als Malcolm X, der berüchtigte Unterführer der Schwarzen Moslems, der noch viel von sich reden machen sollte, bis er einem Mordanschlag zum Opfer fiel. Er war der Vertreter des »Propheten« Elijah Muhammad, der die gesamte Bewegung der Fanatiker von Chikago aus leitete. Clay und Malcolm X waren alte Freunde. Letzterer befand sich in Miami, um dem Boxer bei der Übernahme seiner neuen Rolle zur Seite zu stehen ...

Drei Tage nach dem Kampf, am 27. Februar, verkündete Clay offiziell in seinem letzten Pressetreffen, er stünde nunmehr offen zu seiner »neuen Persönlichkeit«.

Jetzt erkannte man, was seine Hinweise auf Afrika und Asien bedeuten sollten!

»Jawohl, die Gerüchte sind wahr«, erklärte Cassius, »ich bin seit einiger Zeit Mitglied der Schwarzen Moslems, und Allah war mit mir im Ring, als ich gegen Liston kämpfte.«

Dann prägte er wieder einige seiner »goldenen Worte«, die durch alle Zeitungen gehen sollten und sich dieses Mal auf die religiöse Offenbarung bezogen, die ihn zum Islam gebracht hatten.

»Ein Hahn kräht nur, wenn er das Licht sieht. Läßt man ihn im Dunkeln sitzen, wird er niemals krähen. Ich habe nun das Licht gesehen. Ich krähe jetzt!«

»Als ob er das nicht schon seit Jahren getan hätte«, murmelte einer der Reporter vor sich hin.

Die amerikanischen Boxfans waren nicht mehr so leicht aus der Ruhe zu bringen, wenn Cassius eine neue Masche vom Stapel ließ. Aber dieses Bekenntnis zu einer Sekte fanatischer Weißenhasser war etwas anderes! Hier handelte es sich nicht mehr nur um den Übergang zu einer neuen Religion, die dem Neger aus Kentucky genauso zustand wie jedem anderen. Das Bekenntnis bedeutete den Übergang in das Gegenlager der öffentlichen Meinung, die Verbindung mit einer Organisation, die bei der Mehrzahl der Schwarzen genauso unbeliebt war wie bei den weißen US-Bürgern und sich für alle Beteiligten nur ungünstig auswirken konnte.

Cassius war nun nicht mehr eine Figur der Boxszene allein, sondern auch politischer und sozialer Probleme, und mußte sich Kritik – über die sportliche Rolle hinaus – gefallen lassen.

Die Partner in Louisville, die durch das Drum und Dran um Cassius schon lange Lunte gerochen hatten, fühlten sich in ihren Rollen jetzt gar nicht mehr sehr wohl; einige von ihnen wollten sich am liebsten zurückziehen. Auch Angelo Dundee, der den Druck der schwarzen Opposition bereits zu fühlen bekommen hatte, war nicht glücklich in seiner Haut.

Bald wurde dann auch die Umwandlung vom Boxer aus Louisville in einen Priester der Sekte endgültig vollzogen. Elijah Muhammad, der Prophet und Führer der

Sekte, taufte Cassius in »Muhammad Ali« um, was ungefähr »der Lobenswerte« bedeutet.

Der Täufling gab seinen Senf dazu: »Cassius Clay! Was ist das schon für ein Name? Er erinnert an die Sklavenzeit im Süden Amerikas! Aber Muhammad Ali war bereits vor 14 Jahrhunderten ein Held und Krieger des Islam. Er hat geholfen, die Bibel ins Englische zu übersetzen. . .«

Wenn Cassius einmal in das richtige Fahrwasser kam, warf er bekanntlich mit wissenschaftlichen, historischen und anderen Daten um sich, daß es eine reine Freude war. Dabei kam es ihm gar nicht darauf an, ob sie auch nur annähernd den Tatsachen entsprachen!

Als neugebackener Muselmann bestand Cassius Ali jetzt darauf, mit seinem orientalischen Namen angesprochen zu werden, und machte auch zur Bedingung, künftig bei Boxveranstaltungen unter diesem Namen in Erscheinung zu treten.

Das führte natürlich zu peinlichen und lächerlichen Situationen und kostete ihn manche freundschaftliche Beziehung zu vielen Mitgliedern beider Rassen.

In den Augen des Publikums war Cassius jetzt der Exponent einer kleinen Gruppe von Besessenen, die nichts von den Reformen wissen wollten, um die die Mehrheit der Schwarzen in den USA rang. Im Gegenteil! Clay machte sich öfter über die Mitglieder und Aufgaben der großen farbigen Organisationen lustig. Zusammenschluß durch Erziehung und soziale Gleichschaltung waren gegen seine Anschauung. Weder einen Cent noch eine Geste des Wohlwollens hatte er für die Kämpfe seiner schwarzen Brüder übrig.

Man begann langsam, sich von ihm zu distanzieren. Das traf sogar für die Familie zu. Vater und Mutter wiederum beklagten sich als gute Christen, daß man ihnen ihren Sohn durch den Islam und die Clique, die dahinter stand, entfremdete. Rudi machte die Ausnahme, denn er war schon lange ein geheimes Mitglied der Moslems gewesen. Um Clay herum waren in erster Linie die farbigen Sektenanhänger. Sie klebten an ihm wie die Blutegel und ließen ihn nicht mehr aus den Augen, und daß ein großer Teil seines Geldes jetzt unter den Gewändern der Gläubigen verschwand, stand außer Zweifel.

Cassius Ali aber zeigte auf dem dornigen Wege, den er sich mit seiner Glaubensänderung erwählt hatte, den gleichen unerschütterlichen Mut wie im Ring. Er nahm den Islam so ernst wie alles andere in seinem Leben – trotz aller Kritik, trotz allem Sich-lächerlich-Machen.

Er war beileibe nun einmal kein Typ, der etwas auf die Umwelt gab, gleich, ob sie schwarz, weiß, christlich oder heidnisch war. Er hatte ein neues Ziel, von dem nur Allah wußte, wohin es einmal führen sollte.

Liston war ein Ziel, doch er ließ ihn warten. Der Islam war im Augenblick ein neues Spielzeug für ihn, das von allen Seiten beguckt werden mußte. Er ließ seinen Turban aufbügeln und bereitete eine große Islam-Tour vor.

»Die Völker Afrikas und Asiens warten auf mich«, erklärte er. »Ich werde in Mekka vorsprechen und siebenmal um die Kaaba, den heiligen Stein, laufen – wie sich das gehört. Ich werde mit den Führern der afrikanischen und asiatischen Nationen konferieren. – Der Rückkampf mit Liston muß warten; den habe ich sowieso in der Tasche. Was bedeutet schon eine Schwergewichtsmeisterschaft im Vergleich zu einer Pilgerfahrt nach Mekka? So ein Erlebnis ist die Ewigkeit; eine Boxkarriere ist vergänglich.«

Am laufenden Band gab er noch weitere Pläne für die »Heilige Kreuzfahrt« bekannt. In Amerika war man böse, daß Mekka ihm mehr zu bedeuten schien als der Sport, der ihn hochgebracht hatte.

Wie gewöhnlich machte er aber seine großen Worte wahr und fuhr ab ...

Im Mai 1964 kam er mit seiner Truppe in Ghana an; mit ihm reiste Herbert Muhammad, der Sohn des amerikanischen Propheten, der als Sekretär und allgemeiner Geschäftsführer für seine privaten Unternehmen fungierte.

Clays Besuche einiger afrikanischer Staaten waren keineswegs Triumphzüge mit anhaltenden Ovationen, wie er es sich ausgemalt hatte. An einigen Plätzen, wie beispielsweise in Ghana, jubelte man ihm auf Kommando zu. Anderswo war man wieder zurückhaltender. Und das lag nicht immer nur an den Eingeborenen; Cassius blieb schließlich Cassius. Was er mit seinem Mundwerk unter den Afrikanern und Arabern anrichtete, deren Sprache er nicht beherrschte, kann man sich denken. Er kam aus lächerlichen und ungemütlichen Situationen nicht heraus, und sein Schlachtruf: »Wer ist der Größte?« klang übersetzt wahrscheinlich ganz anders als zu Hause, und das Echo war auch dementsprechend.

Wenn Clay gedacht hatte, die Welt, besonders die der Farbigen außerhalb Amerikas, werde ihm zu Füßen liegen, hatte er sich geirrt. Mit dunkler Haut allein war dort nichts zu machen. Cassius stand ja nicht im Ring, wo er instinktiv wußte, wie die nächste Bewegung sein mußte.

Unter dem islamischen Himmel »verkorkste« er selbst die richtigen Bewegungen bei den religiösen Riten. Zum Überfluß schienen die Muselmänner aus dem Yankeeland auch ihr Programm amerikanisiert zu haben.

In Ägypten, wo er für einige Tage der große Schlager war, bezweifelte man die Echtheit der »Gläubigen« von der anderen Seite des großen Teiches. Ein Koran und ein Burnus »made in USA« waren noch lange keine Gewähr für die Aufrichtigkeit der islamischen Gesinnung.

Etwas enttäuscht kürzte Cassius seine Tour ab und flog

von Ägypten direkt in die USA zurück – mit der Begründung, daß nunmehr die Sache mit Liston reif wäre.

Da hatte er aber wieder übertrieben: Wie den Gegner im Ring mit einer seiner blitzschnellen Linken aus heiterem Himmel, verblüffte er nun alle mit einem neuen Einfall ...

Er heiratete! Sonji Roy war fünf Jahre älter als Clay und Mutter eines Kindes. Sie hatte früher als Bardame gearbeitet und hatte jetzt eine Stellung bei der Moslem-Zeitung »Muhammad Speaks«, deren Herausgeber Herbert Muhammad war. Der Champion hatte sie dort per Zufall kennengelernt.

In Gary (Indiana), ihrer Heimatstadt, war die Trauung. Die junge Frau trat zu den Moslems über und wurde als »Schwester Sonji« nach islamischer Weise aus dem Kurs gezogen. Wie eine verschleierte Haremsdame wurde sie unantastbar für die Presse und alle, die nicht unbedingt zum inneren Kreise der »Gläubigen« gehörten.

Nach allem, was sich später herausstellte, hatte sich die hübsche Sonji aus Indiana ernsthaft und willig an die fast unmögliche Aufgabe gemacht, dem »Größten« eine gute Frau zu sein.

DER KAMPF DER KONFUSIONEN

Noch aufgebläht von dem fetten Hammelfleisch der Araber und dem Nichtstun in Chikago, wo er eine Wohnung gemietet hatte, kam Cassius jetzt mit seiner jungen Frau nach Miami, wo sie separat wohnte und aus der Öffentlichkeit herausgehalten wurde, während der Meister sich bei den Dundees im »5th Street Gym« austobte.

Der Kampfvertrag für die Revanche wurde jetzt von beiden Gruppen unterzeichnet, womit Clay gewissermaßen automatisch ein nachträgliches Hochzeitsgeschenk erhielt – ein wahres Danaergeschenk: seine Verbannung aus der »World Boxing Association«.

Auf der Jahresversammlung der WBA hatte man ihn und Liston an die Luft gesetzt – wegen des finsteren Geschäftes mit der Rückkampfklausel, die nach Ansicht der Kommission gegen die moralischen Grundsätze der Organisation verstieß.

Der WBA gehörten um diese Zeit etwa 35 Staaten an, und die beiden Gegner mußten sich in den verbleibenden Territorien nach einem Kampfplatz umsehen.

Um das Maß voll zu machen, wurde Clay auch der Titel genommen und eine neue Weltmeisterschaft um den leeren Thron von der WBA in die Wege geleitet, in der Terrell und Machen eine Rolle spielen sollten.

Anfangs war Cassius über diese wahrlich ungerechte Entwicklung sehr wütend und ließ sich zum erstenmal öffentlich zu persönlichen Äußerungen gegen Liston hinreißen, ohne allerdings dessen Namen zu nennen: »Da kann einer mit geladenem Revolver in der Weltgeschichte herumfahren und mit den Cops in Konflikt kommen, die

WBA sagt keinen Ton dazu. Mir aber, der ein sauberes Leben führt, will man es schwer machen!«

Damit bezog er sich offensichtlich auf einige Verhaftungen, die Sonny auch in seinem neuen Zufluchtsort Denver heraufbeschworen hatte. In der Tat war er beim Zuschnellfahren und noch dazu mit einem Schießeisen erwischt worden. Für diese und ähnliche kleine Scherze hatte die WBA ihm aber schon die Rückkampflizenz entzogen.

Die neue Kontroverse trug mit dazu bei, daß das Publikum sich in zwei Lager teilte. Die Mehrheit war davon überzeugt, man müsse Clay als den wirklichen Champion betrachten. Die Athletik-Kommissionen von Illinois und New York stellten sich hinter ihn und anerkannten ihn als Titelhalter. Die WBA hatte eine schlechte Figur gemacht!

Die beiden Boxer beruhigten sich schnell, und man brannte darauf, sie wieder im Ring zu sehen. Für die Revanche war ein volles Haus so gut wie garantiert. –

Nun aber erschienen neue Gewitterwolken am Himmel – und zwar für Cassius Ali. Er, der vor Gesundheit strotzende Gladiator von makelloser Statur, war nun in das Alter gekommen, wo die Regierung eine Postkarte ohne Marke, aber mit einem Gestellungsbefehl schickt.

Das Militär drohte nämlich mit der Revision eines im März abgelehnten Befehls zu kommen. Reporter hatten herausgefunden, daß man den starken Boxer und Weltmeister aller Klassen bereits im März wegen »geistiger Mängel« einstweilen von der Militärpflicht befreit hatte: Cassius Clay versagte damals bei dem mathematischen Test, der wegen seiner Primitivität im Volksmund als »Appel-Exempel« bezeichnet wird. Hier sind zwei Test-Beispiele:

»Eine Frau hat 3 Körbe mit je 10 Pfund Äpfeln; sie verkauft 1/4 Korb davon. Wieviel Pfund verbleiben?«

Oder: »Ein Mann arbeitet von 6 Uhr morgens bis 3 Uhr nachmittags mit 1 Stunde Mittagspause. Wie lange arbeitete er?«

Daß ausgerechnet Cassius Clay, der große Besserwisser, mit solchen oder ähnlichen Kindergarten-Exempeln nicht fertiggeworden war, amüsierte die Zeitungsleser Amerikas. Es war eine Genugtuung zu hören, daß der »Größte« doch nur ein Kind war.

Lachte man auf der einen Seite herzlich über diese Bloßstellung des »Größten«, so war man auf der anderen darüber erbost, daß gerade dieser Kraftprotz davon befreit werden sollte, wozu Schwächere und weniger Prominente gezwungen wurden.

Eine Zeitung meinte, dem Aufschneider könne nichts Besseres passieren, als einmal von einem Unteroffizier alten Schlages richtig geschliffen und zur Raison gebracht zu werden, setzte dann aber hinzu, daß es selbst den vereinigten Streitkräften der USA wahrscheinlich nicht gelänge, mit Cassius und seinem Mundwerk fertigzuwerden.

Cassius hatte – wie immer – auch zu dieser beschämenden Angelegenheit das letzte Wort: »Niemand kann mir vorwerfen, daß ich behauptete, der Smarteste zu sein. Ich sagte immer nur und bleibe dabei, daß ich der ›Größte‹ bin!«

Unter Druck verschiedener Organisationen und der öffentlichen Meinung hatte man jetzt also eine Revision des ersten Gestellungsbefehles ins Auge gefaßt. Aber zu einer Einberufung kam es nicht. Vielleicht waren die Millionen für das Finanzamt der Regierung mehr wert als ein Cassius Clay, der eine ganze Kompanie Soldaten verrückt machen konnte – nach allem, was man von ihm wußte. Die Angelegenheit wurde also erst einmal zu den Akten gelegt.

Der Liston-Kampf wurde auf den 16. 11. 1964 festgelegt, und zwar zur Austragung in Boston, Hauptstadt des Staates Massachusetts, der zu dieser Zeit der WBA nicht angeschlossen war.

Der übliche Pressefeldzug setzte ein – mit dem Unterschied, daß man Clay dieses Mal ungefähr die gleichen Chancen einräumte wie seinem Widersacher. Auch das Wortduell zwischen den beiden sollte auf einer gemäßigteren Ebene ausgeführt werden.

»Nichts mehr von dem vielen Gerede, das dem armen, alten Bären in Miami so zugesetzt hat!« versicherte Clay. »Als Weltmeister ist so etwas unter meiner Würde!«

Als die Zeit für den Kampf im Boston Garden näher rückte, war Cassius aber wieder mit allerlei Possen zur Hand, um von sich und der Veranstaltung reden zu machen. Man sah ihn in den Straßen Bostons mit einem Honigtopf, einem langen Strick und einem Plakat »auf der Suche nach dem großen Bären« herumparadieren.

Außerdem ließ er durchblicken: »Wenn Liston am Boden ist, werde ich endlich Floyd Patterson mein Versprechen einlösen können, das ich ihm vor vier Jahren bei den Olympischen Spielen gegeben habe. Ich werde Liston schlagen, wie Johnson Goldwater bei den Präsidentschaftswahlen!«

Dieser Ausspruch machte Cassius gewissermaßen zu einem Demokraten, obschon er, wie von der Moslem-Sekte vorgeschrieben, nicht wählen durfte.

Cassius trainierte sein Pensum in gewohnter Weise unter Angelo Dundee. Er studierte die Filme von dem ersten Kampf, seine eigenen Fehler und die des Ex-Champions. Wieder fühlte er sich berechtigt, aufzuschneiden: »Mit dem, was ich heute weiß, werde ich meinen Gegner überzeugender schlagen. Der Fight wird auch viel früher beendet sein als das letzte Mal. Ich habe jetzt einen gewaltigen moralischen Vorsprung. Liston ist alt und faul;

er haßt das Training und rauft dafür lieber mit den Polizisten herum!«

Diesen großen Worten hielt man entgegen, Sonny werde kaum die gleichen Fehler zweimal machen. In der Tat war Liston ernsthaft bemüht, das nachzuholen, was er in Miami versäumt hatte. Er trainierte hart und seriös. Beispielsweise rannte er jeden Morgen Hunderte von Stufen bis zu einem katholischen Monument hinauf, um sein Fett zu verlieren, seine Lungen zu stärken und dann mit einem Priester zu plaudern. Er war offensichtlich in weitaus besserer Verfassung als am Anfang des Jahres, und sein Manager, Jack Nilon, der sich damals bitter über seine nachlässige Einstellung zur Vorarbeit beklagt hatte, konnte zufrieden sein.

Die Presse verteilte ihre Gunstbezeigungen auf beide Lager. Um zwei Beispiele von prominenter Seite anzuführen: »Mr. Boxing«, Nat Fleischer, schrieb im »Ring«: »Wenn Alter und Zuversicht die Hauptfaktoren in diesem Treffen sind, dann hat Clay große Aussicht, zu gewinnen. Aber seit er die Krone besitzt, hat er wie ein König gelebt, sich der Völlerei hingegeben und sich hier wie im Ausland in den Himmel heben lassen. Ich bleibe daher für Liston!«

Nat Loubet, Fleischers Schwiegersohn und Chefredakteur, meinte, daß ein Cassius Clay in guter Form, nicht zu schlagen sei.

Die Boxkommission des Staates Massachusetts, die, wie schon gesagt, nicht der WBA angeschlossen war, war sehr rührig und tat genau das, was die Miami-Kommission versäumt hatte. Sie kontrollierte unter anderem die Lager der beiden Kämpfer, um sich davon zu überzeugen, daß diese dem normalen und erforderlichen Training oblagen.

Gleichzeitig sorgten sie dafür, daß die weniger erwünschten Elemente, die Listons Camp in Miami dekoriert hatten, draußen blieben. Mit anderen Worten: Alles war im besten Geleise in Richtung Boston Garden.

Dann, drei Tage vor der Begegnung, ging alles Knall und Fall wieder in die Brüche, um genau zu sein in der Einzahl: in einen Leistenbruch! Cassius, der im Ring nicht kleinzukriegen war, merkte nun, daß auch er nur ein gewöhnlicher Sterblicher war. Eine sofortige Operation des unerwarteten Defektes war nötig, und der Kampf mußte um ein halbes Jahr verschoben werden.

Das war natürlich wieder Wasser auf die Mühlen der Anti-Clay-Partei, aber auch der Reformisten, die schon seit der ersten Clay-Liston-Affäre wieder versucht hatten, einen Bann für den gesamten Berufsboxbetrieb bei der Bundesregierung zu erwirken.

Sofort setzte das Konzert in der Presse und bei den Boxenthusiasten ein. »Schiebung« war noch das Gelindeste, was man hören konnte. Man machte Clay zum Vorwurf, er wolle seinen Gegner durch die Unterbrechung des Trainings mürbe machen. Liston erschien in den Kommentaren diesmal als unschuldiges weißes Lamm.

Damit hätte man genausogut auch Cassius bezeichnen können, denn er hatte einen so schönen und einwandfreien Bruch, wie ihn die Chirurgen des Bostoner Städtischen Hospitals schon lange nicht mehr gesehen hatten. Schließlich gelangte man zu der Überzeugung, daß die unerwartete Episode eigentlich mehr ein Glücksfall war, denn hätte sie sich während des Kampfes ereignet, wäre nicht nur Clays Leben in Gefahr geraten, sondern auch das nicht einwandfreie Renommee des Berufsboxens hätte unermeßlichen Schaden erlitten.

Der »Kampf der Konfusionen« sollte nun am 25. Mai 1965 stattfinden – aber nicht in Boston. Der neue Gouverneur des Staates Massachusetts wollte von der scheinbar anrüchigen Sache nichts wissen, die lokale Boxkommission stellte sich wieder hinter die WBA, und der

Staatsanwalt jagte die ganze Gesellschaft über die Grenze.

150 Kilometer nördlich von Boston fand sich schließlich eine kleine Stadt, die gewillt war, die Flüchtlinge aufzunehmen und das Jugend-Zentrum für die Veranstaltung freizugeben. Lewiston war zwar die zweitgrößte Stadt im Staate Maine, aber wer hatte in USA schon davon gehört? Der lang hingezogene und mühsame Aufbau des Unternehmens konnte bestenfalls vor 5000 Zuschauern stattfinden, und wenn es nicht durch Fernsehen über den »Early-Bird«-Satelliten in die Welt hinausgetragen worden wäre, hätten sich Clay und Liston vor der kleinsten Zuschauerzahl produziert, die jemals einer Schwergewichtsmeisterschaft beigewohnt hatte. So blieb denn die lokale Kasseneinnahme immer noch ein Rekord – nach unten.

Liston hatte eine Extraspanne Zeit gehabt, um sich vorzubereiten, und beide Boxer waren nach menschlichem Ermessen in bester Verfassung, als sie in den Ring stiegen. Sonny war mit 6:5 leichter Favorit.

Es lohnt sich nicht, den Kampf als solchen zu beschreiben, denn es war keiner. Nach alledem, was sich vorher abgespielt hatte, war das, was jetzt kam, nur ein Schlag mit dem nassen Handtuch. –

Charles »Sonny« Liston lag nach genau 1 Minute und 42 Sekunden auf dem Boden – kaputt, fertig, ein für allemal! Clay hatte ihn mit einem Schlag umgelegt, den kaum jemand wahrgenommen hatte, und der deshalb als »Der Schlag, den niemand sah« in die Boxgeschichte einging.

Der »Kampf der Konfusionen« endete noch mit einer Extra-Konfusion, da Jersey Joe Walcott, der ehemalige Titelhalter, seiner Rolle als Ringrichter nicht gewachsen war. Nach dem Niederschlag zählte er Liston nicht aus, sondern beschäftigte sich ausschließlich mit dem wie wild gewordenen Clay, der nicht in die neutrale Ecke gehen wollte und wie ein Raubvogel über dem ausgestreckten Liston lauerte, um sofort auf ihn loszuhacken, wenn er wieder hochkommen sollte. Der Zeitnehmer sah sich gezwungen, den Kampf von seiner Seite als beendet anzusagen.

Liston hatte 20 Sekunden gelegen, ehe er sich wieder erheben konnte.

Lewiston mag bis dahin eine bescheidene Provinzstadt gewesen sein, von der man bisher kaum etwas gehört hatte. Aber die Schreie wie »Schiebung! Liston hat sich hingelegt, wir wollen unser Geld wiederhaben!« und ähnliches konnte man bis weit hinunter nach Boston hören, wo alle früher Beteiligten sich beglückwünschten, diesem Fiasko rechtzeitig aus dem Wege gegangen zu sein.

Nat Fleischer, der neben dem Zeitnehmer am Ring gesessen hatte, erklärte öffentlich und eindeutig, daß er den Phamtom-Hieb gesehen habe. Andere Augenzeugen stimmten ihm zu. Joe Walcott sah und hörte die kurze, scharfe Rechte an seinem Gesicht vorbeipfeifen und ist seitdem ein unerschütterlicher Anhänger Clays. Der »Phantom-Schlag« war eine Realität gewesen.

Hätte Sonny Liston den Kampf »schmeißen« wollen, vielleicht unter Druck der Moslems oder der Las-Vegas-Spieler, wie man ihm vorwarf, so wäre er ein Narr gewesen, es so schnell und ungeschickt zu machen.

Man mußte sich damit abfinden, daß er nur eine »Flasche« war, die eine glückliche Situation in der Schwergewichtsklasse lange davor bewahrt hatte, schon früher in Scherben zu gehen. Es wurde begrüßt, daß dieser Mann nun endlich aus dem schwer um Anerkennung ringenden Berufsboxsport ausgeschaltet war.

Cassius hatte sich wieder einmal bewährt und gewonnen. Er hatte seinen Titel behalten, der – wenn er genau hinsah – keiner mehr war. Inzwischen hatte nämlich die WBA ihre eigene Version um die herrenlose Krone abgehalten: Ernie Terrell hatte Eddie Machen geschlagen.

Clay war der Champion in den Augen der Welt, Terrell auf den Listen der WBA. Erst zwei Jahre später sollte diese Komödie des Doppel-Standards zum Abschluß kommen.

DAS »KANINCHEN«

Im Herbst 1965 stand endlich das Treffen zwischen Clay und Patterson auf dem Programm. In Las Vegas, der Oase in der Sandwüste, die durch den Regen von Dollarnoten auf die Spieltische gedeiht, sollte es veranstaltet werden.

Fünf Jahre waren vergangen, seit die beiden bei den Olympischen Spielen in Rom zum ersten Mal zusammengetroffen waren. Damals hatte der junge Meister der Amateure dem Meister der Profis beim Abschied freundlich, halb scherzend und sehr optimistisch zugerufen: »Well, Champ, wir sehen uns wieder – in ungefähr 2 Jahren, dann aber im Ring!«

Es hatte also viel länger gedauert, bis der junge Stürmer aus Louisville an diese Zielscheibe herangekommen war. Einmal, im Jahr 1963, hatte es schon so ausgesehen, als ob die Sache im Madison Square Garden in New York steigen sollte. Es war jedoch keine Einigung über die finanziellen Bedingungen erfolgt. Der Kampf fiel ins Wasser. Patterson ließ sich deshalb auf eine Revanche mit Liston ein, und Clay hielt sich an Cooper in England schadlos.

Das Match war für November angesetzt.

Es waren jetzt zwei grundverschiedene Persönlichkeiten, die sich gegenüberstehen sollten. Die vergangenen fünf Jahre hatten entscheidende Veränderungen gebracht. Damals war Patterson, der immer bescheidene, ruhige und wohlwollende Meister des Ringes – der als erster Schwergewichtler in die Boxchronik einging, welcher den Titel zum zweiten Male eroberte –, das Idol des jungen Olympiasiegers gewesen, ein Vorbild sportlichen Strebens.

Jetzt war der Stern des alten Champions vom Firmament verschwunden; zweimal war er in beschämender Weise von Liston geschlagen worden. Und Liston hatte wiederum zwei beschämende Niederlagen von Clay einstecken müssen.

Cassius hatte die Bewertung seiner selbst und seines alten Idoles inzwischen revidiert. Allein theoretisch mußte er ihm haushoch überlegen sein. Der Glorienschein hing jetzt über seiner arroganten Fassade. Unsentimental, wie er war, hatte sich seine einstige Bewunderung für Patterson in Geringschätzung umgewandelt.

Sonny Liston war als »alter, häßlicher Bär« noch ein großer Vierfüßler bei der Vorkampfkomödie gewesen; für Patterson hatte er nur die Bezeichnung einer kleineren Tierart übrig: Er nannte ihn »das Kaninchen«.

Hatte er Liston monatelang mit dem »Bärenfang« geplagt und war mit dem Honigtopf in den Straßen Bostons auf und ab paradiert, um das unbeholfene Raubtier aus seinem Versteck zu locken, so ging er jetzt auf die Jagd nach dem kleinen, aber scheuen »Kaninchen«.

Wie üblich machte es ihm nichts aus, seinen zukünftigen Gegner in dessen Trainingscamp zu frozzeln. So erschien er dort mit der Bande seiner Freunde und einem Bund Karotten für das »Kaninchen« in der Hand. Vor Hunderten von Zuschauern, Fotografen und Reportern überreichte er dem Ex-Meister das Gemüse – in Erwartung einer Szene der Empörung, aus der er als Held hervorgehen wollte.

Floyd aber nahm die Mohrrüben ganz ruhig entgegen, als wären sie ein Blumenstrauß, und sagte kein Wort.

Cassius war verblüfft und beschämt zugleich und zog es vor, zu verschwinden.

Diese Karotten-Parodie, von der Presse gebührend behandelt, erfüllte letzten Endes doch ihren Zweck: Der Kartenverkauf für die Veranstaltung wurde angeregt.

Die Clay-Patterson-Affäre war über den Ring hinaus eine ernsthafte Auseinandersetzung der beiden Kämpfer. Patterson hatte Clay verschiedentlich wegen seiner Mitgliedschaft bei den Schwarzen Moslems gerügt, womit er sich seinen Gegner zum unversöhnlichen Feind machte. Als Katholik war Floyd tolerant in religiösen Dingen und kritisierte Cassius keineswegs wegen seines Glaubenswechsels. Aber er meinte, Clays Zugehörigkeit zur Sekte der Fanatiker überschreite die Grenzen der konfessionellen Grundsätze.

Für Amerikas bedeutendste Sport-Wochenzeitschrift verfaßte er einen Artikel unter der Schlagzeile: »Cassius Clay muß geschlagen werden! – Die Figur eines Schwarzen Moslems als Schwergewichts-Champion setzt den Sport und die Nation herab!«

Er wies auf den unheilvollen Einfluß der Sekte auf Clay und den Boxsport hin. Gleich vielen anderen Beobachtern vertrat er die Ansicht, der junge, geistig noch nicht ausgereifte Boxer sei schon vor längerer Zeit in die Netze der Moslems gelockt worden und könne nun, selbst wenn er wolle, diese Verbindung nicht mehr abschütteln. Er bezeichnete die Sekte als eine vor Gewalttaten nicht zurückschreckende Gruppe und erinnerte daran, daß Clays ehemaliger Freund, Malcolm X, erst kürzlich vor Hunderten von Menschen in einer Moslem-Versammlung erschossen worden war. Gleichzeitig drückte er die Befürchtung aus, daß einem abtrünnigen Clay während des Kampfes in Las Vegas das gleiche Schicksal drohen könne.

Patterson spielte ebenfalls auf die oft von der Presse geäußerte Theorie an, daß Liston, von den Moslems bedroht, sich beim zweiten Kampf gegen Clay bei der ersten besten Gelegenheit hingelegt hätte. In fairer Weise trat er auf Sonnys Seite und ließ wissen, er selbst sei Zeuge des berühmten »Schlages, den niemand sah« gewesen, bei dem der Ex-Meister ein Opfer der blitzschnellen und präzisen Aktion Clays wurde. Floyd machte dem amerikanischen Publikum klar, er respektiere Cassius als Boxer, nicht aber als Schwarzen Moslem, der sich obendrein noch weigere, als Soldat die Pflicht für sein Vaterland zu erfüllen.

Diese Vorwürfe machten Clay fuchsteufelswild. Das »Kaninchen« hatte gewagt, ihn und seine Philosophie öffentlich zu bemängeln!

Er nannte Floyd jetzt ironischerweise die letzte »Weiße Hoffnung«. Um diesen Ausdruck zu verstehen, muß man bis auf den Negerboxer Jack Johnson zurückgehen, den die eingefleischten Experten heute noch als den wirklich »Größten« aller Zeiten betrachten. Jack hatte seinerzeit kaum einen ebenbürtigen Gegner gehabt. Er hatte die Weltmeisterschaft 1908 von dem Engländer Tommy Burns erobert, brachte Jim Jeffries, dem nationalen Helden, eine sensationelle Niederlage bei und fühlte sich jahrelang als König des Ringes. Der Schrei nach einer »Weißen Hoffnung«, nach einem andersfarbigen Kämpfer, wurde zu einem sportlichen Slogan. Max Schmeling war für kurze Zeit die »Weiße Hoffnung« gegen Joe Louis, soweit ein geplanter dritter Kampf zwischen den beiden in Frage kam, der aber leider nie stattfand.

Jetzt, im Jahre 1965, sah man in jedem Kämpfer, der eine Chance hatte, dem immer mehr verhaßten Clay den Garaus zu machen, gewissermaßen eine »Weiße Hoffnung«. Diesen Ausdruck benutzte Cassius für den schwarzen Patterson aus reiner Freude an der Erniedrigung seines Gegners.

Er nannte ihn auch »Onkel Tom«, nach der Figur des Romans »Onkel Toms Hütte« von Harriet Beecher-Stowe. Mit diesem Namen bezeichnen besonders farbige Fanatiker einen Schwarzen, der sich offensichtlich auf die Seite oder den Standpunkt der Weißen stellt. Clay machte sich in Zukunft durch die unsachliche Anwendung dieses Namens für seine Gegner, besonders wenn er mit ihnen im Ring stand, noch unbeliebter.

Der Kampf, der am 12. November vor 8100 Fans stattfand, zeigte jedoch eindeutig, daß der geschätzte, wohlmeinende und jetzt 30 Jahre alte Ex-Meister seine Rolle als »Weiße Hoffnung« nicht mehr durchführen konnte.

Er hatte eine relativ gute 1. Runde, denn Cassius war – wie gewöhnlich – ein langsamer Starter und wußte mit Pattersons anfänglicher Unsicherheit, die er in vielen Kämpfen zeigte, und die Johansson und auch Liston richtig ausgenutzt hatten, nichts anzufangen.

Angelo Dundee hatte Patterson wie folgt zu erklären versucht: »Floyd leidet in den ersten Runden an einer Art Lampenfieber. Er steht schlecht auf den Beinen und übersieht herankommende Schläge. Das ist die beste Zeit, ihn umzulegen. Später kommt er über diese Schwäche hinweg. Dann wird es schwieriger, ihn zu schlagen!«

Diese Beurteilung des Boxers stellte sich jetzt auch als akkurat heraus. In der 2. Runde ließ Floyd einen ungenauen Schwinger vom Stapel, der scheinbar einen alten Wirbelsäulendefekt wieder auslöste. Jedenfalls sah der Kampf von diesem Moment an wie eine Fehlbesetzung der Darsteller aus. Dennoch gelang es Clay nicht mehr, seinen Gegner zu Boden zu bringen.

Es wurde zu einem Katz-und-Maus-Spiel. Cassius tanzte hinein und heraus und schoß seine schnellen, langen Schläge ab. Floyd, mit vor Schmerzen gekrümmtem Körper, versuchte ihn des öfteren anzuspringen, nur um sich mit seinen Fäusten dem Nichts gegenüber zu sehen. Clay wurde offensichtlich wütend, weil ihm kein Niederschlag gelang, und begann, seinen Gegner mit »Onkel Tom« und anderen Redensarten zu beschimpfen.

»Dies ist kein Kampf! Gebt mir einen anderen Gegner!« rief er während einer Kampfpause.

Sein Lagerpapagei, Bruder Rudi, machte sich dadurch unangenehm bemerkbar, daß er inmitten einer Runde plötzlich vom Sitz aufsprang und schrie: »Spiel mit Onkel Tom! Spiel mit dem Kaninchen!«

Cassius hatte vor dem Kampf erklärt, daß er Floyd erst einmal tüchtig bestrafen werde – so ungefähr bis zur 11. oder 12. Runde, um ihn dann k.o. zu schlagen.

Für viele Zuschauer begann es so auszusehen, als ob er Patterson absichtlich über die Runden trug, was aber nicht der Fall war. Trotz aller Bemühungen war er nicht in der Lage, den fast hilflosen Mann auf die Bretter zu bringen.

In der 12. Runde benahm er sich wie ein wildes Tier, das auf ein gelähmtes Opfer losgeht, jedoch immer noch mit Vorsicht. Patterson war groggy und konnte sich nicht mehr aufrichten. Der Ringrichter stellte sich zwischen ihn und den noch aus der sicheren Entfernung feuernden Clay, um das jetzt ungleiche Spiel abzubrechen.

Trotz seiner später bestätigten Verletzung hielt Floyd sich nicht mit Entschuldigungen auf. Er meinte nur, daß er sich schäme, die in ihn gesetzten Hoffnungen nicht erfüllt zu haben. Für seinen Versuch erhielt er 375 000 Dollar.

Cassius hatte nun seinen 22. Profi-Kampf gewonnen und wurde mit 750 000 Dollar bedacht. Er hatte sich nur die Handknöchel wundgeschlagen. Sein Gesicht war – wie immer – heil und glatt wie ein Kinderpopo.

Man sagt Floyd Patterson nach, neben der Unsicherheit im ersten Akt und dem »Glaskinn« sei seine Hauptschwäche sein Unvermögen, den Gegner zu hassen und sich von ihm für die Periode des Feldzuges als Mensch mit menschlichen Gefühlen distanzieren zu können.

Im August 1966, also weniger als ein Jahr nach seinem Fiasko mit Clay, veröffentlichte er in der Zeitschrift »Esquire« einen Artikel »Zur Verteidigung von Cassius

Clay«. Er versuchte das Phänomen Ali von seinem Standpunkt als Boxer und Ringrivale zu erklären und kam zu der Ansicht, daß der Titelhalter grundsätzlich ein anständiger Bursche sei, der nur durch zu schnelle Erfolge und eine ungesunde Umgebung auf die falsche Bahn geraten sei und darum seitens der Masse und der Presse mehr Verständnis verdiene. Wie Cassius auf diesen guten »Samariter-Dienst« reagierte, ist nicht genau bekannt.

ZWEI SCHWERE GEGNER: SONJI UND DIE USA

1966 sollte für Clay ein Jahr schwerer Kämpfe werden – inner- und außerhalb des Ringes, mit denen nur ein Dickhäuter wie er fertig werden konnte, ohne umzufallen.

Es begann mit seiner Ehe, von der man ohnehin nicht allzuviel erwartet hatte. Wer konnte sich schon an Cassius für längere Zeit, geschweige denn für ein ganzes Leben binden?

Vorerst waren es nur kleine Zeitungsnotizen, die darauf hinwiesen, daß in Muhammad Alis »Harem« nicht alles stimme. Dann aber, im Januar 1966, stellte er bei dem Gerichtshof in Miami einen Antrag auf Annullierung seiner Ehe. Der Grund: Sonji habe ihr vor der Heirat gegebenes Versprechen, eine gute Moslem-Frau zu werden, nicht eingehalten. In einer Gegenklage erklärte Sonji, sie habe sich alle Mühe gegeben, ihrem Mann eine gute »Huri« im islamischen Sinne zu sein. Für sie als geborene Katholikin sei es aber schwer gewesen, innerhalb kurzer Zeit die seltsamen Bräuche des Orients so zu meistern, wie man es von ihr verlangte. Sie gab auch zu, daß sie als ehemalige Bardame und Modell nicht ohne weiteres mit althergebrachten Gewohnheiten wie Kosmetik, netten Kleidern, einem Gläschen Alkohol oder einer Zigarette Schluß machen konnte – alles Dinge, die dem »Größten« aus Glaubensgrundsätzen nicht zusagten.

»Sie ist in viel zu kurzen Röcken herumgelaufen. Sie wurde zu einem Lustobjekt für die Männeraugen«, ereiferte sich Clay vor den hohen Richtern.

»Er hat mir eine Ohrfeige gegeben, weil ich dagegen protestierte, daß er mich öffentlich heruntermachte, wenn es zu einem Vergleich mit den Moslem-Girls in ihren langen, faltigen Gewändern kam«, erwiderte Sonji.

Das ging eine Weile so hin und her. Meistens drehte es sich um lange Gewänder, kurze Röcke – und so weiter. Für einen normalen Menschen in den USA war all dies schwer zu verdauen.

Aus der Annullierung der Ehe wurde nichts. Man einigte sich schließlich auf eine Scheidung, bei der Cassius insgesamt 173750 Dollar bezahlen sollte: 15000 Dollar jährliche Alimente für 10 Jahre sowie 27750 Dollar für Gerichts- und Anwaltskosten.

»Ich bin wieder frei«, frohlockte Cassius und meinte, er sei noch gut davongekommen.

Aber bevor er ans Bezahlen ging, mußte man ihm noch gehörig zusetzen. Auf alle Fälle zwang ihn das Gericht, zunächst einmal eine Kaution von 25 000 Dollar zu hinterlegen, um Sonji für einige Monate sicherzustellen und ihre Anwälte zu bezahlen.

Cassius hatte aber gerade seine letzten 25 000 Dollar ausgegeben und meinte, man müsse eben warten.

Nun sah er sich gezwungen, nach weiteren Gegnern Umschau zu halten – und zwar so schnell wie möglich. Erstens mußte er jetzt anfangen, für sein elf Monate langes »Eheglück« zu bezahlen, zum anderen drohte ihm wieder die Wehrpflicht.

Zweimal war er mangels »geistiger Beweglichkeit« durchgefallen. Jetzt hatte unter Druck der öffentlichen Meinung die Revision seines Falles tatsächlich stattgefunden, und das Resultat war jederzeit zu erwarten. Nicht zuletzt wollte seine neugegründete Gesellschaft »Mainbout Inc.« beschäftigt werden. Diese Organisation hatte ausschließlich schwarze Aktionäre und Geschäftsführer und sollte sich vor allem mit seinen Rechten für Fernsehübertragungen befassen.

An Boxerangeboten bestand kein Mangel. Angelo Dundee sagte: »Aus allen Gegenden kommen sie und stehen Schlange, um mit Clay zu kämpfen. Aber damit ist uns nicht gedient. Die Situation in der Schwergewichtsklasse ist außerordentlich kompliziert geworden. Die Hauptfrage ist immer: Wer darf gegen wen kämpfen? Und wo?«

Ernie Terrell, der Champion der World Boxing Association, war logischerweise der nächste Ringpartner Muhammad Alis, schon deshalb, um die geradezu lächerliche doppelte Titelbesetzung zu klären. Aber auch da gab es wieder Hindernisse. Ernies Manager, Bernhard Glickman, hatte eine unglückliche Verbindung zu dem ehemaligen Fightmob. Er stand unter Aufsicht des FBI, und der WBA-König verlor demzufolge seine Kampflizenz in New York.

Mit Ernie konnte man also im Augenblick – von den größeren Städten – nur mit Chikago rechnen. Im Februar gab die dortige Boxkommission die Erlaubnis zu einem Clay-Terrell-Treffen um den endgültigen Titel, und zwar für März im Internationalen Amphitheater. Es sah aus, als habe man eine Bleibe gefunden.

In diesem Augenblick meldete sich die Army wieder. Der Standard für geistige Fähigkeiten war inzwischen herabgesetzt worden, um Militärpflichtige in größerem Kreise erfassen zu können. Damit war Clay in die 1-A-Gruppe gerückt und automatisch für die Einberufung reif.

Sofort setzte er seine eigene Kompanie von Rechtsanwälten in Bewegung, um diesen Status ungültig zu machen. Er berief sich dabei unter anderem auf seine Eigenschaft als Priester der Moslem-Sekte, für die er tatsächlich hier und da propagiert und Reden gehalten hatte. Das Interesse, das die Sekte von Anfang an für ihn gezeigt hatte, lag ja gerade im Propagandawert seiner weltbekannten Figur.

Die US-Armee hatte in Sachen Clay bereits mehrere Male ein Auge zugedrückt und war auch jetzt gewillt, seine laufenden beruflichen Verträge nicht zu unterbrechen und ihm Zeit zu geben, alle Verpflichtungen zu erledigen.

Aber Cassius ließ es gar nicht erst zu einem Kompromiß kommen. Er, der »Größte«, hatte es bestimmt nicht nötig, Angst oder Achtung vor seiner eigenen Regierung zu zeigen.

Er berief sich auf seine neue Religion und ließ dabei auch diese Worte fallen: »Ich persönlich stehe mit den Vietkong nicht auf dem Kriegsfuß. Ich bin ein Moslem und kämpfe nur, wenn Allah mich dazu auffordert...«

Bis zu diesem Moment hatte man Cassius Clay als vorlautes, verrücktes Genie angesehen, dem man auf Grund seiner sportlichen Befähigung noch verzeihen konnte.

Dieser Ausspruch jedoch, der wie ein Lauffeuer durch die Zeitungen ging, raubte ihm den letzten Rest der Sympathien in USA. Man konnte in Amerika über das Vietnam-Problem verschiedener Meinung sein. Es aber als Vorwand zu benutzen, um sich seiner Bürgerpflicht zu entziehen, war etwas ganz anderes! Außerdem war, soweit es Clay betraf, von Krieg und Vietnam noch gar nicht die Rede gewesen. Man hätte ihn sehr wahrscheinlich zu friedlicheren Zwecken eingezogen, wie man es mit Jack Dempsey und Gene Tunney getan hatte, um nur zwei der Schwergewichtler zu nennen, die trotz ihres Alters beim Ausbruch des letzten Krieges freiwillig zu den Fahnen geeilt waren, um ihre Pflicht zu tun. Cassius Clay alias Muhammad Ali schützte dagegen eine volksfremde Religion vor, um sich zu drücken.

Im Nu nahm von Chikago aus eine Zeitungskampagne gegen Clay und den geplanten Fight mit Terrell ihren Lauf. »The American Legion«, die mächtige Organisation der Kriegsveteranen, drohte sofort mit dem Boykott des Kampfes – ganz egal, wo man ihn abhalten würde.

Die Armee zeigte sich jedoch noch einmal nachgiebig, in der Annahme, das große Plappermaul habe, wie schon so oft, ohne Nachdenken gehandelt und gesprochen. Es wurde ein Verhör angesetzt, um ihm Gelegenheit zu geben, sich vor der Militärbehörde und den Augen Amerikas zu entschuldigen.

Cassius erschien zu diesem Ereignis mit einer goldenen Krawatte. Bei dem, was er nun herausbrachte, konnte man nur noch seinen Mut (oder war es Unverschämtheit?) bewundern: »Ich bin keineswegs gekommen, um – wie die Zeitungen erwarten – um Verzeihung zu bitten!«

Aufgefordert, sich etwas deutlicher auszudrücken, und gefragt, ob er beabsichtige, seine unpatriotischen Bemerkungen zu rechtfertigen, sagte er ungefähr so: »Ich habe nicht nötig, mich für das zu entschuldigen, was ich gemeint habe. Ich entschuldige mich höchstens, daß ich meine Meinung der Presse preisgegeben habe.«

Mit dieser ungehörigen Antwort war praktisch das Verhör beendet. Clay konnte sich von jetzt ab nur noch mit billigen Tricks und seinem Recht als Kriegsdienstverweigerer aus religiösen Gründen vom Soldatspielen fernhalten. Statt seiner berühmten Linken setzte er seine Anwälte aus sicherer Distanz auf den Gegner: die USA!

Chikago schied natürlich für den Kampf jetzt aus. Clay stand einer Millionenstadt gegenüber. Miami, unter dem Druck der »American Legion«, wollte nichts damit zu tun haben. Louisville und Las Vegas schlossen sich dem Boykott an. Boston und Lewiston hatten vom letzten Mal noch genug. Selbst die kanadische Stadt Montreal lehnte die Ehre ab. Fast sah es aus, als hätten die beiden Gladiatoren auf dem amerikanischen Festland keine Bleibe mehr.

In Toronto fanden die Clay-Terrell-Manager schließlich ein Asyl. Die kanadische Stadt hatte sich nach einigem Zögern entschlossen, das Geschäft der heimatlosen Weltmeisterschaft mitzunehmen, und den Maple Leaf Garden mit 17 500 Sitzen für die Veranstaltung freigegeben.

Cassius war im besten Zuge, sich für die »doppelte« Weltmeisterschaft mit Terrell vorzubereiten – als dieser plötzlich aus unbekannten Gründen einen Rückzieher machte. Vielleicht hing das mit seinem Bann in New York oder dem Interesse des FBI an seinem Manager Glickman zusammen. Jedenfalls wußte er, was er tat, denn er verzichtete auf eine 75 000-Dollar-Garantie plus 18 000 Dollar Spesen – und blieb zu Hause.

Das Training wurde abgebrochen. Clay schimpfte wie ein Rohrspatz, daß man ihn in dem kalten Kanada einsam und verlassen sitzen ließ. Um die vielen bisherigen Mühen wegen dieses verkorksten Titelkampfes zu kompensieren, kam man auf die Idee, einen lokalen Boy für die Meisterschaft antreten zu lassen. Und er war leicht gefunden: Der 28jährige George Chuvalo war immerhin ein Schläger von einiger Bedeutung und hatte nach Cassius schon lange Ausschau gehalten, wie so mancher, der glaubte, es bei ihm mit der bloßen Kraft machen zu können. Chuvalo hatte den Ruf eines gewaltigen Körperpunchers, aber dadurch gleichzeitig den eines lebenden Sandsackes.

Von seiner berüchtigten Härte im Geben und Nehmen hielt man in Fachkreisen nichts, besonders nicht bei einem Duell mit dem »Schmetterling und seinem Bienenstich«. Das Interesse dieses Kampfes lag nur in der Frage: Wie lange kann Chuvalo auf den Beinen bleiben?

Cassius, der keine Zeit mehr für seine üblichen Reklamepossen hatte, versuchte das Geschäft an der Kasse zu beleben, indem er seine schlechte Form vorgab: »Die meisten Leute kommen doch schon seit Jahren nur, um zu sehen, wie ich die Jacke voll kriege. Na gut, dann sollen sie nicht versäumen, sich den Kampf hier in Toronto anzusehen, denn jetzt haben sie Aussichten! Ich habe nämlich genau viermal mein Training abgebrochen und bin natürlich nicht in Form. Wie kann ich mich innerlich und äu-

Jubel beim Publikum, als der »Größte« beim Training strauchelt und zu Boden geht.
Autogrammstunde vor dem Fight gegen Henry Cooper in London.

◀ *Autogramme gibt Cassius Clay in London bereits um 6 Uhr früh, als er mit seinem wildromantisch verhüllten Bruder am 25. Juli 1966 vor dem Kampf gegen Brian London durch die Straßen der britischen Metropole spaziert.*

Frankfurt, 10. September 1966. Karl Mildenberger ist Clays 26. Profigegner. ▶

▼ *Im Earls Court »erledigt« Clay am 6. August 1966 Brian London in der 3. Runde durch Knockout.*

LONDON

◀ Mildenberger zeigt zunächst keinerlei Respekt vor dem großen Gegner.

Frau Odessa Clay, die Mutter des Weltmeisters (mit Pelzstola), verfolgt mit Sorge den Kampfverlauf.

▼

Mildenberger greift beherzt an, Clay muß einige harte Treffer einstecken. Am Ende setzt sich die Routine des Weltmeisters durch.

In den Runden drei bis sechs boxt Mildenberger sehr aggressiv. In der zwölften Runde ist der Kampf zu Ende. Sieger: Clay durch technischen K.o.

»Milde« wird trotz seiner Niederlage gefeiert.

Cassius: »Der Kampf war schwer!«

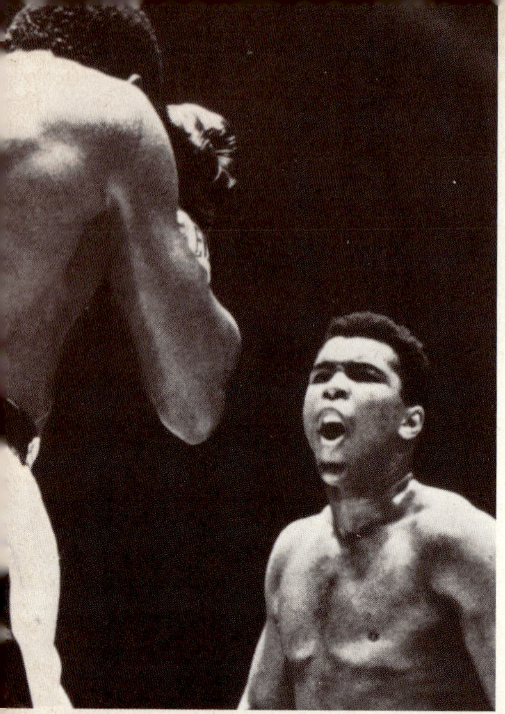

◀

6. Februar 1967. Seinem Gegner Ernie Terrell schreit Clay während des Kampfes immer wieder zu: »Wie heiße ich?« Clay gewinnt nach Punkten.

14. November 1966. Cassius besiegt Cleveland Williams bereits in der dritten Runde. Auffallend die unorthodoxe Kampfweise des »Größten«.

▼

Am 26. März 1967 besiegt Cassius Clay Zora Folley durch K. o. in der siebten Runde. Es ist sein 29. Profikampf. Von der bevorstehenden Zwangspause wußte er in diesem Augenblick noch nichts.

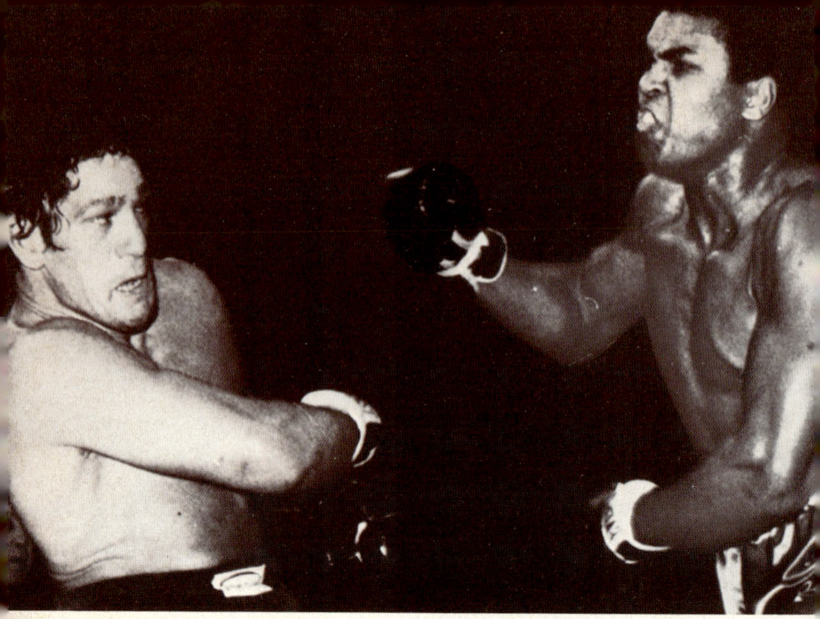

New York, 7. Dezember 1970. Gezeichnet vom harten Kampf: Oskar Bonavena und Cassius Clay.
Zürich, 26. Dezember 1971. K.o. in der siebten Runde für den Hamburger Jürgen Blin.

Houston, 27. Juli 1971. Mit ausgestrecktem linken Arm lockt Ali seinen Gegner Jimmy Ellis.
New York, 8. März 1971. Ende des Kampfes, Frazier ist neuer Schwergewichtsweltmeister.

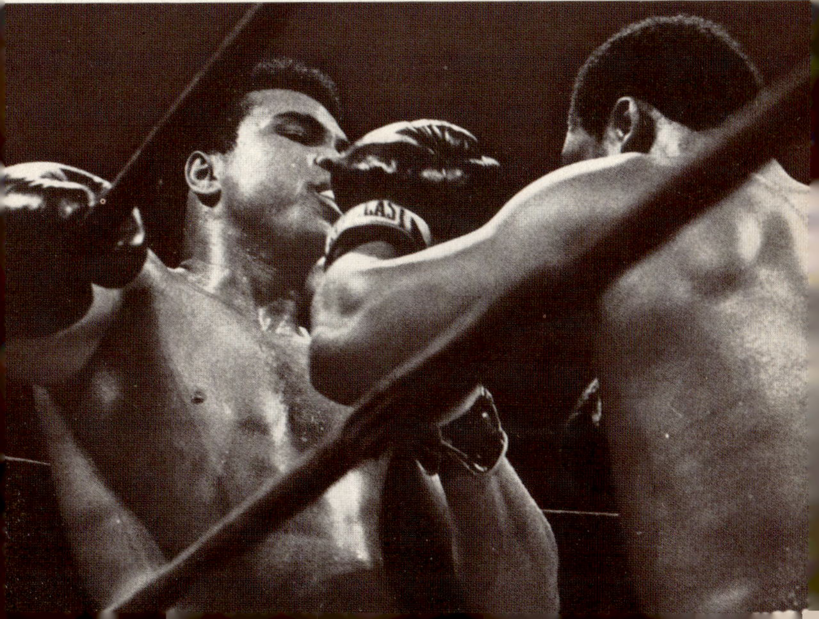

Kinshasa, 30. Oktober 1974. Ein verbissener Kampf zwischen Muhammad Ali und George Foreman. In den ersten Runden kann der Weltmeister Vorteile buchen.

Kinshasa, 30. Oktober 1974. Volltreffer in der siebten Runde. Schweißtropfen umsprühen Foremans Kopf.
Muhammad Ali versetzt dem Weltmeister in der achten Runde den Knockout.

Während einer Trainingspause geht es um das liebe Geld. Und der »Größte« weiß, was er wert ist. In Manila kassierte er über 10 Millionen Dollar.

*Der Superkampf von Manila am 1. Oktober 1975.
In der dritten Runde drängt Joe Frazier den Weltmeister an die Seile.* ▶

Muhammad Ali trifft mit seiner kraftvollen Linken. ▶

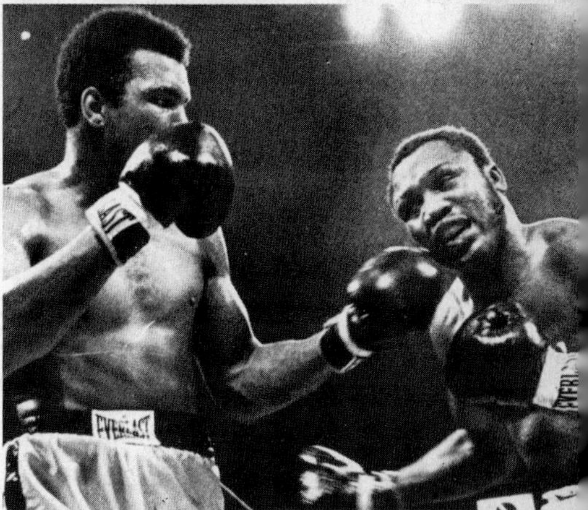

Nach dem Kampf: der alte und neue Weltmeister Muhammad Ali, umringt von seinen Betreuern. ▶

Muhammad Ali auf der Frankfurter Buchmesse 1975. Er gibt Autogramme und kündigt sein Buch an.

ßerlich für einen Kampf vorbereiten, wenn alle Welt mich haßt und ich überall herausgeworfen werde, selbst in meiner Vaterstadt Louisville oder in Miami? – Ich bin nicht in guter Verfassung, aber dennoch kein ›Onkel Tom‹. Ich fühle mich jetzt wie ein einsamer Krieger auf dem Schlachtfeld der Freiheit!«

Was letzteres mit seiner Form zu tun haben sollte, war nicht ganz klar, klang aber immerhin nach Angriffsfreude.

Das »verschobene Turnier« der beiden amerikanischen Titelhalter ging in mancher Hinsicht in eine kanadische komische Oper über. Da Toronto unter der Fahne der WBA stand, wurde beispielsweise die Veranstaltung lediglich als ein Schwergewichtstreffen angesetzt, und Chuvalo, der Meister des Landes, kämpfte gegen Muhammad Ali, den »Champion des Volkes«. Mit dieser lächerlichen Bemäntelung wollte sich die Toronto-Gruppe der WBA das Wohlwollen der übrigen Organisation erhalten.

Nat Fleischer, der bei keinem größeren Titeltreffen fehlt, klärte das kanadische Publikum schließlich über die Presse auf, daß ihr Lokalheld mit Cassius Clay um nichts Geringeres als die Weltmeisterschaft kämpfen werde. Diese Enthüllung half dann auch, den Maple Leaf Garden am 29. März mit etwa 14 000 Zuschauern anzufüllen.

Chuvalo, der in seiner Karriere noch nie auf den Brettern gewesen war, begann das Gefecht in der einzigen Art und Weise, die für ihn als Draufgänger und Haudegen eine Aussicht hatte. Beim Gongschlag sauste er auf Clay los, um ihn von Anfang an mit harten Punchen, die zum großen Teil unter die Gürtellinie gingen, kaputtzumachen. Cassius hielt sich an seine bewährte Spezialität. Er schoß und blieb auf Distanz, manchmal mit erhobenen Händen, um den plumpen Gegner herauszufordern: »Schlag doch härter!« – Chuvalo ließ sich das nicht mehrmals sagen, setzte ihm nach und versuchte zu landen, aber meistens zu tief. Trotz verschiedener Proteste Clays, die bei Ringrichter Silvers kein Gehör fanden, muß er sich im Laufe des Abends rund 100 Tiefschläge geleistet haben, die zum Glück durch Cassius' »Gummi-Technik« im Abbiegen keinen Schaden anrichteten.

Einige Male hatte es für kurze Momente den Anschein, als werde die Welt endlich die Niederlage des Vielgehaßten feiern können. Aber der schöne Traum war aus, als Cassius sich nach der 2. Runde und dem Ansturm seines Gegner eingeschossen hatte.

Der Kampf wurde von nun an zur Schablone. Clay war nicht eine Minute mehr in Gefahr. Für 13 weitere Runden spielte er den Tanzmeister und ließ aus der Distanz regelmäßig seine gekonnten »Jabs« und Kombinationen auf die Birne des Boys aus Toronto los, bis dieser schließlich nur noch aus ganz kleinen Augen guckte.

Clay führte hoch nach Punkten. Chuvalos letzte Chance, den Titel mit einem Niederschlag noch an sich zu reißen, erfüllte sich nicht.

Cassius, in schlechter Verfassung und mit 214 Pfund (ca. 97 kg), also über seinem normalen Ringgewicht, war schnell und präzise wie immer. Chuvalo, der sich bereits in einem Kampf gegen Floyd Patterson trotz einer Niederlage ausgezeichnet hatte, entpuppte sich als mutiger und unnachgiebiger Opponent.

Cassius wurde einstimmig zum Punktsieger erklärt. »Das war bisher mein härtester Kampf«, kommentierte er und wies auf seine zerschundenen Knöchel und eine schmerzende Niere hin.

Einen schönen Scheck in der Tasche, mit dem er seine Scheidung zu finanzieren versprochen hatte, eilte er in den sonnigen Süden nach Miami. Hier erinnerten ihn die sehr peinlichen und eindringlichen Zeitungsüberschriften schnell an seine Pflicht: »Cassius Clay muß zahlen – oder er geht ins Gefängnis!«

Clay war trotz seiner imponierenden Einnahmen – und seiner Großzügigkeit Freunden und Moslems gegenüber – ein ausgesprochener Pfennigfuchser, wenn es zu unangenehmen Zahlungen kam.

Wie in den täglichen Fortsetzungen eines Comic-Strips konnten sich die Zeitungleser in Miami jetzt täglich über den Guerillakrieg unterrichten, den der Weltmeister mit seinen Anwälten gegen Sonji und die Behörden führte. Die Richter zeigten sich aber wenig geneigt, seine dauernde Aufschubtechnik gutzuheißen. Man ließ ihm die Wahl, entweder in angemessener Zeit mit dem Geld herauszurücken oder ins Gefängnis zu wandern.

Endlich, am 8. April 1966, konnte Sonji glückstrahlend verkünden: »Ich bin jetzt ›die Größte‹!« Auf einem Pressefoto sah man sie einen Scheck über 26 250 Dollar triumphierend hochhalten. Cassius war also in allerletzter Minute mit der ersten Zahlung herausgerückt. Später behaupteten die Moslems, ihrem bedrängtem Bruder mit diesem Betrag ausgeholfen zu haben ...

Für eine Zeit blieb Sonji noch dabei, daß sie ihren Exgatten bis an ihr Ende lieben werde, und machte die schwarze Sekte für die Entfremdung in ihrer Ehe verantwortlich. Es dauerte aber kaum ein Jahr, und sie hatte ihre Meinung über dieses Thema geändert. Von Key West aus, der südlichsten Sadt der USA, wo sie als Sängerin in einem Nachtklub arbeitete, äußerte sie sich zu Cassius' Wehrmachtsproblem: »Cassius ist der ›Größte‹, und beim Militär könnte er es am besten beweisen. Er ist genau das, was die Armee in Vietnam braucht!«

Die US-Armee konnte aber bis dahin nicht mit der wertvollen Bereicherung der Streitkräfte durch ihn rechnen, denn er focht mit allen ihm zur Verfügung stehenden Mitteln, um den Kasernen fernzubleiben.

Joe Louis, der im zweiten Weltkrieg in der Uniform eine große Rolle bei den Werbekampagnen und Wohltätigkeitsveranstaltungen gespielt hatte, und dessen Ruf »Wir werden siegen, denn wir sind auf Gottes Seite« zur nationalen Devise wurde, versuchte Clay von der Unklugheit seiner Haltung zu überzeugen. Joe war als technischer Ratgeber vorübergehend ein Mitglied der Clayschen Gruppe.

Joe erzählte den Reportern: »Ich habe versucht, Cassius zu helfen, aber es scheint zu spät zu sein. Er hört nur noch auf das, was die schwarzen Sektenbrüder sagen. Selbst Angelo, der einzige Freund, den er noch unter den Weißen besitzt, hat keinen Einfluß mehr auf ihn, sondern spielt nur noch die Rolle des Schweißabwischers. – Leider haben auch seine Louisviller Manager nichts getan, ihm in persönlichen Dingen, wie beispielsweise mit dem Wehrmachtsproblem, beizustehen. Gerade hierbei haben sie sich noch besonders distanziert!«

»Ich kann meinem Glauben nicht abtrünnig werden«, war alles, was Cassius auf die Vorhaltungen seiner Freunde erwiderte. Und er schien es sehr ernst damit zu meinen.

Joe Louis' Bemerkung über Faversham und die Louisviller Manager stimmte zum großen Teil; sie hatten sich trotz des noch laufenden Vertrages etwas zurückgezogen. Clay hatte schon in einigen Angelegenheiten auf eigene Faust weitergemacht, ohne sich um die Ratschläge seiner ehemaligen Freunde und Beschützer zu kümmern. Ihre Warnung, den nicht ganz einwandfreien Terrell-Fight und seinen Einberufungsstatus betreffend, hatte er in den Wind geschlagen.

Die meisten der elf Herren waren in der Tat froh, daß sich ihr Vertrag mit dem Champion seinem Ende näherte. Mit dem jungen Cassius Clay hatte man noch seinen Spaß gehabt; mit Muhammad Ali gab es nur Kopfschmerzen. –

Zu dieser Ansicht war inzwischen auch die Wehrmacht

gekommen. Aber aus Prinzip konnte man sich schließlich nicht von einem 25jährigen Negerburschen – selbst wenn er Weltmeister im Boxen war – dauernd an der Nase herumführen lassen.

Clay hatte natürlich auch in dieser Richtung wieder einige »Cassiaden« von sich gegeben: »Warum will man gerade mich unter die Soldaten stecken? Zwei Jahre bin ich von den Einberufungsbehörden öffentlich als ein Idiot gebrandmarkt worden. Nun auf einmal bin ich ein Genie. Was hat die Regierung schon davon, wenn sie mir 80 Dollar im Monat in der Armee auszahlt, wenn ich in der gleichen Zeit 2000 Rekruten durch meine Steuerabgaben erhalten kann? Aus demselben Grunde kann sie sich für je zwei meiner Kämpfe zwei moderne Jet-Bomber bauen lassen!«

Cassius Clay war nach Angaben der Militär-Psychologen von schwacher geistiger Beweglichkeit, wenn es sich um bestimmte Aufgaben handelte. Ging es jedoch um seine Privatinteressen, konnte er recht gut mit Zahlen umgehen.

Seine laufenden Eingaben um Befreiung vom Militärdienst unter den verschiedensten Vorwänden wurden von den Behörden im allgemeinen prompt abgewiesen. Aber noch hatte er nicht alle Instanzen für einen Einspruch erschöpft, und so ging der Feldzug Cassius Clays gegen die USA einstweilen noch weiter.

MUTIG WIE DER BRITISCHE LÖWE

Diese reichlich publizierte Fehde hatte zur Folge, daß seine Aktien als Boxattraktion wieder stiegen. In den Vereinigten Staaten hatte man nur noch einen Wunsch: Muhammad Ali, den gläubigen Muselmann, aber abtrünnigen Landsmann, im Ring geschlagen und erniedrigt zu sehen! Jeder Fighter, der Aussicht hatte, das bewerkstelligen zu können, war willkommen – ganz gleich, ob er schwarze, weiße oder karierte Haut hatte.

Jetzt, Anfang 1966, waren die Aussichten auf eine »Weiße Hoffnung« nicht sehr günstig und beschränkten sich in erster Linie auf drei schwarze Schwergewichtler. Davon war Ernie Terrell im Augenblick noch zu sehr durch seinen Bann in New York und eine Untersuchung seiner Geschäftsführer belastet. Cleveland Williams, an zweiter Stelle auf der Weltrangliste, mußte sich erst von einer Schußwunde erholen, und Zorah Folley war sportlich noch nicht ganz spruchreif.

Clay machte daher in England Offerten unter der Devise: »Wegen meines Glaubens bin ich aus meinem Vaterlande verbannt worden. Bei euch fühle ich mich wohl, da macht man kein Theater mit meiner Ehescheidung oder der Wehrpflicht!« Diesen Unsinn glaubte man ihm weder in Großbritannien noch sonstwo. Aber er brachte einen Köder mit: den Titel. Seit dem vorigen Jahrhundert war auf der Insel keine Meisterschaft im Schwergewicht mehr ausgetragen worden, und Bob Fitzsimmons war der letzte Brite gewesen, der bis 1899 den Titel gehalten hatte. Mit anderen Worten: Man war nun in England nicht nur hungrig auf einen Kampf um die Krone, sondern auch auf diese selbst.

Henry Cooper, Gemüsehändler, Englischer Meister und »Flasche Nr. 19« auf der Clay-Rekordliste von 1963, war alles, was man ihm entgegenzustellen hatte. Anscheinend war alle Schmach und Schande vergessen, die Cassius dem Britischen Reich, dem Königshaus und seinem Gegner inner- und außerhalb des Ringes angetan hatte.

Nur eines war nicht vergessen: der gewaltige linke Haken, mit dem Henry den Amerikaner auf die Bretter befördert hatte, bevor ihn der Gong am Ende der Runde rettete.

Durch die Möglichkeit eines zweiten Treffers des gleichen Kalibers war die Herausforderung des Briten überhaupt akzeptabel. Sonst standen die Wetten, wie auch schon vor drei Jahren, zugunsten Clays. Dieses Mal mit dem Unterschied, daß er statt mit 5:1 mit 11:2 Favorit war.

Cassius' Vorkampf-Auftreten war jetzt fast vorbildlich zu nennen. Er benahm sich in erster Linie als würdiger Vertreter des Islam. Er machte die Runde in den Arbeitervierteln, schüttelte Hände, scherzte mit Kindern, betete in Moscheen und hielt mit arabischen Führern, an denen es in London nie mangelt, Konferenzen ab. –

Zusammen mit Henry Cooper sprach er sogar zum Tee bei Premierminister Harold Wilson vor, dem dabei mehr an angloamerikanischen Beziehungen lag als am Boxen.

Kurz, Cassius war – ganz im Gegensatz zu seinem ersten, unverschämten Auftreten in London – bescheiden und höflich und mußte sogar des öfteren von den Bobbies vor der begeisterten Menge geschützt werden.

Kein Wunder, daß das große Arsenal-Stadion am Abend des 21. März mit 46 000 Zuschauern ausverkauft war. – Clay trat mit 201½ Pfund in den Ring, also um 13 Pfund leichter als bei seinem letzten Kampf mit Chuvalo.

Er hatte schlicht angedeutet: »Wenn Allah will, werde ich wieder siegen!«

Der Gongschlag zur 1. Runde erwischte ihn gerade noch beim Gebet in seiner Ecke. Vielleicht hatte er den Propheten auch um Schutz für das dünne Fell seines Gegners gebeten, denn Cooper war als starker Bluter bekannt, und wenn Cassius etwas im Ring nicht ausstehen konnte, so war es ein Blutbad. Er hatte bei diesem Treffen weniger Angst vor Cooper als Boxer, als vor einer Wiederholung der unappetitlichen Schlachterei vom Jahre 1963.

Ursprünglich hatte Clay die Absicht gehabt, ein solches Vorkommnis durch einen klaren K.o. in der ersten Runde zu vermeiden. Entweder hatte er diesen Plan vergessen, oder er wurde durch die kommende Entwicklung der Fightphasen daran gehindert, ihn durchzuführen.

Der alte französische Ringheld und Ex-Champion Georges Carpentier rief Cooper zu: »Bleib hinter ihm her! Laß ihn nicht fort! Gib ihm keinen Platz zum Zurücktanzen!«

Cooper kam sofort nach dem Gongschlag auf Clay zu. Dieser konterte nicht, wie vorgesehen, sondern ging zurück und mußte dadurch einen harten Haken gegen die Rippen hinnehmen, den die 46 000 Briten jubelnd als ein gutes Omen begrüßten. Cassius war offensichtlich bemüht, das Gesicht seines Widersachers zu schonen, setzte aber eine gute Kombination auf dessen Seite an. Cooper ging in den Clinch und schlug weiter, wie es leider seine Unart war.

Cassius stutzte, als der Ringrichter nicht dazwischentrat, um ihn von Cooper zu trennen, denn in England hält man es im allgemeinen mit der Sitte, einen Clinch durch ein Kommando abzubrechen. Clay trat also von selbst zurück und erwischte dabei wieder einen linken Haken Coopers. Die Runde endete ausgeglichen . . .

Durch seine übergroße Sorge um Coopers schnell aufplatzende Gesichtshaut sah Cassius in Runde 2 ebenfalls nicht sehr überzeugend aus. Er holte sich eine Verwarnung wegen schlechten Auseinandergehens beim Clinchen.

Auch in der 3. Runde war das Bild nicht viel anders. Das Publikum rügte Clay mit lauten Zurufen wegen dauernden Haltens. Dieser protestierte beim Ringrichter, daß nur Coopers plumpe Angriffe an diesem unnützen Zusammenkleben schuld seien. Er verlegte sich darum auf Schüsse mit der Linken aus größerer Distanz. Als die Runde unentschieden endete, war Coopers Gesicht noch nicht ramponiert.

In der 4. Runde mußte sich der Louisviller einen Ellbogenstoß ins Gesicht und einen Schlag unter den Gürtel gefallen lassen. Der Ringrichter zeigte sich davon völlig unberührt. Cassius wurde ärgerlich, verschärfte das Tempo sichtlich, brachte einige gute Kombinationen plus verschiedener Linker an – und gewann die Runde einwandfrei.

Die 5. Runde blieb wieder ohne nennenswerte Aktion, die dem einen oder anderen von besonderem Vorteil gewesen wäre.

In der 6. Runde passierte es. Cooper brachte zwei harte Linke an den Mann und ging zurück. Cassius folgte ihm bis in die Ecke, schlug dann eine Linke in die Luft und mit einem Vorwärtssprung einen kürzen rechten Haken auf Coopers linke Augenbraue.

Sofort schoß der rote Lebenssaft, wie bei einem gewaltigen Aderlaß, aus Henrys Wunde; beide Fighter waren im Nu mit Blut besudelt – unvermeidlich, aber es war über kurz oder lang zu erwarten gewesen.

Clay trat erschüttert zurück – in der Hoffnung, Ringrichter Smith werde jetzt abbrechen. Dieser war jedoch ermahnt worden, den Briten so lange wie möglich von einem technischen K.o. fernzuhalten, und forderte zum Weiterkampf auf.

Das Duell wurde jetzt zu einem wahren Gemetzel. In der richtigen Erkenntnis, daß seine Zeit abgelaufen war, machte Cooper einen letzten Versuch. Mit blutverschmierten Augen stürzte er sich blindlings wildschwingend auf den Schwarzen, der aus reinem Selbsterhaltungstrieb wieder zurückwich, dabei aber einige Schläge anbringen mußte, die das Bild der Verheerung nur verschlimmerten.

Cassius war angewidert und sah unglücklich drein.

»Stoppt den Kampf!« konnte man zuerst vereinzelt, dann im ganzen Stadion hören. Der Ringrichter hatte nun keine Wahl mehr, wenn er den Englischen Meister vor den Augen der aufgeregten Menge nicht verbluten lassen wollte. Nach 1 Minute und 38 Sekunden der 6. Runde trat er zwischen die beiden. Es war gottlob zu Ende.

Ein Teil der Masse benahm sich nun wie ein wildes Tier, das durch den Anblick von Blut die Sinne verloren hatte. In der Hauptsache waren es junge, angetrunkene Burschen und Rassenfanatiker, die ein Chaos verursachten.

Man konnte Rufe hören, wie »dreckiger Yankee« und »tötet den Nigger«, und zwar über den Ozean bis nach USA, wohin der Disput durch das Fernsehen und über den »Early-bird«-Satelliten übertragen wurde.

Cassius war nicht einmal der Mittelpunkt der allgemeinen Schlägerei, die sich jetzt entwickelte und in die selbst Fernseh- und Presseleute mit hineingezogen wurden. Dennoch fand ein hinterlistiger Knüppelschwinger den Kopf des Meisters. Cassius mußte von den Schutzleuten in Sicherheit gebracht werden.

Mutig wie der britische Löwe war Cooper untergegangen. Der faire Teil des Publikums und die Presse sahen ein, daß Clay nicht für den bedauernswerten Ausgang der Veranstaltung verantwortlich war, sondern nur die notorische und unglückliche Veranlagung ihres nationalen Champions.

Die Londoner Punktrichter hatten zwar ihren Landsmann in der Führung gehabt, aber das war nur eine schöne patriotische Geste gewesen. Clay hatte sich nicht eine Minute in Gefahr befunden und den Kampf jederzeit in der Hand gehabt. Es war sein Komplex vor der Anfälligkeit Coopers gewesen, die den Kampf unnötig verlängert und seine eigene Überlegenheit ins falsche Licht gestellt hatte.

Cooper ging ins Hospital, um sich seine »Achillesferse« mit 16 Nähten ausbessern zu lassen.

Clay, wie gewöhnlich unbeschadet, begann sich nach neuen Opfern umzusehen. In Amerika hatte man noch immer kein Verständnis für seine Ansichten über Ehe, Religion und Vaterlandsliebe aufbringen können. An einen Kampf dort war vorläufig nicht zu denken. Er liebäugelte daher mit dem europäischen Festland, wo wirklich nur einer etwas zu taugen schien – nämlich Karl Mildenberger ...

LONDON–FRANKFURT PER JET

Nach der europäischen Papierform kam Karl Mildenberger als nächster Gegner für Clay in Frage. Als US-Boxer in momentanem Exil, war auch für ihn ein Kampf in Deutschland wünschenswert, weil man dort darauf brannte, endlich einmal eine Weltmeisterschaft der Schwergewichtler zu sehen. Um jedoch ein solches Unternehmen für alle Beteiligten lukrativ zu gestalten, mußte eine Televisionssendung nach den USA über den »Early bird« mit einbezogen werden, wofür die Engländer eine Art Monopol hatten.

Cassius konnte also nicht so ohne weiteres den Kanal kreuzen, um die »deutsche Eiche« zu fällen. Das Treffen mußte erst sorgfältig vorbereitet werden. Außerdem war Mildenberger für einen Fight im Juni 1966 gegen den Jugoslawen Yvan Prebeg verpflichtet. Dem Champion blieb also nichts weiter übrig, als zu warten und inzwischen eventuell noch schnell einen anderen Gegner zu finden.

Dieser war bald gefunden: Brian London, der britische Exmeister, der im Faustkampfbetrieb der Insel durch seine laufenden Auseinandersetzungen mit den Boxbehörden als der »böse Bube« bekannt war.

Das »Hornberger Schießen«, auf das sich Clay und die Promoter nun einließen, konnte nur mit einer menschlichen Schwäche erklärt werden: Geldgier. Man hatte nach den letzten Veranstaltungen in London Geld gerochen und kalkulierte nun mit weiterem Wohlwollen der Fans. Diese konnten sich aber bereits ausrechnen, wie ein neuer Kampf mit Clay ausgehen würde.

Der Engländer war inzwischen längst über den Zenit

hinweg, denn schon 1959, als er gegen Floyd Patterson in Indianapolis (USA) in der 11. Runde k.o. gegangen war, zeigte er eine so schlechte Form, daß Ingemar Johansson vom Zuschauerraum aus meinte: »London kann nicht einmal meine Schwester schlagen!«

Auf Grund dieses Kampfes, den er bezeichnenderweise ohne Erlaubnis der britischen Boxbehörden durchgeführt hatte, war ihm die Lizenz entzogen worden. Auch erst vor kurzem hatte er eine Niederlage durch den zweitklassigen Thad Spencer einstecken müssen.

Die Veranstalter, Clay und sein Rivale mußten an dem Match offensichtlich also mehr interessiert sein als das Publikum. Die Fachleute schüttelten die Köpfe und drückten Promoter Jack Solomons ihr Beileid aus, weil er Muhammad Ali 250 000 Dollar für den Kampf garantieren mußte, der am 6. August 1966 stattfinden sollte.

Inzwischen war auch das Treffen Clay–Mildenberger für den 10. September festgelegt. Der Champion sollte seinen Titel zweimal innerhalb der lächerlich kurzen Frist von fünf Wochen aufs Spiel setzen.

Auf Londons Liste standen 48 Profi-Kämpfe. Davon hatte er 13 verloren, aber nur einen durch K.o.: Floyd Patterson hatte das zuwege gebracht. Wenn also etwas für ihn sprach, dann war es die Härte, die ihn so gelinde über seine Karriere gebracht hatte, und die Aussicht, daß Cassius durch fünf Verteidigungen seiner Meisterschaft innerhalb von 12 Monaten und das ständige Hin und Her überlastet sein könnte.

Clay mußte sich in der Tat mit 26 Trainingsrunden abfinden, während Brian London sich in aller Ruhe vorbereiten konnte. Georges Carpentier, der alte Ex-Meister aus Paris, der ihn im Camp besuchte, beschränkte seine Kritik über Londons Form auf ein Wort: »Amüsant!«

Wie schon bei seinem letzten Auftreten in England war Cassius auch dieses Mal bemüht, einen guten Eindruck zu machen. Er verhielt sich ruhig und überließ die Frotzeleien und Reklamefragen seinem Opponenten, der dabei ziemliche Erfahrung zeigte und mit großen Kanonen aufzufahren versprach.

Clay mußte zugeben: »London hat wirklich gut für die Kasse gearbeitet. Ich habe Respekt vor seiner Frechheit!«

Eine der schönsten Stilblüten, die jemals um einen Boxring herum entstanden, kam dann auch aus dem Munde Londons, als man ihn später fragte, ob Clay ihn während des Kampfes mit seinen üblichen Redensarten beleidigt habe.

Brian guckte den Fragesteller erstaunt an und erwiderte: »Was, mich beleidigen?! Das konnte er gar nicht, dazu bin ich viel zu ignorant!«

Am Abend des 6. August war die Arena »Earls Court« mit annähernd 10 000 Personen nur halb gefüllt, und Jack Solomons begann sein Defizit auszurechnen.

Cassius trat mit $209^1/_2$ Pfund (ca. 95 kg), Brian mit $200^1/_2$ (ca. 91 kg) an.

Der Fight selbst war ein Lustspiel, über das nicht gelacht, sondern »gebuht« wurde. Die Zuschauer hatten jedoch den Genuß, einen vorbildlichen Boxmeister an der Arbeit zu sehen. Clay brillierte durch seine ungeheure Schnelligkeit, seine Beinarbeit und seine haarscharfen Schüsse aus jeder Körperposition.

London ging beim ersten Gongschlag sofort hinter seinem Widersacher her – wie schon so mancher, der an den Haupttreffer seiner Lotterie geglaubt hatte. Gebückt, wie ein Jäger auf der Pirsch, machte er sich an Cassius heran, ohne ihn je zu erreichen. Das scheue Wild war wie eine Vision. Aber es schlug aus.

Clay hatte diesmal keine Hemmungen; hier war kein »Aderlaß« zu erwarten wie bei der letzten Cooper-Schlacht.

Aus gut abgebogener Distanz pfefferte er seine Linken

und Kombinationen auf London und buchte die Runde vollauf für sich.

In der 2. Runde blieb es bei Londons Versuchen, seinem Gegner nachzusetzen, um ihn eventuell an den Seilen festnageln zu können. Umsonst! In der gleichen Hoffnung trieb er dann Clay auch in seine eigene Ecke, aber der Meister schlüpfte mit größter Leichtigkeit heraus.

Kurz vor dem Gongschlag wurde Brian mit einer Serie von Rechts- und Links-Treffern belegt, die so genau saßen, daß der Engländer zwar noch nicht auf den Boden ging, sich aber innerlich schon darauf einstellen konnte.

Während der Ringpause sagte Angelo Dundee: »Genug, Cassius! Setz' ihn auf den Boden!« Unter dieser Devise begann dann die 3. Runde. Cassius sauste auf London los und verwirrte ihn zunächst mit einem Feuerwerk von Schlägen – gewissermaßen einer Vorführung seines gesamten Repertoires. Dann manövrierte er ihn in dessen eigene Ecke, und wie bei einem Punchingball ließ er innerhalb weniger Sekunden ungefähr ein Dutzend Schläge los, die wie Blitze trafen. Als Abschluß fügte er noch zwei ausgekochte rechte Haken hinzu – kurz und scharf . . .

London ging prompt zu Boden. Mit dem Kopf unter den Seilen machte er ein paar klägliche Versuche, wieder hochzukommen. Aber dabei blieb es.

Nach 1 Minute und 40 Sekunden wurde er in seiner Ecke ausgezählt – für die zahlenden Gäste das Signal zu randalieren. Diesmal nicht gegen Cassius!

Das »Hornberger Schießen« war zu Ende. Brian London hatte von seinen großen Kanonen gefaselt, aber die Munition vergessen. In der Gesamtzeit von 7 Minuten und 40 Sekunden, die er gewissermaßen brauchte, um sich hinzulegen, landete er keinen einzigen klaren Schlag!

Für diese anhaltenden Fehlzündungen zahlte ihm Jack Solomons über 100 000 Dollar! Das Theater hatte sich also auch für ihn noch gelohnt.

MEISTERSCHAFT AUF DEUTSCHEM BODEN

Für Clay blieb nun wenig Zeit, sich auf seinen nächsten Kampf vorzubereiten. In die vierte Verteidigung seiner Krone innerhalb des Jahres 1966 wurde er sozusagen hineingehetzt. Er hatte nur eine vage Vorstellung davon, mit wem er die Ehre haben würde, und sprach von Mildenberger als dem »deutschen Champion«. Ihm fehlte die Kenntnis der kontinentalen Rangliste, in der »Karl Ben Milde«, wie man ihn zu Ehren Muhammads jetzt öfter nannte, nicht als Deutscher Meister, wohl aber als europäischer Titelhalter geführt wurde.

Man muß Clays Unerfahrenheit in der Sachlage vom Standpunkt der amerikanischen Boxindustrie aus betrachten. »Karl der Große«, der neue Max Schmeling, wurde höchstens ein Begriff, wenn man – die Weltrangliste in der Hand – ihn um die Nummer 6 herum suchte. Er hatte nie außerhalb Europas gekämpft. Sein Sieg in der Europameisterschaft gegen Sante Amonti sagte in USA niemand etwas.

Für Cassius Clay war Karl Mildenberger nur ein Name auf der Kontenseite seiner Manager, den er zu treffen und auszuradieren hatte und der im Augenblick für ihn besonders interessant war, weil er ihn in Frankfurt treffen konnte – nichts weiter! Ein Match mit dem Deutschen in den USA wäre genauso absurd gewesen wie die Kämpfe mit den beiden soeben in England abgefertigten Helden Cooper und London.

Rein boxsportlich gesehen, mußte man aber Mildenberger für Clay als qualifiziert akzeptieren, zumal aussichtsreiche Opponenten immer schwerer zu finden waren. »Milde« hatte sich brav durch 54 Kämpfe hindurchgeschlagen und nur zwei Niederlagen einstecken müssen. Im Lauf der Jahre hatte er Gelegenheit gehabt, mit etwa 20 Boys von der anderen Seite des großen Teiches in den Ring zu steigen. Der Deutsche hatte daher eine gute Vorstellung von amerikanischen Schwergewichtlern.

Aber auch diese Tatsache konnte man nicht als endgültigen Maßstab für ihn anlegen. Außer Eddie Machen, den er im Frühjahr 1966 nach Punkten geschlagen hatte, und Zora Folley, mit dem es zu einem Unentschieden kam, war kaum einer unter den Yankee-Fightern gewesen, der in den USA einen Boxfan hinter dem Ofen vorgelockt hätte – Pete Rademacher, Dave Bailey, Howard King und Harold Carter eingeschlossen. Zu Hause bezeichnete man diese Leute als »Export-Flaschen«, die mit ihrem amerikanischen Herkommen und eventuell noch mit ihrer schwarzen Hautfarbe bescheideneren Zuschauern und Veranstaltern in Übersee imponieren konnten.

Außer Harold Johnson, der in Deutschland auf Bubi Scholz traf, hatte man hier kaum einen USA-Boxer von Klasse gesehen, und Harold hatte sich damals nicht von der besten Seite gezeigt.

Mildenbergers Siege über die britischen Schwergewichtler Bygraves und Erskine konnten nicht viel zu seinem Ruhm auf der anderen Seite beitragen – selbst nicht die Tatsache, daß er seit 1962 ungeschlagen war, denn seine Punktsiege über Yvan Prebeg und Dave Bailey waren wenig überzeugend gewesen. Bailey wurde später von Gerhard Zech in zwei Runden niedergeschlagen, und Zech wiederum schlug Prebeg entscheidender und in kürzerer Zeit als Mildenberger.

Der Deutsche hätte 1965, als er die Staaten besuchte, vielleicht gut daran getan, einige der Kämpfe in Erwägung zu ziehen, die ihm Ted Brenner, der »Kampfmacher« des Madison Square Garden, angeboten hatte. Damals aber hatte »Karl der Große« abgelehnt und gemeint, mit solchen Offerten könne er zu Hause mehr Geld verdienen. Er hatte sich darauf beschränkt, dem Terrell-Machen-Fight beizuwohnen und den Sieger herauszufordern. Aber weder der eine noch der andere waren damals für ihn zu haben gewesen. Vielleicht hat »Milde« auch richtig und strategisch gehandelt, den USA-Kämpfen aus dem Wege zu gehen, denn eine dortige Niederlage hätte sein Treffen mit Clay in Frankfurt vereitelt.

Nach streng internationaler Boxnorm hatte Mildenberger einem Meister wie Clay nicht allzuviel gegenüberzustellen. Dennoch sprachen einige gute Punkte für ihn. Außer Courage hatte die Natur ihn mit einer Rechtsauslage bedacht, die seinem Gegner äußerst unsympathisch war. Dann bestand noch die Möglichkeit, daß der schwarze Weltmeister überarbeitet, abgehetzt und nicht in Hochform sein könnte.

Zwei Wochen vor dem Match zog Muhammad Ali mit Kind und Kegel in Frankfurts Intercontinentalhotel ein. An der Spitze seiner Truppe von schwarzen »Gläubigen«, Schlachtenbummlern und Parasiten stand Herbert Muhammad, der nach Ablauf des Louisviller Vertrages in diesem Jahr noch Clays alleiniger Manager werden sollte.

Mutter Clay war auch mitgekommen und sprach mit ihrer niedlichen, runden Figur und ihrem freundlichen Lächeln überall an. Selbst Angelo Dundee, der normalerweise ohne Familie reiste, hatte Frau und Schwiegermutter nachkommen lassen und frischte alte Militärzeit-Erinnerungen auf.

Eine Schwergewichtsmeisterschaft auf deutschem Boden war natürlich eine Sensation ersten Ranges. Der Rummel um Clay hatte selten derartige Ausmaße angenommen wie jetzt in der Stadt am Main. Das Hotelfoyer glich einem wahren Zirkus, in dem nur noch die Elefanten fehlten. Deutsche Reporter hatten bereits in den USA

Überstunden gemacht, um den farbigen Meister und »unmöglichen Charakter« privat und in seinem eigenen Milieu zu beobachten.

Die Presse der Bundesrepublik stand in Frankfurt unter »totaler Mobilmachung«. Bubi Scholz, Exmeister und Idol der Deutschen, berichtete laufend für eine Tageszeitung. Die Fernsehleute lagen auf der Lauer. Eine Televisionsgruppe hielt die Kameras bereit, um Cassius mit einem Interview zu übertölpeln, mußte aber enttäuscht feststellen, daß der »Größte« und seine Sippe für Gratisreklame und Vorstellungen nicht zu haben waren. Andere bezahlten – und hatten mehr Glück ...

Cassius war auch geneigt, in einem Kaufhaus Autogramme zu geben, nachdem er dafür einen netten Scheck eingesteckt hatte. Als er dann aber herausfand, daß sein »Friedrich Wilhelm« von Jugendlichen auf den Straßen zu Wucherpreisen verkauft wurde, spielte er böse und meinte: »Da sieht man mal wieder, daß ich nur für andere arbeite! Sind es nicht die Veranstalter, die mir das Hemd ausziehen, dann ist es das Finanzamt. Selbst die Jugendlichen genieren sich nicht, mit meiner Unterschrift Profit zu machen!«

Sonst aber war Clay ziemlich konservativ und schnappte nur gelegentlich über, wenn er in das alte Fahrwasser kam. So schwärmte er beispielsweise einem Reporter gegenüber von einem Schlag, mit dem er Mildenberger »wie eine Rakete über das Mittelmeer« befördern wolle. All dies war gesunder Humor – gemessen an dem, was er bei anderen Gelegenheiten vom Stapel gelassen hatte. Er fühlte sich wohl verpflichtet, in Deutschland eine kleine Kostprobe seiner berühmten Maularbeit zu liefern, um zu beweisen, daß seine Fähigkeit, sich und seine Kämpfe mit Girlanden zu umkränzen, keine Legende war.

Alle, die im Boxsport einen Namen hatten, standen auf

seiten des Herausforderers, hauptsächlich um ihm Mut zu machen und Ratschläge zu erteilen, die manchmal nicht ganz von Herzen kamen.

John Pomponino, der amerikanische Trainer, der Mildenberger für seinen erfolgreichen Kampf gegen Machen vorbereitet hatte, war selbstverständlich auf seiner Seite.

»Karl ist weitaus vielseitiger, als man wegen seiner Rechtsauslage annehmen sollte«, sagte er. »Clay muß sich vollkommen umstellen, wenn er gewinnen will. Der Deutsche steht mit seiner Rechten nach vorn und dem Körper seitwärts, wodurch er automatisch Clays linke Schläge neutralisiert. Er hat Kraft in beiden Händen, auch in der linken, wie Eddie Machen zu seinem Bedauern feststellen mußte, als er zweimal auf dem Boden war. Mildenberger kann nicht nur Clay schlagen, sondern auch Terrell.«

Pomponino zeigte mit diesem Spruch ausgesprochen freundschaftliche Loyalität. Als notorischer Defensivboxer war es nämlich gerade Mildenberger, der seinen Stil ändern mußte, wenn er einen Blumentopf gewinnen wollte. Angriffsfreudigkeit war noch nie die Tugend des Europameisters gewesen.

Unter den Experten »hinter den Kulissen« war noch Billy Daniels. Das war niemand anders als der Friseur aus Brooklyn, besser gesagt: Flasche Nr. 14 auf Cassius' Ehrentafel. Billy-Boy war inzwischen auch Mildenberger im Ring zum Opfer gefallen und arbeitete als Trainingspartner in dessen Lager.

Er sagte: »Die schnurgerade eiserne Linke zum Magen, die mir Milde verpaßte, tut mir heute noch weh, wenn ich daran denke! Die kann auch Clay nicht verdauen!«

Exmeister Bubi Scholz entpuppte sich in seinen täglichen Berichten als begeisterter, humorvoller, aber vorsichtiger Beobachter der beiden verschiedenen Charaktere und ihrer Probleme.

Selten war einem Sportler in Deutschland so viel Aufmerksamkeit geschenkt worden wie dem ehemaligen Negerknaben aus Louisville. Als sich der Tag der Meisterschaft näherte, konnte man sich im ganzen Lande ein Bild vom »Größten« machen. Das Thema wurde in Stammkneipen, in Selbstbedienungsläden und beim Friseur diskutiert.

Das Bild war aber nicht überall gleich. Je nach der persönlichen Auffassung der Reporter oder der Leser selbst wurde Cassius entweder zu einem genialen Ring-Phänomen, einem unverbesserlichen Aufschneider, »schwarzen Messias«, grandiosen Reklamemann oder nur zum »Clown mit Boxhandschuhen«. Mit sachlichen Erwägungen seines boxerischen Talentes war man etwas sparsamer.

Das Bild, das das Frankfurter Stadion am Abend des 10. September bot, entsprach nicht den Erwartungen – zumindest nicht vom Standpunkt der Veranstalter aus. Hatte man vom »Größten« zuviel hergemacht, war das Publikum von dem ganzen Zirkus übersättigt, oder waren es die horrenden Eintrittspreise? Jedenfalls war kaum mehr als die Hälfte der erwarteten zahlenden Gäste erschienen.

Wieder einmal zeigte sich, daß eine groß aufgezogene Weltmeisterschaft mit der Abendkasse allein heute nicht mehr rentabel ist. Es bedarf der Beteiligung des internationalen Publikums durch überregionale TV-Sendungen, wie Jack Solomons das gerade in London zu seinem Leidwesen erfahren hatte. Die wirklichen Großverdiener im Frankfurter Treffen waren weder Mildenberger noch die deutschen Veranstalter, sondern das eng gewobene Netz der Fernsehinteressen mit Cassius Clay als einem der Hauptbeteiligten.

Mildenbergers Kommentare über seine Form, Finanzen

und Aussichten sind am besten in einer seiner Bemerkungen zusammengefaßt: »Was kann ich schon verlieren?«

Cassius überließ alles dem Schicksal: »Ich habe nur vor einem Angst, und das ist Allah!«

Um den Ring herum saßen die »Stars« und »Sternchen« des Sportes, der Bühne und Gesellschaft. – Unter den Fachleuten trafen sich Max Schmeling und Joe Louis wieder, die zu den Vorbesprechungen bereits ihre Meinungen abgegeben hatten, und unter den US-Besuchern befanden sich Ted Brenner vom Madison Square Garden und Mr. Boxing in Person, Nat Fleischer, der in offizieller Eigenschaft mitwirkte. Als Ringrichter war der Brite Teddy Waltham verpflichtet worden.

Um die erforderliche Televisions-Direktsendung nach den USA einhalten zu können, war der Kampf auf 20 Uhr angesetzt worden. Bevor es aber soweit kam, ging man durch die traditionellen Zeremonien, diesmal mit Flaggenschau und Nationalhymnen der beteiligten Länder. – Im Frankfurter Waldstadion herrschte festliche Stimmung. Die Buh-Rufe, die seit Jahren jedes Erscheinen Cassius Clays auf dem Ringpodium begrüßten, waren »dünn« und kamen hauptsächlich aus den Reihen amerikanischer Soldaten.

Dann war es soweit.

Der Gongschlag zur 1. Runde beendete im Handumdrehen das wochenlange Theater, das Warten mit den Spekulationen, Grüchten und Reklamekalauern. Jetzt ging es unwiderruflich um Tatsachen, die nur die beiden Männer im Ring entscheiden konnten.

Cassius kam federnd aus seiner Ecke, »Milde« empfing ihn sofort – mit der Rechten voran. Offensichtlich war er zum ersten Mal wirklich ganz auf Offensive eingestellt. Er schlug rechts und traf.

Cassius versuchte nun in seine bekannte Routine überzugehen, was bei der Rechtsauslage seines Opponenten nicht reibungslos abging. Mit den Armen seitwärts pendelnd, ging er zurück, dann – blitzschnell und sprunghaft – mit seinen Geraden wieder vorwärts. Ein langgezogener Uppercut traf den Deutschen, aber nur auf der Brust. Erst zum Schluß der Runde konnte Clay einen Kinnhaken anbringen. Auch Mildenberger, jetzt vorsichtig geworden, setzte aus der Distanz drei gute Rechte an. –

Die 2. Runde sah den Europameister wieder im Angriff. Das hatte man nicht erwartet. Er erhielt Applaus. Mildenberger trieb Cassius vor sich her, fing ihn an den Seilen ab und versuchte unter tosendem Beifall eine Links-Rechts-Kombination, die den Amerikaner sauber traf.

Clay steckte sie ein wie eine Visitenkarte. Auch aus einer Eckenfalle tanzte er geschickt heraus und konterte blitzartig mit der Rechten.

Zur 3. Runde trat Mildenberger mit einer Schwellung unter dem linken Auge an. Das hinderte ihn nicht, von neuem anzugreifen, denn Clays Standardtrick besteht darin, zurückzugehen und dabei aus dem Nichts heraus zu schlagen. – Der Deutsche traf wieder, doch was dann von seiner Seite kam, verpuffte an der Beinarbeit und Abbiegekunst des Champions. Mildenberger mußte sich bei dem Manöver einige kürzere Linke gefallen lassen.

In der 4. Runde wiederholte sich die Szene. Das Tempo blieb einstweilen ungewöhnlich schnell. Mildenberger brachte wieder einige Kombinationen an, Cassius revanchierte sich mit seiner rapiden Konterkunst. Kein Zweifel, er gab längst nicht alles her, während sein Rivale das augenscheinlich tat.

In der letzten halbe Minute feuerte der Neger scharf drauflos und beendete die Runde unangetastet, während das linke Auge des Pfälzers langsam zuschwoll.

Mit der 5. Runde wurde das Duell zur Clay-Schablone. Der Champion war sich jetzt anscheinend über das

Problem der Rechtsauslage Mildenbergers klar. Dieser aber attackierte weiter – jedoch mehr aus Instinkt. Er traf Clay zwar noch mit Körperschlägen, mußte dafür aber mit einer Rechten am Kinn bezahlen, die ihn sofort zu Boden schickte.

Ringrichter Waltham begann zu zählen . . .

Bei »sieben« kam der Europameister wieder hoch.

Beim Weltmeister entwickelte sich jetzt Klasse, bei Mildenberger bemerkenswerter Mut. Die Wunde unter seinem linken Auge sah recht böse aus.

In der 6. Runde kam Clay erst richtig in Fahrt. Man konnte nun auch in Deutschland seinen oft beanstandeten Stil bewundern oder bemängeln, nachdem die anfänglichen Unausgeglichenheiten überwunden waren. Provozierend, die Fäuste hängen lassend, umtänzelte er Mildenberger und brachte seine blitzschnellen Schläge aus der »unmöglichen« Auslage an. Auch Mildenberger kämpfte jetzt »offen«, aber das hatte andere Gründe: Er blutete stark.

Zur 7. Runde kam Mildenberger erholt und beweglich aus der Ecke, konnte aber nicht mehr richtig sehen. Unerschrocken ging er vorwärts und schickte eine Salve von Schwingern in die Gegend – in der Hoffnung, einen Treffer dabeizuhaben.

Clay, elegant und wendig, ließ sie in die Nacht hinausgehen. Am Rundenende war sein Gesicht noch immer glatt und unversehrt.

Runde 8 wurde zur Vorschau des Finales. Erstaunlich beweglich ging Mildenberger nochmals auf Jagd. Er konnte seine Linke einige Male aufsetzen, ohne Clay jedoch damit zu imponieren. Es gelang ihm, den Neger in eine neutrale Ecke zu bugsieren. Das war eine Chance im Hinblick auf den ersehnten Haupttreffer! Die Ecke aber wurde zur Mausefalle. Mit einem präzisen, kurzen Haken schnappte sie zu.

Mildenberger ging zu Boden. Bei »acht« stand er wieder auf den Beinen. Der Gong brachte ihm Rettung.

In der 9. Runde schien Cassius auf die Gelegenheit für den Schlußtreffer zu lauern. Er vermied energieraubende Schlagserien und überließ dem anscheinend unverwüstlichen Europameister die Angriffsfront. »Der Größte« war sichtlich verärgert, daß Mildenberger mehr hergab, als ihm nach der »Papierform« zukam. Clay fühlte sich über die Situation erhaben – und dennoch kämpfte Mildenberger weiter und gab ihm kein klares Ziel für den Niederschlag.

Gong. –

Zu Beginn der 10. Runde mußte Clay eine harte Linke hinnehmen und zeigte für einen Moment den Schlageffekt. Aber sofort war er wieder »auf Draht«. Er tanzte vor Mildenberger zurück, der verzweifelt auf ihn zusteuerte, wie auf eine Fata Morgana.

Aus seinem gekonnten Rückzug knallte ihm Clay noch im letzten Moment einen Haken auf.

Mildenberger fiel, schlug zu Boden, kam aber bei »sieben« wieder hoch.

Zum zweitenmal brachte ihn der Gongschlag in Sicherheit . . .

In Runde 11 wurden Clays Überlegenheit und Klasse zu einer Boxdemonstration. Seine Schläge kamen und trafen, wie er wollte. Manchmal schienen seine beiden Fäuste das Gesicht des Rivalen geradezu zu malträtieren. Er schloß ihm auch noch das rechte Auge. Courage allein brachte Mildenberger über die Runde.

In der 12. Runde war der Deutsche dazu verdammt, sich nur noch seiner Haut zu wehren. Zum Angriff fehlten ihm Kraft, Augenlicht, Beweglichkeit und der Siegesglaube.

Cassius ging aufs Ganze. Aus völlig offener Position

ließ er jetzt eine Auslese von Volltreffern explodieren. Sie kamen schnell und hart.

Eine Rechte brachte das Ende. Der Europameister war hilflos – Waltham brach ab ...

Ohne Radau und ohne Protest seitens der Masse endete der Kampf nach 1 Minute und 30 Sekunden in der 12. Runde.

Cassius Muhammad Ali Clay hatte seinen 26. Kampf völlig unbeschadet gewonnen.

»Es war der härteste Fight meines Lebens«, meinte er, aber eindringlicher als sonst, denn dies war sein Standard-Kompliment für die »besseren« Verlierer. Die deutschen Zeitungen würdigten Mildenbergers großartigen Stand mehr als den Triumph des Weltmeisters. Das war durchaus berechtigt.

Mildenberger, der – unter Experten gesagt – nie eine Aussicht gehabt hatte, den Kampf zu gewinnen, war dennoch als Held daraus hervorgegangen, weil er seine frühere Form weit hinter sich ließ. Er hatte einen Sieg über sich selbst, seine Ringschwächen, vornehmlich seinen Mangel an unbekümmertem Draufgängertum, errungen.

Mit Recht rückte Karl nun an die dritte Stelle der »Ring«-Weltrangliste, ohne dabei – wie vorher – nur eine Nummer zu sein. Sein Name erschien in großen Lettern auf dem internationalen Boxmarkt.

Für Cassius war dies die letzte Vorstellung unter der Regie seiner ehemaligen Freunde in Louisville gewesen. Sie waren froh, und er war frei, aber nur theoretisch, denn die Schwarzen Moslems übernahmen nun die völlige Kontrolle über ihr bestes Renommierstück.

»DAS IST FÜNF JAHRE HER!«

Die Situation im Lager der Schwergewichtler in den USA hatte sich während Clays Abwesenheit nicht gebessert. Ernie Terrell, immer noch der logische Anwärter auf den nächsten Kampf, schon um die Komödie der beiden Titel aus dem Wege zu räumen, war behördlicherseits noch nicht völlig klar gekommen. Auch schienen die Moslems, die jetzt mit der Kriegsführung von Muhammad Ali betraut waren, noch nicht gewillt, den Star ihrer Sekte gegen den gefährlichen WBA-Meister einzusetzen. Jedenfalls nicht jetzt, so kurz nach fünf Kämpfen innerhalb eines knappen Jahres.

Man konnte also ruhig noch Geld von einer anderen Veranstaltung einstecken, denn die Partner-Kandidaten standen Schlange. Ein Ringduell mit Cassius Clay bedeutete immerhin eine Einnahme, die sich einem Schwergewichtler kaum wieder bot.

Die allgemeine Stimmung für ein solches Unternehmen war auch wieder günstiger geworden. Clay war im Ansehen des Publikums nicht etwa gestiegen. – Im Gegenteil! Der Schrei nach Vergeltung, nach einer entscheidenden Niederlage des Boxers, war größer als je zuvor.

Eine ganze Generation sah ohnmächtig zu, wie Cassius Clay einen Opponenten nach dem anderen fertigmachte, sich dabei immer fester in den Sattel setzte, sich über die öffentliche Meinung und den Staat lustig machte und zum Überfluß noch ein politischer Faktor werden konnte. War niemand imstande, etwas dagegen zu tun?

Da machte plötzlich ein Ölkönig aus Texas von sich reden: Hugh Benbow hatte sich in den Kopf gesetzt, mit der »Clay-Farce«, wie er es nannte, ein für allemal aufzuräumen und den Boxsport im allgemeinen zu retten. Nach seiner Meinung war Cassius Clay nur durch das Geld der Louisviller Schnapsmillionäre groß geworden; warum sollte er daher nicht jetzt durch die Millionen eines Ölmagnaten klein gemacht werden können?

Benbow schwärmte von einem Trainingsparadies auf seiner Riesenranch und einem Super-Gym, in dem eine Anzahl von Boxtalenten aus aller Welt unter Leitung pensionierter Ringgrößen herangezüchtet werden sollten. Wie er der Presse mitteilte, waren seine Inserate nach jungen Sportlern zwischen 17 und 22 Jahren bereits in alle Welt hinausgegangen. Freie Fahrt nach Texas und volle Verpflegung waren angeboten. Angeblich hatten sich bereits die ersten Kandidaten – unter anderem aus Thailand, Japan und selbst China – gemeldet.

Als typischer Ölunternehmer war Benbow aber an schnelle Aktionen gewöhnt. Es lag ihm nicht, darauf zu warten, bis sich in seinem Garten Eden eine junge Pflanze zur Statur eines Clay-Gegners entwickeln würde. Cassius könnte darüber zu alt werden. Benbow wollte aber jetzt seinen Spaß haben. Er fand in Texas einen Mann, der bereit war, als Pionier seines Experimentes mit Cassius Clay in den Ring zu klettern.

Sein Name war Cleveland Williams, der – mit bereits 33 Jahren auf den Schultern – einen Ringrekord hatte, der ihn auch ohne Benbows Hilfe an Clay herangebracht hätte. Nicht weniger als 51 Rivalen hatte er in einer Karriere von 71 Fights durch K.o. erledigt und war in der Boxindustrie als der härteste Schläger verschrien.

Williams hatte nur einen »Haken« und war deshalb noch nicht in dem Rummel um Cassius berücksichtigt worden. Er war gewissermaßen von den Toten auferstanden! Im November 1965 hatte ihn einer der als rauh bekannten Texas-Highway-Cops bei zu schnellem Fahren erwischt.

Was sich wirklich zwischen dem als äußerst ruhig und ordentlich bekannten Boxer und dem Schutzmann abspielte, der offensichtlich wenig Verständnis für die kleinen Schwächen der Farbigen hatte, ist nie ganz ans Licht gekommen. Jedenfalls war Cleveland mit einem Bauchschuß, mit einer 45er Magnum-Kugel, ins Hospital eingeliefert worden. Nur seine abnorm dicke Magenwand und vier Operationen retteten sein Leben. Nach sieben Monaten wurde er aus dem Krankenhaus entlassen. Scheinbar war er im Boxsport als Totalverlust abzubuchen.

Benbow kaufte seinen Managervertrag und päppelte ihn auf seiner Ranch wieder hoch. Nach drei erfolgreichen Probekämpfen bewährten sich Williams' schwere Brocken wieder, und es sah so aus, als habe der reparierte Schwergewichtler gute Aussichten gegen Clay.

Doch die Moslem-Verwaltung verhielt sich sehr zurückhaltend. Man hatte das Gefühl, daß Cassius für den berüchtigten Schläger noch nicht wieder genügend in Form war. Benbow griff daher zu einem Trick: Bei den Verhandlungen zeigte er ein Bild seines Schützlings, das kurz nach der Entlassung aus dem Hospital aufgenommen worden war und ihn als einen wenig imponierenden 160-Pfünder darstellte. Man einigte sich . . .

Cassius geriet völlig aus dem Häuschen, als er bei der gemeinsamen Unterzeichnung des Fight-Vertrages den Hünen Williams in voller Wucht vor sich sah. Er fühlte sich übertölpelt.

Es war beileibe nicht Angst vor dem Giganten, was ihn wütend machte, sondern die Tatsache, daß es in der Welt jemanden gab, der den »Größten« zum besten gehalten hatte. Zu stolz für einen Rückzieher – unterzeichnete er . . .

Der Kampf sollte nur durch einige amerikanische Superlative bemerkenswert bleiben. Er war für das neue »Astrodome« in Houston (Texas), die größte Hallenarena der Welt, angesetzt. Dieser gewaltige, ultramoderne Bau kann 66 000 Zuschauer auf Sitzplätzen unter Dach und Fach bringen! Selbst Fußballspiele auf Standard-Spielfeld können hier bei Tag und Nacht, Regen oder Sonnenschein ausgetragen werden.

Am 14. November 1966 leuchteten dann die strahlenden Lichter dieses grandiosen Sporttempels für das Clay-Williams-Treffen auf. Dazu hatten sich 35 000 Menschen eingefunden, damals die größte Zuschauerzahl, die jemals einem Boxkampf in einer geschlossenen Halle beigewohnt hatte. Auch wurde zum ersten Male eine Fernsehsendung über den ganzen Globus – in genau 46 Länder – geschickt. In den USA wurde die Veranstaltung in 125 Städten gezeigt.

Mit all diesen Novitäten der Technik hätte die Prachthalle eine bessere Premiere verdient als das Schauspiel zwischen Supermann Clay und einem Boxer, von dem nur noch das Renommee Wirklichkeit war.

Ali trat in besonders guter Form an. Mit drei Fight-Experimenten im Jahr 1966 und einem guten Training hinter sich glaubte Williams, der Sache gewachsen zu sein. Er wurde mit gewaltigem Applaus als Houstoner Lokalheld – von den Toten wieder auferstanden – begrüßt. Cassius akzeptierte das tausendfache »Buuh« mit seiner üblichen Arroganz. Er betete nach Islam-Art in seiner Ecke. Sein Gegner hatte ähnliches taktvollerweise bereits in seinem Ankleideraum getan.

Williams startete sogleich mit absolut nutzlosen Haken und Geraden. Clay dagegen war exakt im Schlag und traf am Kopf. Er war auf den Beinen so schnell, daß Cleveland nicht nachkommen konnte. Er landete Gerade, Haken und Kombinationen ohne jede Anstrengung. Sein Partner kam nur mit Glück über die 1. Runde hinweg.

In vollem Bewußtsein seiner Überlegenheit, das Kinn hochnäsig nach vorn gestreckt, gab Clay in der 2. Runde seine eigene Vorstellung. Anscheinend machte er sich über einen Uppercut und einige Linke, die ihm Williams aufsetzen konnte, lustig.

Williams krachte dreimal zu Boden. Der ungleiche Kampf wäre vorüber gewesen, wenn man für dieses Treffen nicht auf die übliche Regel verzichtet hätte, nach der ein dreimal niedergehender Kämpfer automatisch ausgezählt wird.

Noch einmal brachte der Gongschlag die beiden zusammen. Unter lauten Ermunterungsrufen des Publikums sauste Williams kopflos auf Clay zu, der ihn mit einer harten Rechten und einer Kombination daran erinnerte, daß alles – was auch immer er tat – zwecklos sei. Er schlug ihn zu Boden.

Blutend kam der Texaner wieder hoch, rannte in einen »Wald« voller Schläge und schwamm so offensichtlich ohne Verstand zwischen den Seilen umher, daß der Ringrichter den Kampf abbrach.

Erst jetzt kamen alle Beteiligten einschließlich einiger Ärzte zu der Überzeugung, daß Cleveland Williams – trotz seiner früheren ehrenvollen Vergangenheit als Faustkämpfer mit einem Elefantenmagen – nichts mehr im Boxring verloren gehabt hatte.

Hugh Benbow mußte zugeben, daß Clay ein Meister war.

»Er ging wie ein echter Texaner im Kampf unter!« sagte er über seinen Schützling. »Ich werde ihn nie wieder kämpfen lassen!« Über seine grandiosen Pläne, das Boxerinternat und sein Hobby, den Ringsport zu beleben und zu verbessern, hat man inzwischen nichts weiter gehört.

Ernie Terrell, WBA-Champion und Jazzmusiker, war auch aus Chikago gekommen, um sich das Debakel anzusehen. Um zwei Fliegen mit einer Klappe zu schlagen, hatte er sich mit seiner Kapelle, »Die Schwergewichtler«

genannt, ein Tanzlokal-Engagement in Houston gesichert.

Als Clay ihn nach dem Kampf erblickte, rief er: »I want you next, Terrell! – Dich will ich als nächsten!«

Damit hatte er Terrell offiziell herausgefordert, und es gab kein Zurück mehr. In Fachkreisen war man erstaunt, weil Clay scheinbar aus eigener Initiative gehandelt hatte. Seine Clique war ursprünglich nicht damit einverstanden gewesen, daß er Anfang 1967 schon wieder in Aktion treten sollte, noch dazu gegen einen so aussichtsreichen Mann wie Terrell.

Cassius unterzeichnete den Vertrag mit Ernie. Am 6. 2. 1967 wollten sie sich im neuen »Astrodome« treffen. Ihm imponierte nicht nur der Supersportpalast, sondern er fühlte sich auch sonst in Houston zu Hause, weil die Stadt eine Gemeinde von Koran-Anhängern beherbergte. Er ging bald daran, seinen Wohnsitz und sein Haupttrainingsquartier von Miami nach Houston zu verlegen.

Um diese Zeit ging das Gerücht, man habe versucht, Terell in seiner Heimatstadt Chikago, die gleichzeitig der Hauptsitz der Moslems ist, zum islamischen Glauben und allem, was dazugehört, zu bekehren. Aber Ernie hatte abgelehnt, ihm lag das nicht. Außerdem hätte er als Mohammedaner nicht mit Clay in den Ring klettern können; das wäre ein Verstoß gegen die Regeln der Sekte gewesen.

Auf alle Fälle war Terrell mit seinen Ansichten ein Dorn im Auge des Weltmeisters, und das Rassenproblem war eines seiner Hauptthemen in dem erforderlichen Reklame-Wortkampf.

Terrell als ruhiger und besonnener Mann hatte der berüchtigten Schaumschlägerei seines Rivalen, die dieser in jahrelanger Praxis zu einer wahren Kunst entwickelt hatte, nicht viel entgegenzusetzen. Er mußte sich Spottnamen wie »Giraffe« oder »einarmiger Bandit« gefallen lassen – wegen seiner wirkungsvollen, aber einseitigen Arbeit mit der Linken. Und »einarmige Banditen« nennt man in den USA Spielautomaten mit Abzugshebeln an der linken Seite.

Eine der explosivsten Szenen im modernen Boxsport entwickelte sich am 28. Dezember 1966, als beide Kämpfer in den Büros des Madison Square Garden in New York erschienen, um sich Presse- und Fernsehinterviews zu stellen. Das Ganze war als eine Reklame für den Sportpalast gedacht, der zum ersten Mal eine Fernsehsendung im »Closed Circuit« auf einem gigantischen Bildschirm bringen wollte.

Beide Meister posierten mit den üblichen Grimassen vor den Kameras der Tageszeitungen, und alles ging soweit gut ab. Dann aber bestand Clay darauf, ein neues Gedicht anzubringen, das er für diese Gelegenheit geschrieben hatte. Offenbar war er mit den literatischen Dingen inzwischen aus der Übung gekommen, denn das, was er jetzt vorbrachte, hatte nicht einmal mehr den primitiven, kindlichen Charme seiner früheren Kalauer.

Terrell, der sich schon vorher geweigert hatte, Clay mit seinem neuen Namen zu nennen, meinte zu der Vorlesung: »Cassius! Shakespeare würde sich im Grabe umdrehen, wenn er das hören könnte!«

Das war nun nicht gerade originell und auch schon von klügeren Leuten als dem Chikagoer Boxer gesagt worden. Aber das Wort »Cassius« setzte die Zündschnur in Brand.

»Warum nennst du mich nicht bei meinem richtigen Namen? Du weißt genau, daß ich Muhammad Ali heiße!« fragte er wütend.

»Weil ich dich als Cassius Clay kennengelernt habe und dich als Cassius Clay im Ring liegen lassen werde«, erwiderte Terrell noch ganz ruhig.

Plötzlich wurde es in dem kleinen, von Reportern und

Fernsehkameras eingeengten Raum sehr ungemütlich, als Clay zu brüllen anfing: »Nur ein Onkel Tom kann die Unverschämtheit besitzen, mich bei meinem Sklavennamen zu nennen. Du bist ein Onkel-Tom-Nigger!«

Vor wenigen Jahren noch hätte Terrell darüber gelacht, aber inzwischen war die harmlose Figur des alten schwarzen Onkels zum Symbol eines Verräters geworden. Es war das Schlimmste, was ein Schwarzer dem anderen unter gewissen Voraussetzungen sagen konnte.

Terrell wurde jetzt auch ärgerlich und bellte: »Du hast kein Recht, mich einen Onkel Tom zu nennen!« Ein Papier schwenkend, fügte er noch hinzu: »Hier steht es schwarz auf weiß gedruckt, noch dazu vom Madison Square Garden, daß ich es mit Cassius Clay und niemand anderem zu tun habe!«

Jetzt war es mit dem Interview zu Ende. Für einen Moment sah es so aus, als ob Clay die große Wahnsinnsszene vor dem Liston-Kampf in Miami wiederholen würde. Er riß sich die Jacke vom Leibe, und mit übergroßen, wildrollenden Augen bewegte er sich auf Terell zu . . .

Nachdem er sich vergewissert hatte, daß genügend Umstehende dazwischengetreten waren, ging er zum Angriff über und langte Terrell über die Köpfe der Friedenstifter hinweg einige »Offene-Hand-Schwinger«.

Dabei schrie er unaufhörlich: »Du bist wie der andere Onkel Tom, Floyd Patterson! Und wenn wir im Ring sind, werde ich dir die Floyd-Patterson-Erniedrigungs-Behandlung geben! Als ein Exempel für die ganze Welt!«

Schließlich gelang es, den Tobsüchtigen wieder zu beruhigen. Aber mit der Weihnachtsstimmung und einem ordentlichen Interview war es nun vorbei.

Kenner der Clayschen Psyche meinten später, daß der Meister mit seiner anscheinend absichtlich wieder eingeschalteten Hysterie diesmal eine Katastrophe hätte heraufbeschwören können.

Was wäre geschehen, wenn Terrell, der ihm an Kräften nicht nachstand, auf seine Weise übergeschnappt und tätlich geworden wäre?

Als Reklame hatte dieses Schauspiel kaum noch Wert gehabt, und als ein Mittel, seinem Gegner die Ruhe zu nehmen, taugte es auch nicht; dafür lag zuviel Zeit zwischen diesem Auftritt und dem Kampf.

Terrell und seine Trabanten glaubten, daß er für das kommende Gefecht einige besondere Vorteile hätte: Er war größer als Clay und verfügte über eine längere Reichweite, ferner besaß er eine Linke, die bis zu Cassius' Erscheinen als die beste der Ära galt. Er hatte sie leider zur »Exklusiv-Waffe« gemacht und alles andere darüber vernachlässigt. Dennoch war er überzeugt, damit aus der Reichweite von Clays eigener gefürchteter Linker bleiben zu können, ohne an Offensivkraft zu verlieren.

Er hatte noch ein anderes Plus, das bereits seit Monaten in allen Lagern durchgekaut worden war: Ernie war einer der wenigen, die dem Louisviller Meister einmal schwer zugesetzt hatten, und zwar als Trainingspartner 1962 in Miami. Cassius bereitete sich damals auf sein Treffen mit Don Warner vor und war von Ernie bei dieser Gelegenheit besonders hart angefaßt worden. Ein Film, der von diesem Vorgang zufällig gedreht worden war, diente jetzt als allgemeiner Wertmesser für Terrells Form und Aussichten.

Cassius lachte herzlich über die naiven Hoffnungen, die seine Opponenten an diese Begebenheit knüpften.

»Mann, das ist fünf Jahre her. Damals war ich noch grün und wog gerade so 185 Pfund!« sagte er.

Er vermied zu erwähnen, daß man Terrell aber nach dieser Affäre sofort – ohne Bezahlung – abgeschoben hatte und dieser seinen Trainer, Sam Solomon in Chikago, um das Fahrgeld nach Hause bitten mußte. Terrell war damals einfach zu gut für den jungen Clay gewesen;

ähnliche Zwischenfälle hätten Cassius' Presseaufbau nur schaden können.

Zu Terrells Gunsten sprachen auch noch seine Siege über Doug Jones und George Chuvalo, die er beide in etwas überzeugenderer Weise als Clay geschlagen hatte.

Chuvalo, der gegen Clay und Terrell je 15 Runden durchgestanden und nur nach Punkten verloren hatte, war daher ein guter Beurteiler der Sachlage.

»Clay ist bisher kaum einem Mann mit einer guten Linken begegnet«, meinte er. »Terrell ist dieser Mann, und er könnte ihm damit seinen Stil verderben. Terrells Linke und Jabs sind härter als Clays, aber weniger schnell und nicht so vielseitig. Er ist ein Ein-Arm-Kämpfer, und das wird auf die Dauer selbst seine Reichweite nicht ausgleichen. Nach meiner Erfahrung hat Clay eine bessere Chance.«

Angelo Dundee warnte vor einer Unterschätzung des WBA-Meisters, selbst wenn es nur zur Belebung der Abendkasse wäre.

Er sagte aber sehr folgerichtig: »Cassius hatte vor fünf Jahren mit Ernie in Miami Schwierigkeiten. Die körperliche Entwicklung kann eine solche Jugendschwäche zwar leicht überwinden, nicht aber der Kopf. Terrell wird auch das beste aus seiner Länge und Reichweite machen und Clay wie einen Bulldozer vor sich hertreiben. Er hat aber kein wirkliches Durchstehvermögen, und das kann ihm im letzten Abschnitt des Kampfes zum Verderben werden.« Dann flickte er ironisch an: »Sofern Cassius nicht den letzten Abschnitt nach vorne verlegt . . .«

Angelo hatte in fast jeder Hinsicht vorbeigeraten, ebenso eine Anzahl von Ringexperten, die voraussagten, daß ein Duell zwischen zwei so ausgesprochenen Linksschlägern auf die Dauer langweilig werden und zu keinem überzeugenden Resultat führen könne.

Am 6. Februar sollten nun wieder Taten sprechen.

37 321 Personen hatten sich im Astrodome von Houston eingefunden, auf das Wunder hoffend, daß von den beiden auf dem Spiel stehenden Thronen nur der des Muhammad Ali in die Brüche gehen werde. Es war sein 28. Kampf und das siebente Mal, daß er seine Krone auf den Tisch stellte.

Der Fight bewies nur wieder, daß alle Voraussagungen und guten Vorsätze, besonders in einem Gefecht mit Clay, an den Realitäten des Ringes scheitern. Sie sind nicht mehr wert als die Ausrufe der Würstchenhändler in der Arena.

Terrell begann in der einzigen Fasson, in der man Clay beikommen konnte. Aber seine Waffen waren zu einseitig und sein Stil zu monoton. Schnell waren alle Pläne vergessen. »Jab and grab« (schieß und pack den Gegner) war alles, was er zeigte, nachdem er Cassius anfänglich durch seine Linke und Reichweite irritiert hatte.

Ein Auge wurde ihm frühzeitig aufgeschlagen, und von da ab ballerte er nur noch gelegentlich aus voller Deckung heraus. Seine berühmte Linke blieb krampfhaft beschäftigt, diese Deckung zu halten. In 45 Minuten Kampfdauer brachte er nur zwei gute Treffer an den Mann!

Clay, einmal über die Start-Unebenheiten hinweg, brillierte überlegen und arrogant. Fast volle 15 Runden bombardierte er – je nach Situation – aus langer oder kurzer, aber immer sicherer Distanz die Deckung Terrells, mit nur wenigen guten Direkttreffern dazwischen. Mehr als hundertmal muß er die Handschuhe des Rivalen getroffen haben, denn wie ein automatischer Stempel deformierten sie schließlich Ernies Gesicht zu einer blutigen Fläche. In den Pausen wurden seine Augen und Wunden mehrfach untersucht.

Clays Gesicht blieb unberührt. Hunderttausende von Zuschauern in der ganzen Welt konnten daher deutlich und mit gemischten Gefühlen einen neuen Clay beobachten, einen Sadisten, der sein Opfer nicht nur quälte, sondern auch beschimpfte.

Von der 7. Runde ab löste er sein Versprechen ein: »Wie heiße ich? Welches ist mein richtiger Name?«

Diese Worte zischte er wieder und wieder mit hochmütiger Grimasse und weit aufgerissenen Lippen durch den weißen Mundschutz.

»Du bist ein Onkel Tom! Ein White-Man's-Nigger!« schrie er ärgerlich weiter, als Terrell blutig und fast blind im Rennen blieb, statt auf den Boden zu gehen.

Viele Nahsitzende und Fernsehzuschauer waren angewidert von diesem »Spiel der Grausamkeit«, wie die Zeitung »Newsweek« ihren Kampfbericht betitelte.

O ja, Cassius siegte – aber nur nach Punkten! Seine »Patterson-Erniedrigungs-Behandlung« war keine Entschuldigung dafür, daß es ihm trotz aller Anstrengungen – besonders in den letzten Runden – nicht gelungen war, den hilflosen, aber zähen Terell k.o. zu schlagen.

DER VERLUST DES TITELS

Cassius Muhammad Ali war nun der unbestrittene Weltmeister, darüber konnte selbst bei der WBA kein Zweifel mehr bestehen.

Ironischerweise aber sollte mit dieser universellen Anerkennung seines Könnens auch seine Laufbahn als Boxer zu einem (einstweiligen) Abschluß kommen. Nur Wochen war es ihm erlaubt, mit der ersehnten Krone auf seinem Dickschädel zu paradieren. Nur einmal noch konnte er als endgültiger Weltmeister seinen Titel verteidigen.

Am 26. März 1967 schlug er Zora Folley, die nächste Nummer auf der »Glaswarenliste«, im New Yorker Madison Square Garden in der 7. Runde k.o. Der Kampf folgte dem bewährten Muster seiner letzten Auftritte und bewies nur wieder seine klare, unantastbare Überlegenheit.

Dann aber stand der erste K.o. außerhalb der Seile unwiderruflich vor der Tür: Die Auseinandersetzung mit »Onkel Sam«, den USA, war nicht mehr aufzuhalten. Trotz der Wühlarbeit seiner hochbezahlten Rechtsanwälte, trotz seiner Bemühungen in den Moscheen und Versammlungen, sich jetzt als Priester des Islam zu gebärden und seinen schwarzen Brüdern und Gleichgesinnten die friedliebende Philosophie seiner selbst und der arabischen Welt im allgemeinen einzutrichtern, war ein weiterer Aufschub für seine Einberufung in die Wehrmacht unmöglich. Clay konnte nicht mehr umhin, dem Ruf der Fahne zu folgen – und sich zu melden. Nicht als Priester einer landesfremden Sekte, nicht als armer, rassisch vielleicht benachteiligter Boxer, der eine hungrige Familie zu ernähren hatte, wurde er gerufen, sondern als Cassius Clay, gleich Tausenden anderer Altersgenossen – mit dem Unterschied, daß man ihm als Weltmeister erlaubt hatte, mit Hilfe seiner gewaltigen Einnahmen eine Lücke in den Gesetzen zu suchen.

Am 28. April blieb er denn auch ruhig auf seinen sonst so genial beweglichen Füßen stehen, als er im Einberufungszentrum von Houston nach amerikanischem Brauch aufgefordert wurde, einen Schritt vorwärts zu tun, um damit symbolisch seine Dienstbereitwilligkeit zu erklären. Dreimal wurde sein Name aufgerufen. Der wendige Cassius bewegte sich nicht und machte dennoch damit den entscheidendsten Schritt seines Lebens. Er war, wie er selbst zugab, »den Gesetzen Allahs gefolgt« und nicht denen seines Vaterlandes, dem er seine Größe verdankte.

Die WBA entzog Muhammad Ali sofort den Weltmeistertitel, und ein Verfahren wegen Fahnenflucht wurde gegen ihn eingeleitet. Am 19. Juni 1967 benötigten die Geschworenen eines föderativen Gerichtshofes in Houston knapp 20 Minuten, um sich über den Fall klarzuwerden: Cassius war schuldig!

Das Urteil lautete auf fünf Jahre Gefängnis und 10 000 Dollar Strafe. – Seine Anwälte legten sofort Berufung ein, und der Louisviller blieb gegen 5000 Dollar Kaution auf freiem Fuße, um den letzten und langwierigen Kampf gegen die Maschinerie der höheren Instanzen in die Wege zu leiten. »Wenn Allah mit mir ist, werde ich diesen Fight um mein gutes Recht gewinnen«, sagte der entthronte, aber völlig unbesorgte Champion.

Zum Überfluß wurde er am 7. Juli vom Verkehrsgericht in Miami – in Abwesenheit – zu mehreren hundert Dollar Strafe und zehn Tagen »Kittchen« verurteilt. Drei verschiedene Vorladungen hatte er völlig ignoriert: Er hatte mit dem Kritisieren der Regierung, dem Krieg in Asien und mit pazifistischen Proklamationen einfach zuviel zu tun gehabt, um Frieden und Ordnung in seine eigenen Angelegenheiten zu bringen.

Bei den »Drückebergern« und ehrlichen Pazifisten aller

Rassen und in der Atmosphäre der unglücklichen Vietnam-Affäre wurde Cassius zum Symbol des Protestes. Man bewunderte in diesen Lagern seinen Mut. »Der Junge ist seriös«, sagte man dort. »Wer wirft schon wegen einer religiösen Überzeugung Millionen zum Fenster hinaus?«

Kein Zweifel, Muhammad Ali hatte auch in dieser Sache wieder einmal seinen unglaublichen Mut gezeigt. Dennoch waren die wirklichen Kenner des Clay-Phänomens nicht von der absoluten Echtheit seiner Gefühle überzeugt. Sie hielten seine jetzige Philosophie vielmehr für eine nachträgliche Motivierung, ein zähes Festhalten an einer Idee – weniger aus religiösen Prinzipien, als aus der ihm eigenen Hartnäckigkeit, seinem Trieb, sich gegen alles Konventionelle durchzusetzen. Sie erklärten, ein Cassius Clay fühle sich als Zentrum einer universalen Kontroverse durchaus wohl. Ihm sei die Rolle eines Märtyrers, des »historischen« Führers einer Minorität, viel mehr wert als die Einnahmen und Ehren einer sportlichen Laufbahn.

Cassius tat alles, um diese Theorie zu unterstützen. Nach seiner Verurteilung ließ er sich sofort vernehmen: »Ich habe nunmehr die Sportseiten der Presse verlassen, um auf die Titelseiten zu kommen . . . In den Augen der Welt, besonders in Europa, Afrika und Asien, bin ich immer noch der Champion . . .« Und so weiter.

Inzwischen hatte die Welt-Boxbehörde einen offiziellen Wettbewerb zur Bestimmung seines Nachfolgers in die Wege geleitet. Die Reihe der Kandidaten unterschied sich kaum von Nat Fleischers Weltrangliste. Mildenberger stand an erster Stelle. Ihm folgten Terrell, Patterson, Frazier, Chuvalo (am 19. Juli schlug Frazier den Kanadier Chuvalo im Madison Square Garden durch technischen K.o. in der 4. Runde), der Mexikaner Ramos und der Argentinier Bonavena, mit Thad Spencer und Jimmy Ellis im Finale.

DIE GROSSE PAUSE

Jetzt kam die große Pause, das sportliche Vakuum. Mit wenig Aussichten auf einen Kampf außerhalb der USA wurde Clay gewissermaßen zum Gefangenen im eigenen Land.

Er füllte diese Pause »zwischen den Runden« nunmehr nur noch mit dem Mundwerk anstatt mit den Fäusten aus. Diese Periode der Arena-Arbeitslosigkeit sollte dreieinhalb Jahre dauern, bis er wieder, halbwegs reingewaschen, in den Ring steigen konnte.

Zum Nichtstun hatte er grundsätzlich keine Zeit, und er wartete daher vor der Nation und der Welt mit einer Reihe von Überraschungen auf, die vom Absurden bis zum Überzeugenden reichten, von religiösem Fanatismus und Rassenpolitik zu praktischen Bemühungen um seine Rehabilitierung.

Das Gerichtsurteil über seine »Fahnenflucht«, seine Weigerung, in die Armee einzutreten, »um vielleicht an einem Krieg gegen die Vietnamesen, die mir gar nichts getan haben, teilzunehmen«, war, wie wir gehört haben, am 20. Juni 1967 ausgesprochen worden. Seine Berufung an die höheren Gerichte konnte er dagegen erst am 3. Juni 1969 einreichen.

Aber erst viele Monate später wurde das Verfahren durch die gerichtlichen Instanzen revidiert, und er war wieder ein freier Mann, zumindest was den militärischen Teil seiner Laufbahn betraf.

Inzwischen machte er aber dennoch die Bekanntschaft mit dem Kittchen. Wegen eines Verkehrsvergehens mußte er in Miami eine zehntägige Gefängnisstrafe absitzen. Er war erwischt worden, als er seinen Cadillac selbst durch die Straßen der Stadt steuerte, obgleich ihm sein Führerschein für Florida wegen eines früheren Verstoßes entzogen worden war.

Am 10. November 1968 ließ sich der Größte dann notgedrungen einen »gestreiften Anzug« für seinen Aufenthalt hinter schwedischen Gardinen anpassen.

Der gute Junge, der bereits daran gewöhnt war, seine Einnahmen in Millionen zu beziffern, mußte nun für 40 Cents pro Woche im Kit(t)chen (Küche) arbeiten. Den Reportern gegenüber ließ er durchblicken: »Diese kleine Abwechslung in meiner Laufbahn kann nur Gutes für mich haben. Als Millionär lerne ich so wieder den Wert des Geldes schätzen. Außerdem ist es eine Art Training für den Fall, daß ich die spätere Verurteilung nicht abwenden kann. Ich trockne hier 2200 Tassen, Teller und Löffel täglich, bin aber frisch genug, um mit meinen Zellenkameraden abends die höheren Dinge in der Welt zu besprechen.«

Einige Zeit später drohte Cassius nochmals eine Gefängnisstrafe. Diesmal jedoch nicht wegen eines Verkehrsvergehens, sondern wegen einer Alimentensache. 1966 war er von Sonja geschieden worden, hatte aber vergessen – oder besser gesagt vermieden –, seinen vom Gerichtshof festgelegten Alimentenverpflichtungen nachzukommen. Sonja ließ sich diese Behandlung nicht gefallen, beklagte sich beim Kadi, der mit Gefängnis drohte. Da merkte Cassius, daß er mit der ihm anhaftenden Knauserigkeit nicht durchkommen würde. Im letzten Moment eilte er zur Gerichtskasse, rückte den Betrag von 44 000 Dollar recht unwillig heraus und vermied so, ein zweites Mal für 40 Cents die Woche Küchenarbeit verrichten zu müssen.

Zu Anfang der großen Pause spielte er nun gerne den armen, seines Einkommens widerrechtlich beraubten Mann. Er wies darauf hin, daß es derzeit keine Ring-Einnahmen gab, verschwieg aber, daß die Muslims einen großen Teil seiner Sportverdienste in ihre Koffer gepackt hatten. Seine Aussprüche und Notschreie über seine Lage als Arbeitsloser, oft in Versform, klangen herzzerreißend.

Alle Eingeweihten wußten jedoch nur zu gut, daß Cassius keineswegs ein armer Schlucker war. Da gab es noch die von der Louisviller Gruppe einbehaltenen 75 000 Dollar, über die er demnächst verfügen konnte. Dann war er mit 60 Prozent am Anlagekapital einer Ölkompagnie beteiligt. Außerdem hatte er sich gerade ein Haus für 75 000 Dollar in Philadelphia gekauft. Es hatte »nur« 22 Telefone, fünf Fernsehapparate, einen großen Swimming-pool, und in der Garage prunkte ein 32 000 Dollar schwerer Rolls-Royce.

Um diese Zeit bestand er kategorisch darauf, mit Muhammad Ali angeredet und bei offiziellen Angelegenheiten vorgestellt zu werden. Er wurde und wird immer noch wütend, wenn Opponenten aus der Presse und Boxerkreisen ihn weiterhin mit Cassius Clay betiteln.

In den Beginn seines Ring-Exils fiel auch seine Begegnung mit der 17jährigen Belinda Boyd. Sie war im Muslimglauben erzogen und lebte danach, außerdem war sie ein recht hübsches Mädchen. Ganz im Gegensatz zu seiner recht weltlichen Exgattin Sonja, stand Belinda, die sich seit der kurz darauf folgenden Heirat mit Ali Khalilah nennt, ganz im Banne seiner religiösen Persönlichkeit. Beide studierten täglich die heiligen Schriften des Islam und anderer Religionen, wobei die junge Frau wohl am aktivsten war, denn der Größte hat nun einmal mit dem Lesen seine Schwierigkeiten. So begann, zumindest nach außen hin, eine recht glückliche und harmonische Ehe.

Ein Angebot, für 400 000 Dollar in einem Film mitzuwirken, wies er entrüstet zurück, wenngleich der Betrag ein schöner Lückenfüller gewesen wäre. Er nannte es eine Zumutung, ihn für die Rolle des Jack Johnson, dem Meister aller Zeiten, wie ihn Nat Fleischer bezeichnet hatte, zu engagieren; denn zu der Johnson-Story gehöre nun mal eine weiße Frau. Ali sei keineswegs geneigt, jemals mit einer Weißen auf dem Bildschirm zu erscheinen.

Bei dieser Gelegenheit ließ er die Welt wissen, daß es mit der Moral Johnsons nicht weit her gewesen sei. Der Altmeister hatte seine Debakel mit den Gerichten gehabt, da er gegen das Mann-Act-Gesetz der USA, das einem Schwarzen verbot, mit einer Weißen zusammenzuleben, verstoßen hatte. Er flüchtete ins Ausland, um seiner Strafe zu entgehen, und kämpfte in verschiedenen Teilen der Welt fortan unbehelligt.

Ali meinte, daß man es ihm hoch anrechnen müsse, daß er nicht, wie der alte Weltmeister, gekniffen habe. Er vergaß dabei, zu erwähnen, daß ihm eine Batterie von Rechtsanwälten zur Verfügung stand, um seine Sache auszufechten, eine Möglichkeit, die Jack Johnson als Schwarzem in der damals rassisch bewußten Epoche vollkommen versagt war.

Einen großen Teil seiner Zeit verbrachte Ali nun damit, sich als Vortragskünstler zu betätigen. Das brachte ihm ein recht gutes Einkommen, und er konnte sich obendrein nach Herzenslust in Predigten und anderem Wortschwall auslassen. Seine Zuhörer waren meist junge Leute, vielfach Studenten, denn er war besonders bei den Universitäten sehr gefragt. Man buchte ihn natürlich nur als Kuriosum, als amüsantes Phänomen. Aber mit geschickt eingeflochtenen Witzen und eingepaukten Phrasen brachte er seine Botschaft an den Mann. Natürlich war sein Hauptthema das Schwarz-Weiß-Problem. Unter anderem trat er in der prominentesten Universität Amerikas auf. Seine Zuhörer in Harvard waren teils begeistert, teils interessiert, zum größten Teil aber amüsierten sie sich. Dieses Glanzstück seines Show-Genies, von der Presse gebührend beachtet, sollte die Welt davon überzeugen, daß man es nicht mehr mit dem armen Negerjungen aus Kentucky zu tun hatte, der so ein bißchen vom Boxen reden konnte, sondern mit einem Intellektuellen, einem phänomenalen Autodidakten.

Nicht immer gingen seine Vorträge und Predigten friedlich aus. In Pennsylvania z. B. schrie er seine Zuhörer, unter denen sich eine Gruppe schwarzer Fanatiker befand, mit den Worten an: »Ihr Nigger macht mir mehr Trouble als die Weißen!«

Einer anderen Gruppe, in der man ihn wegen seines eleganten Hauses, das er sich hatte erbauen lassen, kritisierte, weil es nicht mit dem Leben seiner Rassegenossen in Einklang zu bringen sei, rief er wütend zu: »Wollt ihr, daß ich mir ein Haus im Ghetto kaufe, wo die Ratten meine Kinder beißen können!«

In der berühmten Akademie von Westpoint, dem Herzen des amerikanischen Militarismus, rief er den Kadetten witzelnd zu: »Nun habt Ihr's ja! Ich bin jetzt in der Armee. Was will man noch mehr?« Das war als ein zeitgemäßes, der Situation angepaßtes Bonmot gedacht. Er hatte jedoch vergessen, daß er noch vor kurzem als Militärdienstgegner und Gegner des Vietnamkrieges recht ausfällige antimilitaristische Äußerungen von sich gegeben hatte.

In die Interimsperiode fiel auch ein anderes, typisches Ali-Stück, sein Erscheinen in einem Broadway-Musical in New York, das er wieder geschickt für seine Muselmannreklame auszunutzen wußte. Er sagte dazu: »Die vier Songs, die ich unter anderem herunterleiern muß, enthalten die reine Wahrheit und sind im historischen Rassensinn.« Dann, sich gleich widersprechend, fügt er hinzu: »Bei Schauspielern ist es nur ein Vorgeben der Wirklichkeit. Aber ich bin wirklich und will es bleiben.«

Dieses waren nur einige von der Presse zur Genüge durchgekauten Aussprüche und Begebenheiten. Sie trugen dazu bei, Amerika, wenn es auf Muhammad Ali kam, in zwei Lager zu teilen. Entweder man erhob ihn zum Idol und verteidigte ihn als einen Supermann, der in die Klemme geraten war und sich wehrte, oder man lästerte ihn als das nicht totzukriegende Großmaul, das nur unsinnige und unpatriotische Floskeln von sich gab.

Inzwischen ging seine Berufung bei den Gerichten ihren Weg. Mit seiner Behauptung, als Priester der Muslimsekte einen legitimen Grund gehabt zu haben, sich dem Militärdienst zu entziehen, kam er nicht recht weiter, zumal verschiedene Mitglieder der Muslimsekte mit vielen seiner Machenschaften nicht einverstanden waren und ihn eine Zeitlang suspendierten. Er erfand daraufhin kurzerhand eine neue Masche. Er bestand darauf, daß seine Verurteilung wegen Wehrdienstverweigerung revidiert und zurückgezogen würde, da die ursprünglichen Beschuldigungen auf illegalem Weg, nämlich durch Abhören seiner Telefongespräche, erbracht worden seien. Die in Frage kommenden Gespräche hatte er u. a. mit Dr. Martin Luther King, dem Märtyrer der Farbigen in den USA, und Elijah Muhammad, dem Chef der Muslimbewegung, geführt.

Was auch immer den Ausschlag gab, die Zwangspause dauerte bis zum Oktober 1970. Dann durfte er wieder legitim, nur wenig beschädigt, aber angerostet, in den Ring steigen.

Obschon die Promoter nun hinter ihm her waren wie der Teufel hinter den armen Seelen, mußte er bremsen und vorsichtig an die neue Laufbahn herangehen.

Es war nicht ganz einfach, einen geeigneten Bauklotz für den Wiederaufbau seiner Karriere zu finden. Der Mann, den man suchte, durfte nicht allzu gut sein. Ali wußte genau, daß sein Schliff, seine Schärfe, Schnelligkeit und Widerstandsfähigkeit in dreieinhalb Jahren Ruhezeit gelitten hatten. Sein künftiger Gegner durfte höchstens drittklassig sein.

Auch hatte sich das Bild um die ihm aberkannte Weltmeisterschaft ziemlich verändert. Auf der Suche nach einem neuen Champion hatten sich zwei Gruppen um die Ausschreibung eines Wettbewerbes gestritten. Der WBA (World Boxing Association) stand der New Yorker NYCAC (New York City Athletic Commission) gegenüber. Beide stellten ihre eigenen Helden auf, und das Ganze endete in einem heillosen Wirrwarr.

Unter anderen hatte Jimmy Ellis 1970 den von der WBA ausgeschriebenen Titel an sich reißen können, mußte ihn aber bald an Joe Frazier abgeben. Normalerweise wäre nun ein Kampf zwischen Ali und Frazier ein gutes Geschäft geworden. Aber Ali und seine Manager Angelo Dundee und Herbert Muhammad wußten nur zu gut, daß der Größte einfach noch zu »zart« war, um sich mit dem unerbittlichen Hammerschläger Frazier auf ein Encounter einzulassen.

Man griff also wieder in die Flaschenkiste und kam mit einer neuen »Weißen Hoffnung« an, dem Kalifornier Jerry Quarry, der an sich gar nicht schlecht war. Er hatte sich z. B. gegen »Smoking Joe« – Frazier wurde so genannt, weil seine unermüdlich niederprasselnden Schläge den Kolben einer Dampfmaschine glichen – sieben Runden auf den Beinen gehalten, was doch damals ein gutes Prädikat war.

Ali hatte eine neue Lizenz erhalten, aber nur für den Staat Georgia, und der Kampf wurde auf den 26. Oktober in der Hauptstadt Atlanta angesetzt.

Natürlich ging Ali für seine Wiederauferstehung mit riesigen Schallwellen auf die Bühne. Es war nicht viel Neues dabei. Er beschränkte sich einstweilen auf Sprüche um seine Freiheitsbemühungen. Er war ja noch nicht für das ganze Land zugelassen. Er sagte Dinge wie: »Meine schwarzen Brüder, die Fans der ganzen Welt warten darauf, daß ich wieder in Erscheinung trete. Ich muß diesmal siegen, denn ich kämpfe um meine Freiheit als internationaler Fighter.« Vieles von dem, was er sagte, war respektabel und noch einigermaßen logisch, vieles allerdings auch nur Neuausgabe seiner alten Lachplatten.

Der »Verlorene Sohn« wurde am Kampftag mit großem Getöse in der Arena empfangen. Aber er inszenierte seine Wiederauferstehung in jämmerlicher Verfassung. Seine einstige Größe warf nur einen Halbschatten voraus. Der Draufgänger und Schläger Quarry machte ihm redlich viel zu schaffen. Aber das Glück war mit Ali. Eine Augenwunde der »Weißen Hoffnung« zwang den Ringrichter, den Kampf abzubrechen. Ali hatte somit seine Anhänger nicht völlig enttäuscht, aber auch bei weitem nicht zufriedengestellt. Er gestand ganz offen, daß er mit seinem verrosteten Chassis niemand beeindrucken konnte, und schwor, sein Image für den nächsten Kampf gründlich aufzupolieren, besonders wenn er nochmals auf Quarry treffen sollte.

Kaum sechs Wochen später sollte er eine erneute Chance haben, sich dem Publikum zu zeigen. Man hatte ihm wieder einen Weißen besorgt, dieses Mal aus Argentinien. Er hörte auf den Namen Oscar Bonavena und war unserem Ali, das stand außer Frage, sehr recht. Nur die Besserwisser waren sich einig, daß Bonavena für Alis Verfassung noch zu gut war. Oscar hatte nämlich in zwei Kämpfen 25 Runden gegen Joe Frazier durchgestanden und diesen dabei zweimal aufs Parkett gesetzt. In seinen 53 Kämpfen war der Argentinier nicht einmal gestoppt worden. Die Waagschale neigte sich leicht zugunsten Bonavenas.

Das Ereignis sollte am 7. Dezember 1970 im neuen New Yorker Madison Square Garden stattfinden. Es gehörte natürlich zu Alis Strategie, oder, wenn man will, Show-Repertoire, daß er den Gegner in seiner üblichen Weise heruntermachte. Der Argentinier, nicht mit solchen Gepflogenheiten vertraut, ließ seinem lateinischen Temperament freien Lauf und nannte Ali »ein feiges Huhn, das vor der Armee weggelaufen ist«, so geschehen beim Einwiegen der beiden Helden. Ali hatte solche Unverschämtheit von einem Ausländer nicht erwartet, stürzte sich, weiß vor Wut, in das Ankleidezimmer des Argentiniers, so daß dessen Trainer und Helfer alle Hände voll zu tun hatten, um ihn wieder hinauszubugsieren.

»Ich werde dich in der neunten Runde umlegen«, rief er noch zum Schluß über den Korridor.

Dann aber zeigte der Kampf, daß Ali keineswegs der Überlegene war, aber auch nicht unbedingt sein Kollege. Es gab ein Hin und Her, und die Zuschauer teilten sich, je nach Hautfarbe, in zwei Lager.

Die neunte Runde kam. Ali hatte wieder einmal vorbeigeraten, denn Bonavena stand immer noch aufrecht. Das Hin und Her ging weiter. Der Argentinier war sich jetzt darüber klar, daß er nur durch einen K.o. den Gürtel gewinnen konnte, wurde aggressiv und kam in der fünfzehnten Runde mit der Rechten gut an. Aber dann, wie aus heiterem Himmel, mußte er sich einen präzisen linken Haken von Ali gefallen lassen und ging zu Boden. Ein zweiter Niederschlag folgte kurz darauf, und beim dritten war es zu Ende.

Alis Sieg war nicht sehr überzeugend, aber doch klar im Endresultat. Noch im Ring riß er das Mikrofon an sich und teilte der Welt in toto mit: »Ich habe Bonavena hingelegt, was selbst ein Joe Frazier nicht hat zustande bringen können. Wo ist Frazier nun? Ich will jetzt Joe Frazier haben.«

Und er sollte Joe Frazier in einer Vorstellung bekommen, die nun wirklich als »der Kampf des Jahrhunderts« in die Boxgeschichte einging.

Ein anderer Weltmeister, und zwar derjenige, der 1964 die Schwergewichtsklasse an Ali »abgegeben« hatte, verließ, nur wenige Wochen nach der Bonavena-Schau, die Weltarena für immer. Sonny Liston, den Cassius Clay den häßlichen, alten Bären genannt hatte, wurde scheinbar durch eine Narkotika-Überdosis ins Jenseits befördert.

Sonny blieb eine mysteriöse Figur in den Annalen des Boxbetriebes, bei der sich die Experten bis heute noch nicht klar sind, ob er nicht nur den zweiten, sondern auch den ersten Kampf gegen Cassius in Miami geschmissen hatte. Mehrere Monate vor seinem Tod mußte Sonny noch eine Niederlage von einer Flasche namens Wepner hinnehmen. Das ist insofern interessant, weil dieser Wepner zu den Großen gehören sollte, auf die Muhammad Ali die Wiedereroberung des Titels aufbaute. Nach vielen Zusammenstößen mit den Gesetzen und herausgeekelt aus mehreren Städten, die etwas auf sich hielten, hatte Sonny schließlich in Las Vegas, Dorado und Arena der Glücksspieler, einen letzten Zufluchtsort gefunden. Selbst der Tod dieser widerspruchsvollen Erscheinung blieb in ein Mysterium gehüllt. Es war nicht festzustellen, ob seine eigene Hand im Spiel gewesen war, als das Handtuch in den Ring seines Lebens geworfen wurde.

So, wie der Abgang des ehemaligen, unglücklichen Weltmeisters keine großen Wellen schlug, so vollzog sich auch das Erscheinen eines neuen Prominenten der Faustkampfkunst ohne viel Aufhebens. Joe Fraziers Entwicklung der boxerischen Seite glich zum großen Teil der Muhammad Alis, jedoch ohne den Pomp und die überlauten Begleiterscheinungen, die dem geborenen Showman Ali in die Wiege gelegt worden waren.

Joe war der Sohn eines schwarzen Farmarbeiters aus South Carolina. Geboren im tiefsten und ärmsten Süden des Landes, war er unter viel ungünstigeren Umständen aufgewachsen als sein späterer Widersacher. Vom Boxfieber erfaßt, landete er frühzeitig im offiziellen Amateurlager. Mit 40 Siegen hatte er sich dann bald einen Status geschaffen, der ihn zur Teilnahme an den Olympischen Spielen von 1964 berechtigte. Er wurde in den Ausscheidungskämpfen von Buster Mathis geschlagen. Es war seine erste Niederlage. Aber das Schicksal war ihm wohlgesinnt. Mathis verletzte sich eine Hand, und Frazier wurde als Ersatzmann in das US-Team aufgenommen. Er reiste mit nach Tokio und holte sich dort prompt die Goldmedaille.

Nach Amerika zurückgekehrt, nahm ihn Yank Durham, ein gewiegter Manager, Trainer und Taktiker, unter seine Fittiche. Er wurde Profi und gewann eine Serie von 13 Kämpfen, alle durch K.o. Geschickt hielt Durham seine neue Kanone von dem inzwischen einsetzenden Ansturm auf die Krone fern. Wie wir schon erwähnt haben, war nach der gewaltsamen Entfernung Alis der Titel vogelfrei geworden und dann von den derzeitigen Autoritäten, der WBA und der NYCAC, den eigenen Leuten zugeschustert worden, was zu dem ungesunden und unsportlichen Durcheinander geführt hatte.

Geschickt bugsierte Durham darum Frazier zunächst in ein Treffen um die NYCAC-Krone, die sein ehemaliger Amateurgegner Buster Mathis hielt. Er schlug diesen, für die vorolympische Niederlage Rache nehmend, entscheidend in elf Runden und war somit als Nummer eins anerkannt, aber, wie gesagt, nur in sieben Staaten. Er mußte erst noch über Jimmy Ellis, der die WBA-Krone trug, klettern. Er beförderte dann Ellis nach vier Runden wieder auf den Status eines späteren Titelanwärters zurück und beendete damit ein für allemal die Komödie um die Doppelmeisterschaft in der Schwergewichtsklasse.

In dieser Lage, mit Ali als noch unsicherem Faktor, aber stürmisch von der Menge verlangt, und Frazier, dem Herrn der augenblicklichen Championsituation, war ein Zusammentreffen der beiden unvermeidlich. Eine glatte, ja selbst eine umstrittene Niederlage eines der Helden mußte automatisch zu einem einträglichen Rückkampf, wenn nicht sogar zu einer Serie von Rückkämpfen führen. Die Promoter, die Aasgeier des Boxgeschäftes, versprachen sich noch nie dagewesene Kassenerfolge unter Anwendung des Closed-Circuit-Fernsehsystems. Es regnete Millionenangebote von allen Seiten. Hinzu kam, daß eine Auseinandersetzung zwischen einem Boxer wie Ali und einem Schläger wie Joe seit eh und je eine ungeheure Anziehungskraft hatte. Und mit den beiden waren alle Voraussetzungen für eine solche Attraktion gegeben.

Man redete nun von dem wirklichen »Kampf des Jahrhunderts«, der »klassischen« Superschau unserer Zeit. Die Journalisten schrieben eingehende Analysen über die körperlichen und geistigen Kapazitäten der beiden Gladiatoren; man vergaß nicht, zu unterstreichen, daß sich zum ersten Mal in der Boxgeschichte zwei bis dato ungeschlagene Schwergewichtler für einen Kampf um den silbernen

Gürtel gegenüberstehen sollten. Zwei Männer mit grundverschiedenen Qualitäten in ihrer Arbeit und ihrer Ansicht über das Leben und die Welt, in der sie lebten.

Smoking Joe war eindeutig Favorit in den Lagern der erfahrenen Kampfenthusiasten. Für sie war Ali einfach noch nicht so weit, um eine Auseinandersetzung mit einer Maschine wie Frazier zu überstehen. Die fanatischen Anhänger Alis dagegen setzten sich über jede nüchterne Erwägung der wahren Chancen ihres Lieblings hinweg. Es ging darum, den Größten wieder zum wirklich »Größten« zu machen. Eine Rassenfrage, eine Prügelorgie zwischen Schwarz und Weiß, stand dieses Mal zur Debatte.

Und während die Meinungen bei Publikum, Presse und Experten über Ali versus Frazier geteilt waren, gingen die beiden Hauptdarsteller daran, sich in den nunmehr üblichen Voraussagen über das schreckliche Ende des Gegners und ihre eigene Größe zu überbieten. Der an sich viel ruhigere Frazier nahm eine unerwartet offensive Stellung dabei ein.

Es ist völlig unmöglich, die Stänkereien und Stilblüten dieser Vorschau in dem begrenzten Rahmen eines Buches zu notieren. Alles war darauf zugespitzt, die kommende Auseinandersetzung zu einem noch nie zuvor dagewesenen Drama zu gestalten.

Das Wie und Wo wurde festgelegt, als der Oberste Gerichtshof New Yorks entschied, Muhammad Alis entzogene Fighterlizenz auch wieder für diesen Staat zu aktivieren. Hinzu kam, daß nun ein Mann aus Hollywood den plänkelnden Promotern das Goldene Kalb vor der Nase wegschnappte. Jerry Perenchini, ein wenig bekannter Filmstaragent, kam gewissermaßen auf Fußspitzen zum Rampenlicht. Er verstand nichts vom Boxen, kannte weder Frazier noch Ali. Er hatte nur einen Kampf in seinem Leben gesehen, und zwar den zwischen Ali und Quarry, und war seitdem besessen von der Idee, seine Hand in dieser faszinierenden Atmosphäre zu versuchen, und zwar mit dem Geld anderer Leute. Durch einen Vertrag mit der Direktion des Madison Square Garden und den Closed-Circuit-Leuten versprach er sich ein Millionengeschäft.

Und es gelang ihm, alle Komponenten auf einen Nenner zu bringen und den Kampf für den 8. März 1971 festzusetzen. Den beiden Hauptakteuren garantierte er die unerhörte Summe von je 2½ Millionen Dollar. Und um die Sache bis auf die Knochen profitabel zu machen, setzte er z. B. die Ringside-Preise mit 150 Dollar an, den Preis für ein Souvenirprogramm mit 2 Dollar. Ja, selbst die Hosen und Handschuhe der beiden Athleten sollten nach dem Ereignis versteigert werden.

Als der große Tag kam, zeigte sich, daß der ganze Rummel, die Schlachtrufe der beiden Helden und alles andere Drum und Dran nicht umsonst gewesen waren. Der Garden mit seinen ca. 20 000 Plätzen war schon Tage vorher ausverkauft. Die »preiswerten« Ringside-Sitze waren zuerst weggegangen und wurden bis zu 1000 Dollar pro Stück noch am Abend des Festes schwarzgehandelt. Eleganz und Aristokratie mischten sich mit den sportlich und unsportlich gehaltenen Gewändern der Fight-Plebejer.

Nicht nur der Laden in New York war voll, sondern alle Kinos, wo auf gigantischer Leinwand des Closed Circuits die Schau übertragen wurde. In vielen Überseeländern stellten die Fans ihre Wecker auf ungewöhnliche Nachtzeiten, um das Ereignis auf dem Bildschirm nicht zu versäumen. In der Tat, es war die weitaus größte und umfassendste Schau, die die Welt bisher gesehen hatte. Eine Schau, die buchstäblich von vielen Millionen auf dem ganzen Globus miterlebt werden konnte und wurde.

In der Arena selbst saß man wie auf einer Zeitbombe. Wann würde sie in die Luft gehen? Dieses war ein Kampf, in dem die Hautfarben des Titelverteidigers und seines Herausforderers keine Rolle spielten. Man war entweder für Ali oder gegen ihn, es gab dazwischen keine andere Alternative. Millionen innerhalb und außerhalb New Yorks, in der ganzen Welt, hofften, daß Frazier siegen würde. Millionen warteten ungeduldig darauf, so wie zum Beispiel in Deutschland, daß Cassius Clay-Ali endlich die Abreibung erhielt, die er sich redlich im Lauf seiner Karriere verdient hatte.

Die Fans, wo sie auch waren, sollten nicht enttäuscht werden. Nachdem beide noch einige Schlußbeleidigungen ausgespuckt hatten – von denen Alis: »Ich werde dich umbringen, du Nigger« so ganz in den Rahmen des Unternehmens paßte –, begann das Spiel, das zu einer wirklich erbitterten Fehde werden sollte. Keiner der beiden war an dem Sammeln von Punkten interessiert, obschon Alis schnelle Jabs darauf hinzuzielen schienen. Beide waren nur daran interessiert, ein eindeutiges Endresultat zu erreichen, eine zweifelsfreie Niederlage des Gegners. Beide schlugen oft tief, und Ali foulte auf mancherlei Weise, was man bei näherem Hinsehen bestätigt finden konnte.

Seine gut sitzenden Jabs brachten ihm nur ein Lachen von Frazier ein. Dieser nahm grinsend alles, was Ali zu geben hatte, und das war offensichtlich nicht genug. Außerdem hatte Angelo Dundee alle Mühe, Ali einzutrichtern, von den Seilen fernzubleiben, woran er sich von der ersten Runde an gehalten hatte. Wie vorausgesehen, entwickelte sich alles zu dem versprochenen Drama zwischen Boxer und Schläger. Ein Drama, in dem auch noch geschauspielert und Faxen gemacht wurden ...

Bis zur zehnten Runde konnte man, wenn man dahin tendierte, Ali nach Punkten leicht im Vorteil sehen. Aber irgendwie waren Anzeichen vorhanden, die auf Fraziers Überlegenheit hindeuteten. Und Frazier machte es auch ab der elften Runde klar, daß er absolut nicht geneigt war, seinen Titel billig abzugeben. Er erschütterte Ali wieder und wieder mit seiner Atomwaffe, dem linken Haken. Der

Gesichtsausdruck Alis, dem ewig clownenden Supermann, verwandelte sich in glasiges Starren. Er vermied von nun an geflissentlich den Kontakt mit seines Gegners Linken und hielt sich so aufrecht für die nächsten Runden. So wie sich Fraziers Gesicht unter Alis ständigen Jabs verändert hatte und aufgedunsen war, so sah auch Muhammad ihm nun nicht unähnlich.

In der fünfzehnten Runde konnte Smoking Joe wieder mit einer aus dem tiefsten Kohlenkeller seines Körpers herausgeholten Linken aufwarten, die ein für allemal, was diesen Kampf betraf, zeigte, daß er allein die Trumpfkarte in der Hand hatte: Ali ging auf die Bretter. Ein Wunder war geschehen. Ali raffte sich jedoch mühsam und rechtzeitig wieder auf, mit einer Visage, die weniger von Wut und Erstaunen verzerrt war als von Schmerz. Endlich sah nun auch einmal der Größte und Schönste wie eine angebeulte Gießkanne aus.

Für den Rest des Kampfes hielt Ali sich recht und schlecht aufrecht. Smoking Joe gewann einwandfrei nach Punkten. Es war also geschehen. Zum vierten Mal in den Annalen klassischer Boxtreffen hatte sich boxerische Finesse vor brutalem, aber systematisch geführtem Draufgängertum beugen müssen.

Joe Frazier war Weltmeister geblieben, mit einem Kopf, der einem überreifen Blumenkohl glich, ein Berufsunfall, der mit einem 2½-Millionen-Pflaster verschmerzt werden konnte.

Großmaul Ali war also doch nur ein Sterblicher! Er hatte plötzlich etwas Menschliches angenommen. Er zog dieses Mal stillschweigend ab, ebenfalls mit 2½ Millionen Schmerzensgeld.

Perenchine war auch nicht unzufrieden, seine Kasse hatte zum Rhythmus von vielen Millionen ganz schön geklingelt. Seine geschickte Promotion hatte sich gelohnt.

Der »Kampf des Jahrhunderts« gehörte der Geschichte

an, und schon munkelte man von einer zweiten Ausgabe. In der Fachwelt witzelte man jetzt schon über den »Sohn des Jahrhundertkampfes«.

Während Frazier sich aus steuertechnischen Gründen von öffentlichen Wettbewerben fernhielt, mußte Muhammad weitermachen, wenn er sich wieder in einstiger Glorie sonnen wollte. Wenige Monate nach seiner ersten Niederlage bereitete er sich auf das weitere Comeback vor. Jimmy Ellis, der Extitelhalter der BWA, stand als nächster auf der Liste. Er hatte, wie wir bereits wissen, seinen Rang an Smoking Joe abgeben müssen, war aber nach seiner und seiner Freunde Ansicht der gegebene Opponent für Ali. Er hatte diesem einiges voraus. Einmal war er als ehemaliger Sparringspartner des Größten mit dessen Gehaben und Tricks wohl vertraut. Zum anderen hatte er seine Kenntnisse der Boxkunst unter Angelo Dundees Professur erheblich erweitern können. Er hatte zu allem Überfluß noch eine aus dem Nichts kommende, überaus harte Rechte, mit der er bis dato sechs seiner Kollegen in der ersten Runde umgelegt hatte. Hierzu kam noch als extra Plus, daß Trainer Angelo diesmal in seiner Ecke Regie führte, und nicht, wie bisher, in der Ecke seines Bosses Ali. Im großen und ganzen also keine uninteressante Würze für einen bevorstehenden Kampf.

Das Treffen war auf den 26. Juli 1971 in Houston/Texas angesetzt. Ali hatte vorsichtshalber durchblicken lassen, daß er noch keineswegs in bester Verfassung sei. Er war 31 Pfund schwerer als Jimmy, der sich mit 189 Pfund eingewogen hatte.

Der Kampf zeigte jedoch, daß die Chancen nicht gleichmäßig verteilt waren. Alis Überlegenheit war sofort sichtbar. Ellis herzzerbrechende Anläufe um den sehnlichst erwünschten Sieg kamen nicht an.

Auf der anderen Seite machte Ali tatsächlich den Eindruck, als habe er seine Top-Form noch nicht wieder erreicht. Oder aber er nahm – und das ist die Ansicht der Fachleute – Rücksicht auf seinen ehemaligen Freund und Trainingsgenossen. Jedenfalls schien Muhammad nicht hart schlagen oder völlig aus sich herausgehen zu wollen. Eine Rechte von ihm machte Jimmy denn doch in der vierten Runde mürbe. Von da ab tanzte Ali überlegen um ihn herum, gab sich kaum Mühe, Öffnungen für einen K.o. auszunützen.

Der Kampf war auf die üblichen zwölf Runden der Nicht-Titel-Kämpfe angesetzt. Er endete dann aber 50 Sekunden vor Torschluß. Ellis hing hilflos in den Seilen, einer mitleidslosen Batterie von Volltreffern ausgesetzt. Der Ringrichter machte der einseitig gewordenen Begegnung ein Ende, und Ali konnte einen weiteren K.-o.-Sieg seiner Rekordliste hinzufügen.

Noch im Ankleidezimmer klärte er das Ungewöhnliche seiner Ringstrategie auf: »Ich habe mich absichtlich nicht angestrengt und verausgabt, weil ich in sechs Wochen schon wieder eine andere Niete vor mir habe. Nebenbei gesagt, Jimmy Ellis ist ein weit besserer Techniker als Joe Frazier.«

Ein riesiger Schwarzer, der sich inzwischen im Dressing-Raum eingefunden hatte, stellte sich als Vertreter einer Radiostation in Houston vor. Sein Name war George Foreman. Er hatte schon allerlei außerhalb seiner Radiostation von sich reden gemacht.

»Hello, Champ«, sagte er freundlich und bescheiden. Ali, der anscheinend wußte, mit wem er es zu tun hatte, erwiderte ebenso lakonisch: »Du stehst auf meiner Liste, Freundchen.«

Aber bevor Ali seine Auseinandersetzung mit Foreman wahrmachen konnte, die schon jetzt als der Superkampf des Jahrhunderts betitelt wurde, mußte er wirklich noch eine stattliche Anzahl teilweise internationaler Größen aus der Ausverkaufsliste über sich ergehen lassen und dabei überzeugend wirken. Einmal, um wieder ernst genommen zu werden, zum andern, weil er einsah, daß er sich körperlich fit halten mußte, um größeren Aufgaben gewachsen zu sein.

Die nun folgenden Kämpfe verdienen nicht, im einzelnen beleuchtet zu werden. Sie sind nur deshalb bemerkenswert, weil sie zeigen, wie Ali immer mehr in sein altes Fahrwasser kam, seine Rostflecke beseitigte und wieder lernte, wie früher auf jede Situation kunstgerecht reagieren zu können. Die Kämpfe hatten oft den Charakter seiner Erfolge aus der früheren Cassius-Clay-Periode. Sie verliefen meistens nach der Fasson, die er diktierte.

In chronologischer Folge sieht seine Siegerliste folgendermaßen aus:

Buster Mathis: Eine zehn Runden lange Farce, die am 26. November 1971 in Houston, Texas, abgehalten wird. Mathis geht in der 11. Runde in die Knie, der Gong rettet ihn. Punktsieg für Ali.

Jürgen Blin: Am 26. Dezember in Zürich, Schweiz. Der harte Hamburger fängt vielversprechend an, hält es aber nicht durch. Der Kampf zeichnet sich durch unangenehmes Clinchen aus. Blin geht in der 7. Runde k.o.

Mac Foster: Der frühere Sparringspartner Alis steht volle fünfzehn Runden am 1. April 1972 in Tokio, Japan.

George Chuvalo: Dies ist Chuvalos zweiter Kampf gegen Ali. Er findet am 1. Mai 1972 in Vancouver, Kanada, statt. Ali siegt nach Punkten in 12 Runden.

Jerry Quarry: den Ali schon einmal in drei Runden besiegt hatte, bleibt diesmal bis zur siebten

Runde auf den Beinen. So geschehen am 27. Juni 1972 in Las Vegas, Nevada.

Al Lewis: Am 19. Juli desselben Jahres. Der Ringrichter stoppt den Fight in der elften Runde. »Vielen Dank«, sagt Lewis erleichtert.

Floyd Patterson: In New York am 20. September 1972; keine große Sache, endet in der siebten Runde.

Bob Foster: Das Treffen findet statt inmitten von Spieltischen und Slotmaschinen am 21. November 1972 in Stateline, Nevada. Foster ist 41 Pfund leichter und gibt dem Größten eine »Premiere« mit einer Wunde über dem linken Auge. Er geht dafür in der achten Runde auf die Bretter.

Joe Bugner: Am 14. Februar 1973 in Las Vegas, Nevada. Der britische Meister hatte Cooper die Krone abgenommen. Ali läßt ihn 12 Runden stehen oder kann ihn nicht umlegen. Er gewinnt nach Punkten.

Auf der Suche nach anderen, nicht allzu hoch bewerteten Schwergewichtlern für Alis Rehabilitierung verfiel man schließlich auf Ken Norton, der von 30 Kämpfen 24 durch K.o. gewinnen konnte. Aber immer nur auf Mini-Bühnen. Seine Einnahme war dementsprechend kaum über einige Hundert hinausgegangen. Norton, der kaum einen Kollegen von besonderer Bedeutung in seiner Klasse getroffen hatte, mußte sich irgendwie mit auf die Liste der Ali-Aspiranten geschmuggelt haben. Jedenfalls hatte niemand an dem Kampf, der wieder ein sicherer Bauklotz für Alis Wiederaufbau war, großes Interesse. Für Ken Norton war es die erste Chance, einmal wirklich ganz nach oben zu kommen.

Der Kampf war nur als »Ouvertüre« für Alis größere Opern gedacht und fand am 31. März 1973 in San Diego, Kalifornien, statt. Ganz klar mußte man den reichlich ungeschliffenen Norton einige Stufen unterhalb Alis boxerischem Können stellen. Dafür aber zeigte er in seinen Schlägen eine Härte, die den Kampf gewissermaßen zu einem historischen Ereignis machten, ein Ereignis, wie es in der Geschichte der Schwergewichtler noch nicht vorgekommen war. Er zerschlug Ali den Kinnbacken und gewann sich dazu einen knappen Punktsieg.

Alis große Klappe mußte mit Draht wieder eingerenkt werden, und sie legte ihn für einige Monate lahm. Er nahm den verlorenen Kampf weniger ernst als die damit verbundene Blamage. Er kochte über bei dem Gedanken, daß ein zweitklassiger Profi ihn gedemütigt hatte, und erklärte, daß er alles daransetzen würde, um mit Norton abzurechnen. Aus seinem lädierten Lautsprecher heraus ließ er hören: »Ich habe mich mit einer Null eingelassen und damit ein Monstrum heraufbeschworen. Ich werde nicht eher ruhen, bis das wieder in die Reihe kommt.«

Norton, der wie ein Meteor aufgetaucht und unerwartet im Rampenlicht der Großkämpfe gelandet war, begann nun ernsthaft von dem schon glitzernden Gürtel der Meisterschaft zu träumen und sich innerlich auf einen Fünfzehn-Runden-Kampf um die Krone einzustellen. Diese war inzwischen in den Besitz des noch ziemlich unbekannten George Foreman, dem Olympiasieger von 1968, gelangt.

Aber Ali ließ ihn nicht an Foreman herankommen. Er war auf einen Rückkampf mit Norton versessen, ganz egal, ob dieser gegen promoterische Strategie und die Chance für eine größere Kasse verstieß. Er mußte die Schmach dieser Niederlage aus dem Weg räumen, bevor er wieder richtig in sein Fahrwasser kam.

Fünf Monate nach der Erstbegegnung, am 10. September des gleichen Jahres, ging sein Wunsch in Erfüllung, und zwar in Los Angeles, Kalifornien. Beide stiegen ihrer Sache sicher in den Ring. Ali tanzte und jabte und ging langsam in Führung. Norton, mit Jugend und einer unheimlichen Kraft begnadet, steckte alles ein. Ali war erstaunt und ärgerlich, daß seine so oft gepriesene Kunst bei dieser »NULL« nicht zum Zuge kam. In der zwölften Runde unternahm er noch einen verzweifelten Versuch, das Monstrum so mit Kombinationen einzudecken, daß man ihm den Punktsieg nicht versagen konnte. Er hatte seinen, wenn auch wenig überzeugenden, Rachefeldzug gewonnen.

Große Dinge warfen nun ihre Schatten voraus. Das mehr oder weniger plötzliche Erscheinen von drei bis dahin unbekannten, aber sichtlich fähigen Vertretern der Schwergewichtsklasse veränderte die Boxszene schlagartig. Es war wie eine zweite Ausgabe des sogenannten »Goldenen Zeitalters des Faustkampfes«, von dem die Oldtimer und belesenen Fans noch schwärmten. Von den drei Neulingen besaß einer den Titel, zwei waren berechtigte Anwärter für einen Herausforderungskampf. Muhammad Ali kam als Vierter hinzu, denn selbstverständlich angelte auch er nach der Krone, die ihm einst rechtmäßig gehört hatte. Es war nicht nur sein gutes Recht, sondern eine heilige Mission für ihn, sie wieder auf seinen Dickschädel zu setzen.

Aber die Promoter waren skeptisch. Seine am einstigen Ali-Standard gemessenen Leistungen waren jetzt mittelmäßig, besonders gegen Norton, und das fiel ins Gewicht. Man wollte mehr, Besseres von ihm sehen, bevor man sich auf einen millionenschweren Superkampf mit ihm einließ. Und in der Tat, Ali konnte noch ein oder zwei Vorkämpfe gut gebrauchen.

Daß man sich aber dafür einen unbekannten Holländer, Rudi Lubbers, aussuchte und sich für die Arena von Jacarta, Indonesien, entschied, mutet geradezu wie ein Engagement zu einem Lustspiel an. Aber schließlich mußten Ali und seine Geldmacher wissen, was sie taten, wenn sie den abgeklapperten Plätzen der USA und Europas den Rücken kehrten und weit vom Schuß der Geld- und anderer Probleme nun auf exotisch taten.

So blieben denn diese raumstrategischen Punkte auch das einzig Bemerkenswerte an dem Treffen, das über zwölf Runden dahinplätscherte und Ali einen Punktsieg in der zwölften Runde brachte, und den Ostasiaten eine Gelegenheit, endlich einmal einen wichtigen Großkampf zu sehen.

Wie schon berichtet, war George Foreman damals im Besitz der Weltmeisterschaft. Er konnte Frazier am 1. Januar 1973 völlig unerwartet bereits in der zweiten Runde k.o. schlagen, nachdem er ihn vorher schon fünfmal auf den Brettern hatte. Das bedeutete, daß Ali gezwungen war, den gigantischen George auf seine Liste zu setzen, wie er es schon in Houston androhte.

Noch eine andere Niederlage aber brannte wie Feuer in Alis Seele, und zwar die erste und beschämendste seiner Laufbahn. Auch diese mußte erst wettgemacht werden, bevor er sich ganz auf George Foreman konzentrieren konnte.

Wie bereits erwähnt, versprach ein Rückkampf zwischen ihm und Frazier ein sehr lukratives Geschäft, ganz egal, wer vom Publikum als Favorit angesehen wurde oder wer den Umständen nach eine wirkliche Chance hatte. Das Treffen der beiden war ein »natural«, wie man in Amerika für eine sichere Sache sagt. Es wurde auf den 28. Januar 1974 im Madison Square Garden abgeschlossen, nachdem man den beiden Fightern eine Mindestgarantie von je 850 000 Dollar unter die Nase gehalten hatte.

Von der Umwelt möglichst abgeschlossen, bereitete sich Smoking Joe in der Nähe seiner Wahlheimatstadt Philadelphia gewissenhaft auf den Kampf vor.

Ali tat ein Gleiches, aber auf seine Art und in seinem Milieu. Er hatte nämlich inzwischen einen seiner Träume verwirklicht und in den Bergen Pennsylvanias für 200 000 Dollar ein Grundstück erworben, auf das er seinen »Fighter-Himmel« baute, und hierbei als Zusatztraining mit seinen eigenen Händen kräftig mithalf. Der Platz selbst lag in den Bergen versteckt und war nur schwer zu finden. Mit anderen Worten, sein Projekt bot die für Trainingszwecke sehr wünschenswerte Zurückgezogenheit.

Der ganze von Ali entworfene Komplex war eine Sammlung von Blockhütten, die mit Antiquitäten und so allerhand Krimskrams dekoriert waren, was Ali von seinen Nachbarn, den Pennsylvania Dutch, wie diese deutschstämmigen Farmer genannt wurden, erworben hatte.

Zwischen den für die Fighter gedachten Kabinen liegen riesige Steinklötze, die Ali mit seinem Truck selbst herangeschafft hat. Sie sind als Denkmäler für historische »Ring-Größen« gedacht und tragen Namen wie: Jack Johnson, Joe Louis, Rocky Marciano etc.

Hauptsächlich war der »Fighter Heaven« als verschwiegenes Trainingsquartier für Ali bestimmt, aber er sollte auch jungen, unbemittelten Boxtalenten zugute kommen. Wie Ali sagt: »Hier können meine Schützlinge und Nachfolger in Ruhe und ohne die zahllosen Versuchungen der Großstädte, wie leichte Mädchen und so, ihrer Sportarbeit nachgehen. Wir haben einen Ring und alles, was zum Sport gehört, zur Hand.«

Mit seinem Himmel für die Boxer glaubte Ali auch eine Art philantropische Aufgabe erfüllt zu haben, die in seinen Rekord mit eingehen mußte, nicht zu teuer war und von Presse und Umwelt genügend gewürdigt werden konnte.

Für sein diesmal sehr ernsthaft betriebenes Training hatte er sich neben den gutbezahlten Sparringspartnern noch einen deutschen Schäferhund besorgt, dessen wütenden Anfällen er geschickt begegnen mußte. Dieses nach

Reklame riechende Kuriosum sollte von Augenzeugen bestätigt werden.

Dem Superfight ging der von Ali erfundene »Vorkampf«, die Publizitätswelle, voraus. Sie war so alt wie viele von Alis Platten. Die Gegner bombardierten sich mit Voraussagen, Beschimpfungen und dergleichen. Nach seiner drastischen Niederlage durch Foreman war Frazier natürlich das logische Opfer dieser Kampagne und mußte sich allerlei gefallen lassen. U. a. machte Ali wiederholt klar, daß Smoking Joe nun der Besitzer einer »weichen Birne« sei. Auf einer Fernsehshow, also vor versammeltem Publikum und Millionen Zuschauern, mußte Joe dann noch mit anhören, wie Ali ihn als einen kompletten Ignoranten bezeichnete. Das war für den guten Joe zuviel. Er sauste auf seinen Folterer los, und im Nu wälzten sich die beiden am Boden vor dem Mikrofon und den Kameras herum. Wie gesagt, eine Posse, die gewissermaßen die ganze Welt belustigte. Darüber hinaus ein unbezahlbarer Werbegag, wenn es einer war.

Der Hauptkampf fand termingemäß im Garden statt. Ali hatte geübt und gelernt. Er hatte Fraziers unermüdliches und erfolgreiches Schlag-und-Angriffs-System studiert und war ihm daher von Anfang an überlegen.

Er gewann die ersten sechs Runden einwandfrei nach Punkten, hielt sich Joes schwere Brocken arrogant und mit seiner einzigartigen Tänzelei und Körperwendigkeit vom Leibe. Er arbeitete auf langer Schußwelle. Ab der siebten Runde jedoch war Smoking Joe wieder auf Draht und hatte Ali oft an den Seilen. Man geriet aneinander und clinchte. Auf Alis Seite allein zählte man 123 Clinches in dem Kampf. Ali war zu schnell für Frazier, kam aber trotzdem zur Überzeugung, daß er einen gewaltigen Endspurt vorlegen mußte, wenn er einer zweiten Niederlage entgehen wollte.

Er hüllte Joe in eine Wolke von Schlägen ein. Ab der

elften Runde gab er auf jeden Schlag Fraziers vier zurück. Joe konnte seinen tödlichen Haken einfach nicht mehr anbringen und zischte nur durch die Luft. Der Größte beendete sein Pensum mit einem einstimmigen Punktsieg.

Ali machte hinterher noch einige Aussprüche, die sich auf seine mitgenommene Visage aus dem ersten Treffen der beiden bezogen: »Daß ich gewinnen würde, habe ich euch ja vorher gesagt! Aber seht euch diesmal mein Adonisgesicht an, nicht eine einzige Beule könnt Ihr da entdecken.«

Frazier brachte keine Entschuldigung vor, obschon das Fehlen seines Trainers Durham in seiner Ecke ein Grund gewesen wäre. Durham war kurz vorher gestorben.

»Ich verlange einen Rückkampf«, sagte Joe etwas später mit ziemlich übel zugerichtetem Gesicht.

»Den soll er haben«, ließ Ali wissen. »Den hat er sich verdient.«

Hinter diesen bescheidenen Äußerungen standen harte finanzielle Tatsachen. Beide Kämpfer hatten weitaus mehr für ihre Bemühungen erhalten, als der Köder von 800 000 Dollar Garantie versprochen hatte. Ein dritter Fight, sozusagen der »Großvater des Jahrhundertkampfes«, konnte noch weitaus mehr bringen. Das war auch die Ansicht der Veranstalter und der Fernsehgesellschaft. Diese hatte allein beim ersten Ali-Frazier-Treffen 17 Millionen Umsatz verzeichnen können. Und man ging langsam daran, dieses grandiose Ereignis vorzubereiten.

»Rache ist süß«, sagt ein Sprichwort, und die Rache war für Ali süß gewesen. Seine erste Niederlage war wettgemacht mit einem Schlagobers von fast 2 Millionen dazu. Aber es wurmte ihn ungemein, daß da immer noch einer war, der den Weltmeister spielte. Der Titel mußte wieder in seine Hände kommen. Frazier, das hatte Zeit, der sollte sich in aller Ruhe auf Nummer 3 präparieren.

Ganz davon abgesehen, daß ein Titelkampf mit Foreman etwa 25 Millionen Dollar ausschütten konnte.

Die amerikanische Firma VIDEO TECHNIQUES, die schon zuvor an einigen Fights beteiligt gewesen war, konnte mit 5 Millionen Dollar Garantie pro Kämpfer beide Gladiatoren in ihre Ecke lotsen. Das war unerhört und stellte eine Rekordsumme dar, wie sie noch nie zuvor für Sport, Theater oder sonstige Darbietung ausgegeben worden war. Und das alles für genau 45 Minuten Ringarbeit, wenn nicht einer der beiden vorher k.o. ging. Es war ein Kuriosum in sich selbst.

Aber auch der Schauplatz dieser Veranstaltung sollte ein Kuriosum sein. Wer wußte schon etwas von Kinshasa? Wer wußte, daß es die Hauptstadt des neuen Negerstaates Zaire war, einstmals als Leopoldville von Belgisch-Kongo auf dem Atlas vermerkt? Wer wußte, daß Mobutu der Chef dieses Landes war? Als Präsident der neuen Nation streckte er eifrig seine Hand aus, um die Sache in seine Hände zu bekommen. Er versprach sich damit einen riesigen Werbefeldzug für sein Land, eine Belebung des Tourismus und mögliche andere finanzielle Vorteile. Mobutu war gewillt, etliche Millionen in die Sache zu stecken, wie z. B. die Vergrößerung und Restaurierung des Kinshasa-Stadions, das 100 000 Zuschauer fassen sollte. Auch für volle Ränge wollte er sorgen.

Ali und seine Geldleute waren mit diesen Aussichten sehr einverstanden. Einmal war man wieder weit vom Schuß von Gesetz- und Steuerzugriffen. Zum andern verhandelte man mit einem reinen Amateur anstatt mit den amerikanischen Scharfschützen der Boxbranche. Mobutu steckte sein eigenes Geld in die Vorbereitungen, und wenn er Glück hatte, kam für ihn und sein Land etwas dabei heraus.

Auch Ali hatte ein gewichtiges Wort bei der Wahl dieser so exotisch gelegenen Arena mitgesprochen. Zaire war in Afrika, der Schwarze Erdteil war die Heimat seiner Vorfahren. Als Muslim, als schwarzer Missionar und ausgesprochener Rassen-Prediger war es geradezu eine heilige Pflicht, seine Hautgenossen, die 22 Millionen Zairer, zu beglücken und der übrigen Welt bekannt zu machen.

Afrika war ihm an sich nicht neu; als Muselmann hatte er schon 1971 die heilige Stadt Mekka besucht, und der Kaaba, dem schwarzen Stein und allerheiligstem Gut der Moslems, den traditionellen Pilgerkuß aufgedrückt. Aber jetzt konnte er wirklich etwas für den Schwarzen Erdteil tun.

Foreman war es sicher gleich, ob er den Titel in Buxtehude oder Kinshasa erfolgreich, wie er glaubte, verteidigen mußte. Für Ali aber war die Vergabe des Treffens nach Afrika wie eine Gabe Allahs. Afrika war sein neues Steckenpferd. Während seiner mehrjährigen Pause vom Ring hatte er sich mehr und mehr mit Rassenpolitik befaßt, zumindest nach außen hin. Mit Vorträgen, Pressenotizen und seinen Zitaten hatte er gezeigt, daß er eindeutig ein fanatischer Antichrist und Gegner aller Weißen war. Er machte sich viele Feinde, und selbst seine Fans, die ihn als sportliche Persönlichkeit vergötterten, mußten sich oft angewidert abwenden.

Der Schriftsteller Wilfred Sheed, der im Jahre 1975 einen prächtigen Bildband mit Text über Muhammad Ali herausbrachte, notierte u. a.: »Wenn Ali sich entscheidet, ein professioneller Antichrist zu werden, so wird Brutalität seine Hauptwaffe sein. Ein ständiges Witzeln über die Weißen und deren Vorstellung von Gott.« Es war nur eine Voraussage, aber Sheed hatte damit den Nagel auf den Kopf getroffen.

Ein anderes ebenfalls 1975 erschienenes Buch, ALI IN SEINEN EIGENEN WORTEN, die Sammlung einiger seiner Aussprüche, die sich in der Hauptsache um Religion und Rassen drehen, weist bereits auf diesen Trend hin.

Hier einige Beispiele:

»Wenn wir zur Kirche gehen und gucken uns Christen an, was sehen wir? Einen weißen Mann!« –

»Habt Ihr schon jemals einen schwarzen oder mexikanischen Engel gesehen? Die sind doch alle weiß.«

Seine Beschreibung des Abendmahls ist ein weiteres übles Beispiel seiner religiös rassischen Demagogie:

»Blicken wir einmal auf das Bild des Abendmahles. Wir sehen nur weiße Leute. Keine Chinesen, keine Indianer, keine Araber oder Sudanesen. Alles nur Weiße. Aber Nigger waren doch dabei. Man sieht sie nur nicht, weil sie draußen in der Küche schuften!«

Sein Haß gegen alle weiße Menschen steigert sich von Jahr zu Jahr. Er ignoriert geflissentlich, daß er ohne den weißen Mann nicht weiterkommt, daß er ihn unaufhaltsam braucht und ihm schließlich auch seine Größe verdankt.

Er beschimpft nicht nur alles Weiße, sondern läßt auch an seinem Mutterland nicht viel Gutes. Dieses drückt er wieder in einem Artikel im »Playboy Magazin« aus, deren Interviews mit bekannten und widerspruchsvollen Zeitgenossen besonderer Beachtung wert sind.

In der November-Nummer 1975 sagt er: »Amerika ist dem Untergang geweiht. Mit Gewalttätigkeiten, Verbrechen, Erdbeben und allerhand Trouble muß es dafür bezahlen, was es dem schwarzen Volk angetan hat.«

Dann wieder kommt er aufs Religiöse zurück und erlaubt sich folgenden Scherz: Ihr hört eine Menge über katholische Schwestern, aber nicht, daß sie es hinter verschlossenen Türen treiben. Und vom Pfarrer, der behauptet, nie eine Frau angefaßt zu haben? Was tut er denn nachts? Bittet er um die Hände Gottes?«

Den Höhepunkt seines schon fast psychotischen Kreuzzuges erreichte er beim Dinner der Boxsport-Journalisten im feudalen Hotel Waldorf Astoria in New York.

Als Gastgeber hänselte er den ebenfalls eingeladenen Foreman, bis dem die Galle überlief. Foreman erhob sich mit den Worten: »Ich verstehe nicht, wie die Anwesenden sich das mit anhören können«, und wollte den Saal verlassen. Ali aber hielt ihn am Ärmel fest, und was als friedliche Festlichkeit unter Sportskameraden gedacht war, verwandelte sich nicht nur in einen Vorkampf für Zaire, sondern einen Ausfall von Blasphemie, wie selten zuvor in der Öffentlichkeit gehört.

»Ich werde dir deinen christlichen Arsch versohlen, du weiße Fahnen schwingende Hündin«, schrie Ali und setzte schäumend hinzu:

»In Zaire werde ich dir als Vertreter Elijah Muhammads entgegentreten. Es wird ein heiliger Krieg für mich werden. Dieser Foreman hier ist nichts weiter als ein Agent des Christentums und der amerikanischen Fahne.« Das letztere bezog sich auf Foremans Sieg in der Olympiade von 1968, als er bei der Verteilung der Goldmedaille ostentativ eine kleine amerikanische Flagge hochgehalten hatte.

Hätten nicht Millionen von Dollars jetzt auf dem Spiel gestanden, so wäre diese unerhörte Geschmackslosigkeit Alis nicht nur mit Pressenotizen erledigt gewesen. Man hätte ihn mit Recht kreuzigen können.

DER SUPERKAMPF

Das große Ereignis, der Superkampf, war für September 1974 in dem afrikanischen Staat vereinbart worden. Er gab Ali zu denken. Nach seiner Niederlage durch Norton war ihm zum Bewußtsein gekommen, daß Allah, zu dem er ständig um einen Sieg gebetet hatte, nicht immer zuverlässig war. Er modifizierte daher ein altes Sprichwort für sich und sein Reklameprogramm, indem er sagte: »Allah hilft nur dem, der sich selbst zu helfen weiß!«

Dementsprechend nahm er sein Training für Zaire besonders ernst. In seinem »Fighter Himmel«, fern dem üblichen Rampenlicht, ging er an die Arbeit, hackte u. a. eifrig Frischholz und hielt seine Ringlakaien, seine Sparringspartner, »auf dem laufenden«.

Er bewohnte die kleinste der Kabinen, die er im Einklang mit seinem Rassenwahn »meine Onkel Toms Hütte« getauft hatte. Er machte auch Propaganda für seine freiwillige spartanische Lebensweise: »Hier habe ich Ruhe, fern von den Parties, weg von den Versuchungen durch die Girls. Hier in meinem Himmel kann nichts Unmoralisches, nichts von den Dingen geschehen, die meinem Körper und meiner Seele schaden können.«

Um aber seinem Image als derzeitigen Asketen keinen Abbruch zu tun, ließ er völlig unerwähnt, daß am Lagereingang eine Luxusflotte von zwei Rolls-Royce, ein Mercedes 300, ein Mobilehome, mehrere gewöhnliche Personenwagen, ein Jeep und ein riesiger Greyhound-Bus mit Wohnanlage standen.

Dann, als Zaire spruchreif wurde, zog er mit seinem Gefolge, so ungefähr 50 Mann, nach Kinshasa, um in der Nähe dieser Stadt sein Lager aufzuschlagen. Foreman, der weniger an Training als an seine eigene Stärke glaubte, machte ebenfalls seinen Laden irgendwo auf. Er hatte sich Dick Sadler, einen ehemaligen Vaudeville-Artisten, zu seinem Manager-Trainer erkoren, was den Vorteil hatte, daß dieser als ehemaliges Mitglied der Muhammad-Gruppe den Größten in vielen Dingen recht gut kannte. Sadler war es auch gewesen, der bei den Verhandlungen mit den VIDEO TECHNIQUES-Leuten auf 5 Millionen Dollar Garantie bestanden hatte.

Zu diesem Triumvirat gesellte sich noch Don King, der in Zukunft noch eine Rolle spielen sollte. King kam ursprünglich aus den Nummern-Raketts von Cleveland und war den Polizeibehörden gut bekannt. Nach Verbüßung einer Gefängnisstrafe ging er in die Boxbranche und entpuppte sich als ein sehr cleverer Veranstalter. Er war mit Cassius Clay seit dessen Olympiaperiode befreundet. Es war auch Kings Verdienst gewesen, daß Ali und Foreman schließlich auf die Verträge der interessierten Parteien eingingen und unterzeichneten.

Es war nun alles ganz gut und schön. In Zaire schuftete man an den wackligen Arrangements für das außergewöhnliche Ereignis und hoffte, daß es planmäßig am 24. September stattfinden würde. Doch eine Woche vor dem Kampf holte sich Foreman im Sparringskampf eine Augenverletzung. Alles wurde abgeblasen und auf später verlegt.

Ali fluchte, und mit ihm Hunderte von Trabanten und Pressevertretern, die mit großer Mühe und finanziellem Aufwand nach Zaire gepilgert waren und meistens in drittklassigen Hotels schwitzten. Sie mußten nun entweder abhauen oder einer verlängerten Misere entgegensehen. Die Stimmung in Kinshasa war keineswegs rosig.

Doch den vielen Unzulänglichkeiten, der Zairer Bürokratie und Unerfahrenheit kam die Verschiebung sehr zustatten. Man hatte Zeit gewonnen, um die Hürden zu beseitigen. Foreman, ganz von seinem malträtierten Auge abgesehen, hatte eine Menge finanzieller und familiärer Schwierigkeiten und war auch froh, seinen Kopf noch etwas ausruhen zu können.

Inzwischen hatte sich Ali als ein »schwarzer Kissinger«, als Vertreter seiner USA-Rassengenossen aufgespielt. Er sowie Foreman waren quasi in einer Staatsaktion vom Präsidenten Mobutu empfangen worden. Man war so ganz unter sich gewesen, unter gleichfarbigen Brüdern. Man hatte geschwatzt und von dem guten Einfall gesprochen, den der Chef des Landes gehabt hatte, indem er den Superkampf in sein Gebiet gelotst hatte, und den mannigfachen Glücksgütern, die dem Lande damit gebracht wurden. Nun war auch noch etwas Zeit, um schnell auf die internationale Werbetrommel zu schlagen, wozu die Ali-Mätzchen ihre eigene Resonanz gaben.

Der zweite Termin war für den 30. Oktober 1974 angekündigt und wurde auch pünktlich eingehalten, und zwar für 2 Uhr morgens, um die Fernsehsendungen den Amerikanern und anderen Nationen zu günstigeren Zeiten präsentieren zu können. Im Kinshasa-Stadion hatten sich ca. 60 000 Zuschauer eingefunden.

»Der Rummel im Dschungel«, wie die Angelegenheit nun schließlich im Branchenjargon genannt wurde, ist in der Weltpresse, dem internationalen Fernsehen, dem Radio und in Büchern bereits derartig durch die Mangel gedreht worden, daß es sich kaum lohnt, den nicht sehr imponierenden Ablauf hier nochmals in seiner Gesamtheit aufzuwärmen. Der Rummel war wohl deshalb besonders interessant, weil er weder den Erwartungen der Fachleute noch der Fans entsprach.

Beim Gongschlag kommt der Weltmeister stark und aggressiv aus seiner Ecke. Er ist auf einen frühen Todesstoß aus. Der vorgesehenen Taktik entsprechend, tanzt Ali eine Zeitlang um ihn herum und jabt mit Erfolg. Foreman ist auf der Jagd nach Alis Kopf. Ali antwortet mit gutsitzenden Kombinationen. Unerwarteterweise bleibt er an den Seilen. Er lädt den Gegner zum Hinhauen ein.

Die zweite Runde ist eine sehr erbitterte Replik der ersten. Ali ist wieder an den Seilen, in der neutralen Ecke. Guter Schlagwechsel. Foreman bleibt der Angreifende. Ali clincht oft und bleibt wieder an den Seilen. Er fängt sich einen Kinnhaken, der ihn zu einer Grimasse zwingt. Er revanchiert sich mit Finesse, Schnelligkeit und Genauigkeit. In der Pause schickt er herausforderndes Kriegsgeschrei in die andere Ecke.

Runde drei sieht einen Wechsel des Bildes, in dem der Titelhalter bisher leicht dominiert hatte. Ali macht erstaunlicherweise keinerlei Ansätze mehr zu seiner berühmten tänzerischen Fußarbeit. Zum Entsetzen Angelos bleibt er an den Seilen. Dennoch kommt er sichtlich ins Vordertreffen.

Runde vier; Ali ist wieder an den Seilen. Er schlängelt sich aus einer starken Offensive seines Gegners heraus. Alis Jabs sind nun perfekt. Er hat sich eingeschossen. Aber er clincht wieder. Die Sache wird nun etwas unklar und unsauber. Ramahan, Alis Bruder, der frühere Rudy Clay, schreit unaufhörlich: »Weg von den Seilen!« Aber Ali bleibt bei seiner seltsamen Prozedur. Oft hängt er mit dem Rücken weit über den Seilen, so daß Foremans Schwinger und Haken einfach in der Luft verpuffen. Dann wieder hält er Georges Kopf und hindert ihn an der Bewegung.

Runde fünf: Ali hält an seiner Seilstrategie fest und bleibt fast offen, aber in sicherer Distanz stehen. Wiederholt lädt er Foreman mit Worten und Gesten ein, ihn doch endlich einmal zu treffen. Aber Foreman, obschon der weitaus stärkere Puncher, bringt kaum einen wichtigen Treffer an. Wenn Ali sich in Vorwärtsmarsch setzt, deckt er George mit Leder ein. Ali kommt sichtlich in Führung, während der Meister sich völlig auszugeben scheint.

Foreman geht sichtlich verzweifelt in die sechste Runde,

immer noch darauf bauend, daß seine eiserne Rechte das Finale bringen kann. Ali bleibt hübsch an den Seilen und bombardiert ihn mit schnellen Jabs und höhnischen Bemerkungen.

In der siebenten Runde verändert sich das Bild kaum. Foreman steckt für jeden mühsamen Schlag, den er bei Ali anbringt, ein halbes Dutzend Schläge ein. Ali nimmt die wenigen harten Gaben des Champions weitaus besser hin, als man erwartet hatte.

Runde acht: Foreman will einen Schwinger anbringen, ist aber bereits so erschöpft und verwirrt, daß er in seinen Gegner hineinsaust und auf dem Boden landet. Er erhebt sich und versucht wieder einen unegalen Schwinger. Aber ohne Erfolg. Ali verläßt die Seile, geht plötzlich zur Offensive über, läßt zwei gerade Rechte und einen linken Haken vom Stapel. Alles Volltreffer. Dann kommt noch eine hämmernde Rechte dazu, die den Punkt trifft. Er bringt das Ende. Foremans gewaltiger Körper knickt wie ein Taschenmesser zusammen und fängt sich im Fallen noch einen Abschiedskuß.

Muhammad Ali hat es erreicht. Er ist nun endlich wieder unangezweifelter Weltmeister. Wie in den meisten Kämpfen seiner Ringkarriere war es nicht die Härte seiner Treffer, die ihm zum Siege verhalf, sondern ihre Präzision.

Seine Nachkriegsreden und sein Geschwafele können wir uns schenken. Seine gezeigte, eigenartige Seilbenutzung ist es aber wert, nochmals erwähnt zu werden. Er behauptete, sie sei ein Teil eines seit langem vorbereiteten Schlachtplanes gewesen. Das ist natürlich nicht nur komisch, sondern ausgesprochener Unsinn, denn weder Angelo Dundee, sein Trainer, noch Drew Bundini, sein Helfer und ständiger Begleiter, haben etwas davon gewußt. Auch jeder, der dem Kampf vor dem Bildschirm beigewohnt hatte, mußte anderer Meinung sein. Ali selbst hatte nämlich noch vor den Fernsehkameras erklärt, daß er nur instinktiv gehandelt habe. Auf alle Fälle ging diese neue Tour als »rope-a-rope«-Trick (fange einen Dummen) in das Ali- und Boxvokabularium ein, und das Amseilkleben wird nun von allen möglichen Jünglingen und Ringaspiranten mit unterschiedlichem Erfolg nachgeahmt. An einer späteren Stelle werden wir diesen Punkt nochmals berühren und eine völlig andere, aber logische Erklärung dafür erhalten.

Der »Rummel im Dschungel« war zu einem unerwarteten und schnellen Ende gekommen, denn schließlich war Foreman der Favorit gewesen. Auch für Mobutu und seine schwarzen Landsleute sollte das Ende überraschend sein. Man wußte zwar nun in der Welt, wo dieses Zaire lag, aber der erhoffte finanzielle Segen blieb aus. Im Lande war man nun wie von einem Alpdruck befreit. Man konnte sich langsam wieder aus dem Misthaufen herausgraben, den der ganze Betrieb hinterlassen hatte. Außer einem Haufen von ungewöhnlichen und enormen Ausgaben war nichts Richtiges dabei herausgekommen.

DER »MANILA THRILLA«

Ali hat nun wieder die Krone in seinen Händen. Und schon wieder sprach er, wie schon des öfteren zuvor, von seinem Rücktritt aus dem Ring. Aber dann kamen ihm wieder Bedenken, und er teilte der Öffentlichkeit mit:

»Die Krone, die ich trage, bringt eine große Verantwortung mit sich, und ich kann deshalb nicht an einen vorzeitigen Rückzug denken. Ich darf meine Anhänger in der ganzen Welt, besonders aber in den Muslim-Ländern, nicht enttäuschen. Sollte ich jetzt einen Kampf verlieren oder den Ring für immer verlassen, so würden ganze Nationen trauern und die Frauen weinen. Ich muß dem Ruf meiner Rasse und Religion folgen und weitermachen.«

Und er machte weiter. Für seine erste neue Titelverteidigung holte man den Fleischkloß Chuck Wepner. Dieser hatte irgendwo in den USA eine Serie von drittklassigen Kämpfen gewonnen und damit, mit Hilfe berechnender Veranstalter, das Prädikat eines würdigen Herausforderers für Ali verdient.

Und so geschah es, daß der Größte, fünf Monate nach dem Zaire-Kampf, am 15. März 1975 in Cleveland wieder einer relativ unbekannten Figur in der Arena gegenüberstand. Trotzdem gelang es ihm nicht, dieselbe in fünfzehn Runden umzulegen.

Der Kampf hatte noch ein Nachspiel à la Ali, das ihn über nichtssagende Beschreibungen im Ring hinaus zu einem Presseskandal machen sollte.

In der fünfzehnten Runde wollte der Ringrichter Tony Perez den Kampf zugunsten des Weltmeisters stoppen, weil Wepner nur noch wie ein hilfloser Sandsack aufrecht stand. Ali war aber auf einen richtigen K.o. aus und hatte sich außerdem über Perez geärgert, weil er angeblich einige Fouls des Dicken übersehen hatte. Vor den Augen der Zuschauer im Hause und vor den Fernsehschirmen nannte er nun den Referee, der aus der lateinischen Puerto-Rico-Sektion New Yorks stammte, einen »dreckigen Hund, der weder schwarz noch weiß, sondern nur das Produkt Puerto Ricos ist«.

Wepners Niederlage ging dann doch noch als K.-o.-Sieg in Alis Rangliste ein. Perez verklagte ihn auf 20 Millionen Dollar Schadenersatz wegen Verleumdung seiner Person und des Puerto-Rican-Territoriums. Das Resultat der Gerichtsverfahren steht noch aus.

Im Hinblick auf das finanziell wieder vielversprechende Gummi-Match mit Frazier, der dritten Begegnung, blieb der neue Weltmeister wohlüberlegt in Bewegung und Übung. Sein Treffen mit Ron Lyle am 16. Mai in Las Vegas, also kurz nach Wepners Niederlage, war daher mehr als Trainingskampf aufzufassen, obschon offiziell sein Titel über fünfzehn Runden auf dem Spiel stand. Er ließ seinen Mann angeblich stehen, um seine Millionen Fernsehfans nicht mit einem schnellen K.o. zu enttäuschen. Lyle aber entwickelte sich zu einer weitaus härteren Nuß als Wepner und mußte erst in der zehnten Runde den Kampf durch t. K.o. aufgeben.

Während man den reichlich ramponierten Lyle in seine Ecke führte, lehnte sich Ali über die Seile und meinte bescheiden: »Ich bin nicht nur der Größte, ich bin jetzt noch dazu unsterblich!«

Unsterblich oder nicht, Muhammad wurde älter, 33 war er jetzt. Ein weiterer »Trainingskampf« für das ganz große Ereignis war darum sehr angebracht. Man arrangierte für ihn ein zweites Treffen mit dem britischen Meister Joe Bugner und suchte sich für die Arena Kuala Lumpur aus. Niemand wußte so recht, wo das lag. Man zog den Atlas zu Rate und fand heraus, daß es die Hauptstadt Malaysias war.

»Ich habe eine große Überraschung für Bugner, schon in der ersten Runde«, verkündete Ali. Aber als der Kampf am 30. Juni 1975 vonstatten ging, war die Überraschung ganz auf seiner Seite. Bugner ging nicht einmal herunter, und der Größte mußte sich mit einem Punktsieg über fünfzehn Runden begnügen.

Für den »Großvater des Jahrhundertkampfes« mit Frazier suchte man wieder im Fernen Osten nach einem geeigneten Platz. Joe King, der auch das Wepner-Debakel veranstaltet hatte, sprach hier ein gewichtiges Wort mit. Man einigte sich auf das noch ziemlich großkampf-keusche Manila auf den Philippinen.

Über Foreman wäre noch zu berichten, daß er sich nach seiner Zaire-Niederlage, mit 5 Millionen in der Tasche, einstweilen zurückzog. Er machte sich aber mit einer Zirkusvorstellung lächerlich, und zwar in Toronto, wo er an einem Abend fünf ausgesuchte »Flaschen« nacheinander »besiegte«. Es war eine unglaubliche Farce, die nicht nur ihm, sondern auch dem Boxsport schadete. Später kam er wieder auf die Bühne, aber ein zweites Treffen mit Ali sollte für ihn vorerst unmöglich sein. In Boxkreisen war man jedoch der Meinung, daß man Foreman, ganz egal unter welchem Aspekt, einen Rückkampf nicht verweigern konnte, wenn man Frazier zwei zubilligte.

Der »Thrilla von Manila«, zu dem Muhammad den kommenden Auftritt sofort weltweit stempelte und dann später noch »mit einem Gorilla« anhängte, sollte am 1. Oktober 1975 im Philippine-Colliseum zustande kommen. Für Don King hatte dieses Datum seine eigene Bedeutung. Am gleichen Tag vor vier Jahren hatte er das Gefängnis verlassen, um sich als freier Mann und Finanzier in Bewegung zu setzen.

Eine neue Art von Vorkampf mit einer pikanten Note

sollte auch zur Erbauung der Weltpresse steigen. Die Hauptdarsteller waren der Größte und eine junge, ziemlich gebleichte Negerin, die Don King mit nach Zaire gebracht hatte, wo sie in einer Reklameschau, einer schwarzen Schönheitskonkurrenz, mitgewirkt hatte. Die recht hübsche junge Dame hieß Veronica Porsche und kam aus Chikago.

Trotz seiner vielen Sprüche über die Integrität seiner Lebensweise und der hohen Muslim-Moral war Ali schon seit seiner frühen Erfolgszeit ein sehr diskreter Schürzenjäger gewesen, der keine Gelegenheit vorbeigehen ließ, um noch eine Nummer auf seine diesbezügliche Rekordliste zu setzen, ohne daß man viel Aufhebens davon machte. So verleibte er denn auch Veronica seinem Harem ein.

Als Muselmann hätte er vielleicht auch genügend moralische Gründe zu seinen Seitensprüngen gehabt, denn der Koran ermuntert ja geradezu zur Vielweiberei. Aber das stand wiederum im Gegensatz zu einem seiner Lieblingsthemen, der »Fraulichkeit«. Wie man aus dem Buch ALI IN SEINEN EIGENEN WORTEN ersehen kann, pflegte er u. a. zu predigen:

»Ihr Frauen solltet aufhören, kurze Röcke und pralle Hosen zu tragen, um die Männer nicht unnötig in Versuchung zu führen und zur Unkeuschheit anzuregen.« Dann wieder:

»Einer der Gründe, warum ich dem Christentum entsagte, ist die Lehre Elijah Muhammads, die verlangt, dem Frauentum Ehre anzutun und es davon abzuhalten, sich zu degradieren.«

Unter den Eingeweihten seiner ständigen Gruppe wußte man seit langem, daß Ali sich wenig an das hielt, was er als Prediger zum besten gab. Auch seine Frau Belinda, die Mutter seiner 4 Kinder, hatte sich schon vor der Ehe damit abgefunden, daß die abgöttisch umschwärmte Figur, die Ali in Frauenaugen nun einmal war, sich nicht immer auf dem Pfad der Tugend halten konnte. Sie legte sich rechtzeitig eine Philosophie der Toleranz zu, die die Ehe erträglich machte.

Aber was zuviel ist, ist zuviel. Als Ali in Manila dem Landespräsidenten, Fernando Marco, seine Herzdame Veronica als seine Frau vorstellte, kochte Belinda über. Sie war, wie gesagt, nicht sehr eifersüchtig, aber keineswegs geneigt, ihre Vorrangstellung als Nummer eins aufzugeben. Sie flog kurzerhand nach Manila, hatte eine furiose Auseinandersetzung mit dem Größten, die nur ganze fünfzehn Minuten dauerte, und flog wieder nach Hause. Gesamtzeit ihrer ehelichen Offensive: 26 Stunden inklusive der Flugstunden. Resultat: ein etwas klein gewordener Größter. Ali aber, der wie immer mit der ihm eigenen Genialität eine unangenehme Situation zu seinem Vorteil auszunutzen wußte, sagte, so links aus dem großen Maul heraus:

»Konnte gar nicht zu einer besseren Zeit kommen. Genau das, was wir noch für ein bißchen Extrareklame gebrauchen können.« Später setzt er dann zu diesem von der Weltpresse ausgeschlachteten Punkt hinzu:

»Ich stehe zu Recht im Blickpunkt der Welt. Aber was ich hinter verschlossenen Türen mache, geht niemand etwas an!«

Am 1. Oktober 1975 ist dann die Arena, das Philippine-Colliseum mit 29 000 zahlenden Besuchern auch ausverkauft. Präsident Marco und seine Frau Imelda sind dabei, und die Ringreihen wimmeln auch sonst noch von Zelebritäten, besonders den Film- und Fernsehstars Hollywoods, die hier alle bekannt und beliebt sind. Ringrichter ist der Philippine Carlos Padilla.

Die Atmosphäre ist wie mit Elektrizität geladen. Auf der einen Seite stehen Tausende, die einmal eine Muhammad-Niederlage genießen wollen. Auf der anderen die Ali-Fans, die wieder ganz aus dem Häuschen geraten. Dazwischen die Experten, die sich nicht so ganz klar sind über die Aussichten der beiden Fighter.

Ali, der kurz vorher noch behauptet hatte, daß der »Manila Thrilla« nur ein normales Tagespensum für ihn bedeuten würde, kommt entsprechend arrogant und auf alles herabschauend in den Ring. Anscheinend ist er in der Tat auf einen schnellen K.o. aus. Joe kommt, smoking wie immer, aus seiner Ecke. Er fängt sich umgehend zwei oder drei schwere Brocken ein, die seine Beine wackelig machen. Die Runde ist sehr beweglich und schnell. Assistent Bundini, der schon manchem Zuhörer und Zuschauer der Ali-Kämpfe den Spaß mit seinen unablässigen Zwischenrufen verdorben hat, läßt sich wieder vernehmen: »Gib ihm Saures. Er wird dich nicht mehr mit deinem Sklavennamen benennen.« Dieses bezieht sich darauf, daß Frazier noch einer der wenigen ist, die Ali noch mit Clay betiteln. Die erste Runde geht an Ali.

Auch die zweite und dritte Runde sieht Ali klar im Vorteil durch seine längere Reichweite. Seine Jabs treffen Joe nach Belieben. Entgegen dem zweiten Kampf hält er sich vom Clinchen fern. Frazier setzt auf Alis Magen an, dieser revanchiert sich mit linken und rechten Haken an Joes Kinn.

In der vierten Runde ändert sich das Bild etwas. Ali will seine »rope-a-rope«-Masche anbringen, was Joe erlaubt, ihm eine Ladung Leder zu verabfolgen. Fraziers Schläge sind einfach zu hart und schnell für diesen Trick. »Stop mit dem Herumspielen«, ruft Herbert Muhammad Ali ärgerlich zu.

Die sechste Runde ist mit die beste Fraziers. Er landet seine Linke und bringt Ali damit an die Seile. Er selbst steckt ein, was Ali anzubieten hat, ohne mit einer bereits lädierten Wimper zu zucken. Zwei »Schlachthaus-Haken«, wie sie im amerikanischen Jargon genannt werden, finden Alis Kinn und bringen ihn in Gefahr.

Von der siebten Runde an zeigt sich Ali als der wirklich couragierte Mann. Er steckt einiges von Frazier ein und bombardiert diesen seinerseits. Eine Hin-und-her-Offensive der beiden zieht sich bis zur zehnten Runde hin. Man kann den Kampf bis dahin als recht beweglich, interessant und fast ausgeglichen bezeichnen. Ali beklagt sich dann während der Pause, daß er keine Puste, keine Widerstandskraft mehr hat. Angelo ist verzweifelt, und Bundini, mit Tränen in den Augen, bittet ihn: »Geh noch einmal raus, Meister. Die Welt braucht dich.«

Und er geht wieder raus, zeigt, daß er wirklich ein Meister ist und keine Gefahr scheut. Der Fight wird jetzt dramatisch, denn Frazier nagelt Ali jetzt in der Ecke fest, und läßt Schlag auf Schlag auf ihn niedersausen. »Lieber Gott, hab Erbarmen«, heult Bundini laut und vernehmlich.

Das Gemetzel geht mit wechselndem Erfolg weiter. Aber schließlich schiebt sich Ali langsam in den Vordergrund. Frazier muß sich mit Hinnehmen begnügen. Joes Smoke hat sich scheinbar verpufft. Zu früh. Die wenigsten haben das erwartet.

In der dreizehnten Runde kommt dann der Schlag, der den Ausgang des Manila-Thrillers bestimmt. Eine präzise Rechte trifft die nur noch schnaufende Lokomotive Frazier. Die Schwere des Punches wirft diesen mehrere Schritte zurück. Sein Mundstück saust in die 350-Dollar-Ringside-Plätze. Joe ist sichtlich fertig, aber gibt nicht auf, kommt immer wieder. Sein Kopf gleicht jetzt einem Kürbis. Ali setzt aus der Distanz geschickte Kombinationen darauf. Joe geht dennoch nicht hinunter. Man wird sich im Podium klar, daß man einem wahren Superkampf beiwohnt.

Zu Beginn der vierzehnten Runde scheint Ali wie aus einem Alptraum zu erwachen, nachdem ihn Angelo nach der Pause mit den Worten: »Er ist jetzt richtig für dich«, fast gewaltsam in den Ring befördert hat. Mit letzten Kräften, man könnte sagen, verzweifelt, war er jetzt auf den vernichtenden Schlag, den K.o., aus. Er läßt beide Fäuste spielen und trifft Joe fast regelmäßig. Frazier wird wieder schwach in den Beinen. Aber auch er ist Meisterklasse. Er gibt nicht nach und geht auch ohne Dampf wieder und wieder in seiner Offensivdistanz vorwärts, den Kopf ungesichert nach vorne gebeugt. Er fängt sich dabei genau neun Rechte. Wer kann das aushalten? Der Referee bringt den taumelnden Joe in seine Ecke.

Vor der fünfzehnten Runde kurzes Palaver. Joe wird untersucht. Eddie Futch, sein Trainer, ist nun von der Hoffnungslosigkeit der Lage seines Schützlings überzeugt. Auch das Publikum verlangt laut nach einem Abbruch des nunmehr ungleichen Schlachtens. Futch sagt: »Es ist genug, Joe. Ich muß das Handtuch werfen!«

Aber Joe fleht den Trainer an, ihn weitermachen zu lassen. Er ist von wirklichem Champion-Kaliber, was Herz und Mut anbelangt. Aber der Körper will nicht mehr.

»Setz dich hin, Junge«, tröstet ihn Futch. »Es ist vorbei. Jeder, der diesen Kampf sehen konnte, wird niemals vergessen, was du geleistet hast.«

Der Referee beendet den Kampf, und er geht als K.-o.-Sieg in der vierzehnten Runde für Ali in die Ringgeschichte ein. Frazier hat nun von 32 Fights drei verloren.

Auf dem Wege zum Ankleideraum flüstert Muhammad Dr. Pacheco zu: »Ich hoffe, den sehe ich nie wieder.«

Aus Fraziers Kürbis kommen die bewundernden Worte: »O Lord, o Lord, was für ein Champion ist dieser Clay!«

Im Hinblick auf seinen eigenen Zustand hätten diese Worte auch von Ali kommen können. Dieser beschränkt sich auf die ebenfalls anerkennende Bemerkung: »Mein Gott, bin ich müde. Es gibt außer mir wirklich keinen anderen Schwergewichtler, der Joe Frazier schlagen kann.« Und er fügt hinzu: »Ich habe jetzt den ganzen Betrieb wirklich satt. Sollen sich andere im Ring vermöbeln. Von nun an wird Ali wohl kaum noch in einer Arena zu sehen sein.«

Eine Umfrage ergibt später, daß dieses Treffen der beiden Giganten des Ringes das beste war, das man je gesehen hat. Diesem Urteil schließen sich besonders die alten Ringfans, die Oldtimer an, die ja schließlich schon allerhand erlebt haben.

Den von Ali angekündigten Rückzieher kann man wieder nur als eine Reklamedrohung bezeichnen. Er ist unlogisch, da ihm jeder seiner Auftritte jetzt Millionen bringt. Man ist sicher, daß er weitermachen wird. Aber wer käme noch als profitabler Gegner in Frage? Wahrscheinlich nur Norton, der darauf brennt, seinen ehemaligen Gegner nochmals vor die Fäuste zu bekommen. Aber um diese beiden zusammenzubringen, braucht man Zeit. Ali kann sich aus steuertechnischen Gründen kaum noch für längere Zeit ein neues Geschäft erlauben. Außerdem muß man aus sehr praktischen Gründen wieder an einen Übersee-Platz denken, mit einer freundlichen und finanziell entgegenkommenden Regierung, einem Land, das sich und seinen Tourismus fördern will. Aber Ali selbst ist gar nicht mehr so scharf auf einen Rückkampf mit Norton.

So hat denn der Größte wieder Muße für andere Dinge. Er reist zum Beispiel auf die Bahamas. In diesem von Schwarzen regierten Paradies will er sich eventuell an einem großen Fischereiunternehmen beteiligen. Er verbindet diesen Ausflug, um Geld zu sparen, mit einer einträglichen Schauvorstellung, die in Nassau, der Hauptstadt der Inseln, stattfinden soll. Von Miami aus kann man Plätze auf einem Extraschiff für dieses Ereignis buchen.

Seine Hauptaufgabe sieht er jedoch jetzt darin, ab November 1975 für sein Buch einen Reklamefeldzug zu starten: das über 400 Seiten umfassende Werk THE GREATEST, MY OWN STORY. Muhammad Ali zeigt es, wo er geht und steht, und natürlich auch im Fernsehen, wo seine schnoddrigen Kommentare und sein ärgerliches Geschimpfe ihn wieder unbeliebt machen. Das Buch, als ein literarisches Ereignis gedacht, wird auch im Ausland gewürdigt. So zahlte beispielsweise ein deutscher Verlag eine sehr hohe Summe für die Veröffentlichungsrechte.

Dem Cassius-Clay/Muhammad-Ali-Charakter entsprechend, schließt diese Autobiographie mit den erwarteten Worten: »And I already told you. Didn't you hear me? I said, I was the Greatest.« (»Habt Ihr nicht gehört, was ich Euch schon immer gesagt habe: Ich bin der Größte!«)

EINE SCHLUSSFRAGE

Das Wort »Größenwahn«, das man in Deutschland häufig und beiläufig als degradierende Beschreibung einer Person benutzt, findet wohl kaum ein besseres Anwendungsbeispiel in der Geschichte der Gegenwart und Vergangenheit als in Cassius Clay/Muhammad Ali, dem »Größten«.

Hätte er sich seinen Ruf als erfolgreichster Athlet unseres Jahrhunderts und die Millionen ohne seinen krankhaften Narzismus erworben, so würde das Prädikat wohl kaum auf ihn anzuwenden sein.

Aber wie man sich Ali schlecht in einem Volkswagen vorstellen kann, so lassen das Fluidum seiner Person, das Außergewöhnliche seines Charakters kaum zu, ihn sich ohne Superlative vorzustellen. Entweder man haßt den großmäuligen Egozentriker bis zum Exzeß, oder man vergöttert den Mann und großen Boxer bis zum Exzeß.

Es ist daher wirklich keine leichte Aufgabe, seine Größe und seinen Platz in der jetzigen Epoche in einer abschließenden Untersuchung unparteiisch und einigermaßen objektiv zu betrachten und zu bewerten.

Vielleicht ist es das beste, die Ansichten der Fachleute aus den Pro- und Contra-Lagern zu hören.

Da ist zunächst Nat Fleischer, »Mr. Boxing« persönlich. Er war der Begründer und Herausgeber des seit 1922 erscheinenden RING-Magazins, das immer noch die führende Fachzeitschrift in der Boxwelt ist. Nat war von Anfang an ein ausgesprochener Kritiker und Gegner von Cassius Clay gewesen. Er konnte dessen Gehabe im Ring und außerhalb des Ringes mit seiner Philosophie als Sportsmann und Oldtimer nicht in Einklang bringen. Er gewährte Ali nicht einmal einen Platz auf der Rangliste der zehn besten Schwergewichtler aller Zeiten. Das war natürlich eine Übertreibung seiner persönlichen Aversion. Leider starb der gute Nat 1971 im Alter von 82 Jahren und erlebte nicht mehr den imponierenden Wiederaufstieg seiner Zielscheibe.

Hören wir einem Hank Kaplan zu, dem noch sehr lebendigen und aktiven Boxhistoriker und Präsident der Veterans Boxing Association. Hank arbeitet seit vielen Jahren an seinem Boxsport-Rekord-Archiv, das heute das umfassendste in der Welt ist. Er sagt:

»Ali – der Größte? Keineswegs. Dempsey, Louis und Marciano, vielleicht auch noch Jack Johnson hätten ihn geschlagen. Johnson war allerdings ein wenig zu defensiv für einen besonders scharf angehenden Ali gewesen. Und heute? Heute legt Norton Ali jederzeit auf die Bretter, wenn man ihm Gelegenheit dazu gibt. Norton hat ihm den zweiten Kampf mit der Split-Entscheidung sozusagen als Geschenk präsentiert. Warum macht Ali einen so großen Bogen um den Mann herum? Er will offensichtlich nichts mit ihm zu tun haben, weil er genau weiß, daß er damit seine Krone und den erwünschten Ringabschluß als der Größte aufs Spiel setzt.

Alis Stärke? Präzision und Quantität seiner Schläge! Keineswegs Härte. Max Schmeling beispielsweise war ein weitaus härterer Puncher in seiner Glanzzeit als Ali jetzt. Um einmal die Wahrheit zu sagen: Ich stehe immer noch auf dem Standpunkt, daß Maxens Rechte die beste war, die in der Geschichte der Heavyweights eine Rolle spielte. Natürlich wäre ihm Ali an Fußarbeit und Schnelligkeit überlegen gewesen. Er ist der Schnellste seiner Klasse, den es je gegeben hat. Well, Ali hat dem Boxen außerdem noch einige Novitäten einverleibt, die andere aus Mangel an boxerischer Intelligenz nicht sehen oder erfinden konnten. Ich sage absichtlich ›boxerische Intelligenz‹, denn mit der allgemeinen ist es bei ihm nicht weit her.

Nehmen wir uns einmal den ›rope-dope‹-Trick vor. Das war sicher einer seiner geschicktesten Schachzüge in Zaire, um sich auszuruhen und den anderen sich austoben zu lassen. Wir dürfen nicht vergessen, daß Ali älter wird. Natürlich gibt es nur wenige, die sich auf ein solches, bei ihm aus dem Instinkt geborenes Manöver einlassen können.

Dann: Seine aus hängenden Armen kommende Puncharbeit ist absolut fantastisch und noch nie mit solcher Schnelligkeit und Präzision durchgeführt worden. Auf der anderen Seite dürfen wir nicht übersehen, daß Muhammad mit seinem Renommé, seinem Einfluß auch mit Sachen davonkommt, die sich kein anderer erlauben kann. Man sieht bei ihm am besten darüber hinweg. In seinen letzten Fights hat er nach Herzenslust gefoult. Dabei kann der Bursche mit seinen Schlägen gleichzeitig rollen, was wir kaum in solcher Perfektion je von einem anderen gesehen haben. Er hätte also in den meisten Fällen diese Kaprizen gar nicht nötig.«

Nach einigem Überlegen setzt Hank noch hinzu: »Daß Ali über alles Gesagte hinaus noch viele gute, menschliche Qualitäten aufzuweisen hat, kann ich ihm nicht absprechen.«

Dr. Ferdinand Pacheco, Alis alter »Hausarzt« und Intimus, von dessen Analysen wir schon einiges gehört haben, konnte bis dato in genau dreißig Kämpfen in seiner Ecke stehen. Seine Antwort nach einer umfassenden Frage über Alis Größe ist daher besonders interessant. Er antwortet:

»In meinem Buch der Größte? Keine Frage: Ali. Er ist der beste Pugilist aller Zeiten. Und das umfaßt mit die Gruppe der alten Kämpfer, der früheren Giganten des Ringes. Diese konnten in ihrer Epoche unter weitaus weniger zermürbenden Umständen ihre Kraft und Kunst zeigen. Unsere heutigen Helden, Ali an der Spitze, stehen unter ständigem Druck inner- und außerhalb des Ringes.

Das bringen die Komplexe unserer Zeit mit sich.

Ich führe Alis Größe auf vier wesentliche Punkte zurück:

1. Er besitzt einen gottbegnadeten Körper.
2. Er ist ein Ring-Genie, weil er nichts anderes als Boxen im Kopf hat. Er ist vom Boxen besessen. Seine Seitensprünge in Religion und Rassenpolitik sind Teil seines angeborenen Showman-Talentes. Meistens versteht er nur die Hälfte von dem, was er sagt. Ich persönlich stimme natürlich nicht mit allem überein, was er sagt.
3. Er hat ein ebenfalls gottbegnadetes Genie, alles, selbst Unannehmlichkeiten, in ein Plus für sich umzuwandeln, selbst wenn er im Ring etwas verkehrt macht. Das geht aus seinem »rope-dope«-Trick hervor, der ihn ganz einfach vorm Zusammenbrechen bewahrte.
4. Die Stärke seines Charakters in allen Lebenslagen. Er scheut vor keinem Gegner, keiner Situation zurück. Sein unerschütterlicher Glaube an das, was er tut und für richtig hält, selbst wenn es der haarsträubendste Unsinn ist.

Das sind so ungefähr die Eigenschaften, die ihn nach meiner Ansicht zu einer großen Persönlichkeit machen. Er hat es trotz – oder vielleicht sogar wegen – seiner Mätzchen als einfacher Negerjunge zu einer Höhe gebracht, wie sie in dieser Form kaum von jemand, gleich welcher Hautfarbe, zu Lebzeiten erreicht worden ist. Jeder schwarze Bengel in Afrika, ob in Johannesburg oder in einem Kaffernkral, kennt ihn. Jeder Junge aus der zivilisierten Welt, der Lesen gelernt hat, weiß von Muhammad Ali. Hat die Weltgeschichte schon so etwas erlebt? Nebenbei gesagt, das dritte Frazier-Treffen ist absolut der beste Kampf, den ich persönlich gesehen habe.«

Soweit die Meinungen der Experten.

In den USA sind Bücher über Muhammad Ali zur Genüge erschienen. Bekannte Schriftsteller, nicht unbedingt Fachleute, sind unter den Autoren. Meistens sind diese

Werke jedoch von einer höheren Warte aus gesehen, mehr als literarische Erzeugnisse denn als Sportbücher gedacht. Oft sind es krampfhafte Bemühungen der Autoren, die Psyche und das Pathologische des Größten zu erfassen. Oft sind es haarsträubende Analysen, die dem wahren Boxliebhaber das Lesen schon nach wenigen Seiten verleiden. Alis eigenes Buch kann man nur als ein Symptom zur Beurteilung seiner Person betrachten.

Bei einer offen gehaltenen Schlußbewertung des Ali-Phänomens darf man nicht übersehen, daß es zwei wichtige Momente gab, die dem Manne Ali zugute kamen und die sich aus den zeitlichen Komplexen der rassisch-politischen Lage der USA entwickelt hatten.

Erstens war er als Schwarzer in der neuen Emanzipationswelle seiner Rasse geboren und aufgewachsen. Er war somit als erfolgreicher Sportler automatisch ein potentieller Märtyrer und Held, dem eine Aufgabe als Sprecher leicht zufallen konnte. Zweitens machte ihn der unbeliebte Vietnamkrieg, den er kritisiert hatte, ebenfalls zu einem Erkorenen, dessen Worte, wenn oft auch kindlich und unsinnig, von Millionen gefressen wurden.

Ohne diese Begleitumstände hätte er sich wohl seinen Platz in der Welt nur durch boxerisches Können erobern können, seine Persönlichkeit als Showman, Schauspieler und Jongleur mit Unverschämtheiten wären nicht so zur Geltung gekommen. Es war also auch noch Glück, das sich seinen Talenten zugesellte und ihm erlaubte, das zu werden, was er heute ist.

Es ist wohl das gegebene und gerechteste, wenn man Cassius Clay alias Muhammad Ali den gebührenden Kredit einräumt, wo er angebracht ist, und darüber hinaus hinzufügt, daß er, wenn nicht der Größte seines Faches, so doch zumindest eine der interessantesten Erscheinungen unserer Zeit ist.

CASSIUS CLAY alias MUHAMMAD ALI-REKORDLISTE

Amateurkämpfe

	insgesamt ca. 186 (über 100 Siege, darunter sechs Kentucky-Golden-Gloves-Titel, zwei nationale Golden-Gloves-Titel und zwei AAU-Meisterschaften)
1960	Nationaler Meister im Halbschwergewicht der AAU Nationaler »Golden Gloves«-Meister im Schwergewicht; Olympiasieger im Leichtschwergewicht.

Berufskämpfe

1960	29. 10.	Tunney Hunsaker, Louisville	6. Rd. n. P.
	27. 12.	Herb Siler, Miami Beach	4. Rd. t. K.o.
1961	17. 1.	Tony Esperti, Miami Beach	3. Rd. t. K.o.
	7. 2.	Jim Robinson, Miami Beach	1. Rd. t. K.o.
	21. 2.	Donnie Fleeman, Miami Beach	7. Rd. t. K.o.
	19. 4.	Lamar Clark, Louisville	2. Rd. k.o.
	26. 6.	Duke Sabedong, Las Vegas	10. Rd. n. P.
	22. 7.	Alonso Johnson, Louisville	10. Rd. n. P.
	7. 10.	Alex Miteff, Louisville	6. Rd. k.o.
	29. 11.	Willie Belmanoff, Louisville	7. Rd. t. K.o.
1962	10. 2.	Sonny Banks, New York	4. Rd. k.o.
	28. 2.	Don Warner, Miami Beach	4. Rd. t. K.o.
	23. 4.	George Logan, Los Angeles	4. Rd. t. K.o.
	19. 5.	Billy Daniels, New York	7. Rd. t. K.o.
	20. 7.	Alejandro Lavorante, Los Angeles	5. Rd. k.o.
	15. 11.	Archie Moore, Los Angeles	4. Rd. k.o.
1963	24. 1.	Charlie Powell, Pittsburgh	3. Rd. k.o.
	13. 3.	Doug Jones, New York	10. Rd. n. P.
	18. 6.	Henry Cooper, London	5. Rd. t. K.o.
1964	25. 2.	Sonny Liston, Miami Beach	7. Rd. t. K.o.
1965	25. 5.	Sonny Liston, Lewiston	1. Rd. k.o.

	12. 11.	Floyd Patterson, Las Vegas		12. Rd. t. K.o.
1966	29. 3.	George Chuvalo, Toronto		15. Rd. n. P.
	21. 5.	Henry Cooper, London		6. Rd. t. K.o.
	6. 8.	Brian London, London		3. Rd. k.o.
	10. 9.	Karl Mildenberger, Frankfurt		12. Rd. t. K.o.
	14. 11.	Cleveland Williams, Houston		3. Rd. k.o.
1967	6. 2.	Ernie Terrell, Houston		15. Rd. n. P.
	26. 3.	Zora Folley, New York		7. Rd. k.o.
1970	26. 10.	Jerry Quarry, Atlanta		3. Rd. k.o.
	7. 12.	Oscar Bonavena, New York		15. Rd. k.o.
1971	8. 3.	Joe Frazier, New York	verl.	15. Rd. n. P.
	26. 7.	Jimmy Ellis, Houston		12. Rd. t. K.o.
	26. 11.	Buster Mathis, Houston		12. Rd. n. P.
	26. 12.	Jürgen Blin, Zürich		7. Rd. k.o.
1972	1. 4.	Mac Foster, Tokio		15. Rd. n. P.
	1. 5.	George Chuvalo, Vancouver		12. Rd. n. P.
	27. 6.	Jerry Quarry, Las Vegas		7. Rd. k.o.
	19. 7.	Al Lewis, Las Vegas		11. Rd. k.o.
	20. 9.	Floyd Patterson, New York		7. Rd. k.o.
	21. 11.	Bob Foster, Stateline		8. Rd. k.o.
1973	14. 2.	Joe Bugner, Las Vegas		12. Rd. n. P.
	31. 3.	Ken Norton, San Diego	verl.	12. Rd. n. P.
	10. 9.	Ken Norton, Los Angeles		12. Rd. n. P.
	21. 10.	Rudi Lubbers, Jacarta		12. Rd. n. P.
1974	28. 1.	Joe Frazier, New York		12. Rd. n. P.
	30. 10.	George Foreman, Kinshasa		8. Rd. k.o.
1975	24. 3.	Chuck Wepner, Cleveland		15. Rd. k.o.
	16. 5.	Ron Lyle, Las Vegas		11. Rd. k.o.
	30. 6.	Joe Bugner, Kuala Lumpur		15. Rd. n. P.
	1. 10.	Joe Frazier, Manila		14. Rd. k.o.

INHALT

Fotos: AP (17), dpa (14), Kurt Severin (9), Sven Simon (8), UPI (1)